ばんば憑《つ》き

宮部みゆき

角川書店

ばんば憑き

装画　水口理恵子
装丁　鈴木久美（角川書店装丁室）

目次

坊主の壺《つぼ》

六月《みなづき》の晦日《みそか》に、元森下町《もともりしたちょう》でコロリが出た。それは荒物屋で、一家は奉公人も入れて七人の所帯だったのだけれど、病は家人を総なめにしてから次々と飛び感染《うつ》り、十日ほどのあいだに南の五間町《ごけんちょう》、東の富田町《とみたちょう》へと広がっていった。

小名木川《おなぎ》を越えたところで起こった流行に、あれがいつ高橋《たかばし》や新高橋を渡ってこっちにくるやも知れないと、川の南方に暮らす人びとが胸を悩ませている折も折、今度は吉川町《よしかわちょう》の要橋《かなめ》そばの長屋でもコロリが出た。はたしてこれは病が川を飛び越えたのか、それとも申し合わせたように南北で起こって、わたしらを挟み撃ちにかけようとしているのかと、人びとはいっそう慄《おのの》き畏《おそ》れた。

吉川町よりさらに南にある田町《たまち》に店と屋敷をかまえる材木問屋の田屋《でんや》では、主人《あるじ》の重蔵《しげぞう》が材木問屋の寄合い衆や地主たちにさっそく掛け合い、去年のコロリ大流行の際と同じように、木置場をひとつ空けて、病人のためのお救い小屋を建てる作業に取りかかった。重蔵は弁舌ばかりが達者な小理屈者ではなく、事を起こすには身銭《みぜに》も切れば労も惜しまぬという人物なので、お救い小屋に提供する木置場は、むろん彼の店の地所である。そこに来る人びとを世話する者どもも、奉公人たちや、田屋が所有している家作の差配人や店子《たなこ》たちのなかから選び出す。これは先年も同じようにしたことなので、そのようにして田屋につながっている者たちも覚悟はできていた。

昨年、安政《あんせい》五年の大コロリは、六月の末ごろから東海道筋を起点に流行《はや》り始め、やがて江戸市中に入り込んだものである。それでも市中での流行り始めは赤坂近辺だったので、大川を隔てた本所深川《ほんじょ》あたりでは、最初のうちはみな文字通り対岸の火事を決め込んでいた。しかし病の流行が霊岸島《れいがんじま》あたりまで届くと、そろそろ腰が落ち着かなくなり、七月半《ふみづき》ばに入っていよいよこっち方《かた》でも患者が出たとなって、一気に、屋台崩しさながらの混乱と恐慌が起こったのであった。

田屋の重蔵は、親戚《しんせき》筋が赤坂にいたということもあり、病の趨勢《すうせい》を早いうちからきっちり睨《にら》んでいた。だから彼が木置場を片付け、お救い小屋を建て始めたのは七月頭のことで、そのころ周囲はまだまだ切実味を欠いていたから、彼の手配りを笑う向きもあった。

「余計なことだ。まだ病の届いていないこのあたりにお救い小屋があるなどと、山の手の者の耳に入ったら、かえって騒ぎになりかねん。お救い小屋を頼ってくる者どもが、病を運んでくるやもしれない」

と、口を尖《とが》らせて怒る向きもあった。

どちらに対しても、重蔵は平然としていた。そしてとうとうコロリが大川を渡ってくると、彼の周到な構えは大いに地元の益となった。

お救い小屋といっても、これはコロリにかかった者を預かる場所ではない。だいたいこのコロリは、かかった者にひと晩かふた晩の余裕しか与えずに命を持っていってしまうのだから、預かって世話をすることなど誰にもできないのだ。重蔵がお救い小屋に呼び寄せたのは、家のなかにコロリの患者を見、それを看取《みと》って、次は己かと怯《おび》えつつ、近隣の誰にも助けを求められず途方に暮れている者たちばかりだ。なかでも、一家の大黒柱や稼ぎ手をコロリとやられて、後に残された女や子供たちが主であった。彼らに近づくことはコロリに近づくことだから、まだ病に憑《つ》かれていない者たちは、たとえそれまではどんなに懇意にしていようと、恐れ嫌って手を出さない。また出したくても、うちではおとっつぁんと下の子だけだったけれども、お隣では一家五人根こそぎやられたなどということがあるのだから、どうにもならぬということもある。重蔵は、そういう取り残された弱い者たちを救い取ったのだ。

おつぎもその一人であった。

去年のコロリで、おつぎは父母と兄と弟を失った。家は北六間堀町《きたろっけんぼりまち》の表長屋で小さいがよく繁盛する飯屋を営んでいた。たった一年前のことだというのに、今ではそれが夢のように思われる。

去年の七月の末ごろだったろう。おつぎは差配人に連れられて、着の身着のままで田屋重蔵のお救い小屋へと来た。十三という歳ながら、ずっと父母の商いを手伝ってきたおつぎはしっかり者で、しゃにむに自分の手を引いて連れていこうとする差配人に、家《うち》のみんなの亡骸《なきがら》をほったらかしては行かれないと、しぶとく逆らったものだった。

差配人は根気よくおつぎに言い聞かせた。この大コロリで死んだ者の亡骸は、いつものときのように丁寧に葬るわけにはいかない。お上《かみ》からもきついお達しが来ているのだ。おまえのような子供では手に負えぬ。亡骸の始末は私に任せて、とにかくおまえはお救い小屋に身を寄せなさい。

「おまえの長屋でも大勢死んだろう。これからもまだまだ死ぬだろうよ。ごらん、この有様を」

差配人は道筋の家々を振り返る。昼日中だというのに、きびきびと行きかう人の姿は見えない。そこここから人の集まって念仏を唱える声が聞こえてくる。女たちが輪になって座り、大数珠《じゅず》を握ってはたぐる、低いじゃらじゃらという音が漏れてくる。家々の軒先には、疫神《えきじん》を祓《はら》うという八ツ手の葉がさげられている。門松を立てている家も見える。病の悪気を縁起物で遠ざけようというのである。

そういえば今日はお神輿《みこし》を見た。近所の小さな神社のもので、本当なら祭は秋だ。それを、この時季にお神輿を持ち出して練り歩くことで、神様にコロリを追い返していただこうというのだろう。担ぎ手の男たちはたびたび奇声を発し、それは勇壮というよりは狂妄の景色で、彼らについて歩く女子供が叩《たた》き鳴らす鉦《かね》太鼓の音もツン高く、有り難みも何もあったものではなかった。

しかしそれらのもの珍しい眺めを圧して、家々のあいだに、あるいは戸口の脇に、積み上げられた白木の棺桶《かんおけ》は何だろう。あれにはみんな、亡骸が入っているのだ。

「お寺でも焼き場でも、亡骸が溢《あふ》れて往生している。こんななかで、おまえ一人が親兄弟四人を葬るなどできるものか。死んだ者のことは諦《あきら》めなさい。おまえはここまで、何とかコロリを免れた。それを幸いに、お救い小屋に行って、同じように病は免れたが身寄りを失った者たちを助けて暮らすのがいい。なかには、おまえより小さな子供たちも、赤ん坊もいるのだよ」

ひと息にそう言い切って、差配人は煙たいみたいに顔をしかめ、鼻先で手をひらひらと動かした。

「今日はしのぎ易いと思ったら、風がいくらか北に回っているんだな。えらく臭うじゃないか。ここらの寺からの臭いばかりじゃない、小塚原《こづかっぱら》からくる臭いだ」

おつぎの心の目に、地べたを埋め尽くすほどの数の棺桶が並ぶ様子が浮かんできた。焼き場の建物の、戸板の隙間からもくもくと漏れ出る煙の色も見えた。尻《しり》はしょりをして、髪を手ぬぐいで覆った大勢の男たちが、棺桶と骨壺《こつつぼ》のあいだを縫って立ち働く。そこに立ち込める臭いは死の臭いだ。病の臭いだ。いったい、焼き場の人たちまでコロリにやられてしまったら、誰が亡骸の世話を焼くのだろうか。

うちのみんながどこに葬られたのか、お骨はどうなったのか、後でちゃんと教えてもらえるだろうか。おつぎの心配は、焼き場の煙と同じくらいに濃く暗く、際限なく立ちのぼっては、心をいっぱいに満たしていた。

「そんな顔をするものじゃない」

差配人がおつぎの肩を軽く叩いた。

「長屋のあらかたがやられたというのに、こうして元気でいるおまえは運が強いのだよ。その運を無駄にしないことだ。いいな」

差配人の言葉に嘘はなく、田屋重蔵の尽力してつくったお救い小屋には、親を失った子供や、頼れる身寄りに死なれた年寄りが大勢いた。すっかり気落ちしていて、飯も喉《のど》を通らないという者もいた。

おつぎは寝食を与えられ、彼らの世話を焼くことで日々を送った。お救い小屋に来てからコロリを発する者もいたけれど、患者はすぐに運び出され、二度と帰ってこなかった。

八月《はづき》になり、ようよう暑気が退《ひ》いていくにつれて、コロリの猛威も少しずつ下火になっていった。おつぎは本当に、この死病を免れた。何もかも失《な》くなってしまったけれど、命だけは残った。

お救い小屋に集まっていた人たちも、それぞれに身の振り方や頼る先を決めて、一人、二人と離れていった。寄る辺ない子供たちは、お寺に入ったり、ほうぼうの差配人の口ききで貰《もら》い子になったり、奉公に出たりした。

おつぎには、田屋に女中奉公しないかという話が来た。その聡《さと》さと、きりきりと立ち回る働き振りが、いつか主人の目にとまっていたらしい。また田屋でも、家族は幸い無事だったが、奉公人が数人コロリにやられ、またコロリを恐れて出奔する者があったりして、働き手が足りなくなった事情もあった。

願ってもない話だという、今や後見となった差配人の勧めもあって、おつぎはそれに従うことになった。

こうして一年が過ぎたのだ。

お救い小屋にいたときには、その日を過ごすのに夢中になっていてわからなかったが、奉公人として仕えてみると、うちの旦那《だんな》さまはなかなか偉い方なのだと、おつぎは思うようになった。もちろんこれだけの身上を賄っているのだから金儲《かねもう》けも上手なのだろうけれど、それだけではないものもお持ちだ。

田屋の旦那さまは、お歳はまだ四十路の半ばだが、早くにお内儀さんを亡くしている。世間では、このお内儀さんが病気がちであったことが、旦那さまの病に苦しむ者や、それを看取る者を哀れみ慈しむお心を育てたのだと噂《うわさ》している。

ご夫婦のあいだには、十九になる小一郎《こいちろう》という一人息子がいるが、いずれ跡取りになるこの人は、「他所《よそ》の釜《かま》の飯を食ってこい」という父親の言いつけで、十三の歳から奉公に出ている。奉公先でも、小一郎さんはただの奉公人ではなく、大事な預かりものであると承知しているから扱いは丁重だが、小一郎さんはそれに甘えず、なかなかしっかりした商人《あきんど》に育っているという。もちろん、父親が周囲の材木商たちの渋い顔をものともせず、お救い小屋で金も人手も持ち出しの人助けに励んでいることも委細承知で、大コロリの折には、流行がおさまるまでだけでも、いっとき奉公先から暇をもらい、父を手伝いたいとまで言ったそうだから感心だ。

小一郎さんも田屋さんの血、生まれつきできが違うのだと、これも世間は囁《ささや》きかわす。できが違う。何かある。それは何だろう？

折節、おつぎの顔を見に来ては説教を垂れてゆく差配さんは、

「それは人徳というものだ」

という。あるいは、「仁」というものだともいう。どちらも有難いものを指す言葉なのだろうけれど、おつぎには今ひとつしっくりこない。

ただ、旦那さまのお目が鋭いこと、見通しがきくことはよくわかる。だからこの春先、旦那さまがお店の皆を集めて、

「コロリは先年だけの災いではない。一度根付いてしまった病は消えない。この夏もまた、必ず流行るぞ。けっして気を緩めてはいけない。梅雨を越したら生水は飲むな。生ものを口にしてもいけない。これまでは、おまえたちが自分のやりくりで多少の買い食いをすることも、小さな楽しみのうちと見逃してきたが、これからは違う。屋台の天ぷらや寿司《すし》などには、けっして手を出してはならないぞ」

厳しく言い含められたときには、背筋が伸びる感じがしたものだ。

他の奉公人たちも、同じ気持ちのようである。皆、旦那さまには心服している。

先年の大コロリで意気消沈した市中を活気づけようと、今年は山王祭《さんのう》も神田《かんだ》明神のお祭も、いつにも増して盛大に行われた。田屋でも、時刻と人数を限って、奉公人たちの祭礼見物が許された。旦那さまは、出かけてゆく奉公人たちに、もう一度釘《くぎ》を刺した。いいな、買い食いはいけない。暑さが増してきている昨今、いよいよいけない。きっと私の言いつけを守るのだぞ。

奉公人たちは、一人もこれに背かなかった。

自分の身に置き換えて、おつぎには、彼らの想いがよくわかる。昨年彼らの大方は、旦那さまの指示で、お救い小屋で立ち働いた。直《じか》にコロリの患者の世話を焼くのではなくても、大いに恐ろしいことだったのは間違いない。だからこそ出奔した者もいた。しかし、旦那さまの細かく指示されたとおり、日に何度も手を洗い、生水を避けて湯冷ましを飲む、厠《かわや》は念を入れてきれいに使い、きれいに保つ――などのことを守った結果、お救い小屋で働いた者たちは、誰ひとりコロリにやられなかった。田屋でコロリに憑かれた者たちは、むしろお救い小屋では働かなかった者たちばかりだった。

また旦那さまは、町中の噂や客筋から、「こうすればコロリを避けられる」「これこれがコロリ封じに効く」というようなことを聞かされても、けっして真に受けてはならないともおっしゃった。誰が言い出したのか、どんな拠《よ》り所があるかは知らないが、昨年の七、八月には、「コロリに倒れた病人の枕元に供えた赤飯を分けてもらって食べればコロリにかからない」という噂が、おそろしい速さで広がったものだった。旦那さまはこれを一笑に付すばかりか、声を大きくして反対された。

「コロリの正体が何であれ、それにはきっと病の素があるはずだ。そして、それは当の病人のところにこそたくさんたかっているはずだ。供物など分けてもらって食べれば、みすみす病の素を取り込むことになる。けっして聞き入れてはいけないよ」

これもまた、そのとおりであった。

旦那さまの言いつけを守れば、間違いない。皆がそう思うのも当然だ。しかし、生憎《あいにく》なことに、お店から一歩外に出ると、なかなかそうは運ばない。

実はこの夏、梅雨に入る前に、旦那さまは一度、またお救い小屋を建てようとした。用意は早い方がいいからである。ところがそれに横槍《よこやり》が入った。今年はコロリの流行など起こるまい。先回りしてそんなものを建てるなど不吉に過ぎる、と。その声があまりに大きかったので、旦那さまも諦めざるを得なかったらしい。

こういうふうに口うるさく反対する人たちは、いつも同じ顔ぶれだ。そしてとにかく異を唱える。昨年、旦那さまがお救い小屋を建てようとしたときに、「余計なことをするな」と反対した。そのお救い小屋が立派に役に立ち、役を終えたときには、「さっさと壊せ。縁起が悪い」と言い出した。残しておけば、次の夏にまた役に立つかもしれないと旦那さまがおっしゃっても、もうコロリは終わった、小屋を残しておけば、そこに穢《けが》れが淀《よど》むなどと言い立てて、壊してしまったのだ。

でもコロリは終わっていなかった。この夏が来て、戻ってきた。患者が出たのを聞きつけて、大急ぎでお救い小屋を建て始めた旦那さまに、今度は舌打ちして、彼らはこんな陰口をきいている。

「田屋さんは、私らに、コロリは今年も流行るという自分の言い分が正しいと認めさせるために、コロリ流行の祈願でもしておったんじゃないのか」

田屋の奥座敷で行われた寄合いに、茶菓を出しにいったとき、直にこの耳で聞いたのだから間違いない。旦那さまがちょっと座を外しているのを良いことに、このお店のなかでそんな陰口を言いくさる。おつぎはとっさに、さもさも憎らしげな口つきをしているその爺《じい》さんの頭から茶をぶっかけてやろうとしかけて、危ういところで思い留《とど》まった。

旦那さまのおっしゃることは正しい。なさることも正しい。おつぎはぎゅっと口を結び、たすきを締めながらそう思う。そして今年のコロリも何とか凌《しの》いでやるのだと、心を強く持ち直すのだった。

お救い小屋ができあがると、すぐに何人か移ってきた。今はまだ流行のはしりなので、昨年のような混み具合ではないが、彼らは一様に身体も気も弱っているので、細かく気配りをしてやらねばならない。また、彼らがコロリを発したらすぐ他所へ移さねばならないから、おつぎは日に何度もお救い小屋に足を運び、時には泊まり込んで彼らの世話を焼いた。

「おまえさん、よくコロリが怖くないね」

田屋出入りの魚屋の親父にからかわれて、おつぎは笑って言い返した。

「おじさんだってそうじゃないの」

「そりゃあ、あたしらは、魚を売らなきゃ商売にならないからね」

「そんならあたしだって同じよ。田屋の女中なんですから」

「どっちにしろ、田屋のご主人は奇特な方だ。足を向けて寝られないよ」

コロリが流行ると、江戸中の人びとが生ものを遠ざけるので、魚屋たちは揃って干上がりかける。しかし田屋では、去年も今年も魚屋の出入りを止《と》めなかった。もちろん生ものは食しないが、焼き魚はよく食べるし、あらや骨で出汁《だし》をとった汁物も摂《と》る。滋養のある魚は、夏場のいちばん暑いときに、身体に力をつけてくれるのだと旦那さまはおっしゃる。生でさえなければよい、よく火を通して、熱いうちに食べればよいのだという。

さて、そうして何日か過ぎたころのことである。おつぎはお使いを言いつけられて、今川町《いまかわちょう》まで出かけた。道筋の堀割沿い、亀久橋《かめひさ》と海辺橋《うみべ》のあいだには、お寺が密集している。どのお寺からも読経《どきょう》と鉦の音が聞こえ、線香の香りでも覆い隠せない死臭がふんぷんと漂っていた。鬼面をかぶって練り歩く人びととすれ違い、子供を失ったのか小さな棺桶を囲んで大泣きしている女たちのそばを通り過ぎる。粗末な板葺《いたぶ》き屋根の波の隙間から、細い煙が立ちのぼっているのは火事ではなく、のろしである。これもコロリを祓《はら》うと言われているのだ。途中、続けざまにパンパンと弾《はじ》けるような鉄砲の音が響いたのは、どこぞの武家屋敷で疫祓いに空撃ちをしたのだろう。ああ、去年の夏とそっくり同じ眺めだと、おつぎは胸がつかえるような心地になった。

急いで用事を済ませ、お救い小屋に戻ってみると、戸口のところに、塩屋絣《しおやがすり》を着た旦那さまの背中が見えた。ちょうど小屋のなかに入って行かれるようだ。旦那さまは奉公人たちをお救い小屋で働かせるだけでなく、ご自身も日に何度か顔をお見せになるから、格別珍しいことでもない。ただ、何か御用があるかと思って、おつぎは急いで追いついた。

ここに逃げ込んできた者たちも、身体に支障がなくて働ける者は、気持ちが落ち着いてくると、昼間はおいおい仕事に出てゆく。子供たちは、元気を取り戻せば外で遊ぶし、手習いに通う子もいる。だから陽のあるうちは、小屋のなかはけっこうがらんとしている。気落ちや衰弱で枕のあがらぬ者たちは、日当たりのいい南の座敷に集まって、ぼんやりと横になっているだけだからいっそう静かだ。

旦那さまは、とっつきの六畳間におられた。脱いだ履物が土間の脇に寄せてある。左手に何か細長いものを持ち、真新しい木の匂いのする板壁に向かっている。右手で壁を撫《な》でておられるようだ。

よく見ると、旦那さまが手にしておられる細長いものは、長さは一尺ばかりの木の箱だ。おつぎの知る限りでは、そうした箱には、掛け軸や版画などが納められているものである。

何か、壁に掛けようとしておられるのだろうか。

去年もそうだったが、今年もお救い小屋の壁には暦を貼ってある。夏が過ぎればコロリの流行もおさまる。人びとをそう励ますため、一日過ぎるごとに、墨でその日を消してゆくのがならいだ。

旦那さまは思案に沈んでおられるようだ。その様子に何やら暗い気配が漂っていて、おつぎは座敷の端に控えたまま、声をかけかねた。他所のお店では、下働きの女中が旦那さまのお姿を見ることなど稀《まれ》だというけれど、田屋では違う。これまでにも、おつぎは何度となく旦那さまのお顔を拝してきた。でも、こんなふうに肩を落とし、考え込んでおられるような背中を見るのは初めてだ。

やがて旦那さまはゆっくりとその場に正座すると、膝《ひざ》の上に細長い木の箱を載せた。依然、お顔は壁の方を向いたままで、おつぎのいることにはまったく気づいておられない。

板張りの床の上に、旦那さまの夏足袋《たび》の裏が真っ白に映えている。

旦那さまはそろりそろりと、壊れやすい干菓子でも扱うような手つきで、細長い木箱の蓋《ふた》を取り、中身を取り出した。おつぎが察したとおり、どうやら掛け軸を巻いたもののようである。

旦那さまは掛け軸の両端を持ち、くるりくるりと広げてゆく。

ずいぶんと古いもののようだ。全体に黄ばんでいるし、虫食いの穴もあいている。どこまで広げても見えるのは下地ばかりで、なかなか絵の部分が出てこない。いつしか、おつぎは膝立ちになって伸び上がり、首も伸ばしてのぞき込んでいた。

ようやく、およそ三尺四方ほどの大きさの墨絵が現れた。おつぎは目を瞠《みは》った。

何だろう、この絵は。

真ん中に描かれているのは、小さな水瓶《みずがめ》だ。あるいは味噌《みそ》壺かもしれぬ。赤茶色の地に黒くしたたるような釉薬《うわぐすり》をほどこした、ありふれた壺だ。それだけなら、地味な趣向の軸というだけで何ともないが、その壺には中身が入っていた。

お坊さんである。お坊さんが一人、すっぽりと壺のなかに入っているのだ。壺の口からのぞいているのは肩先から上の部分で、あとは壺のなかに消えている。

どうにもおかしい。釣り合いがとれない。お坊さんの頭はばかに大きく、顎《あご》は二重顎だし、肩にもむっちりと肉がついている。それなのに、そこから下の部分は、おつぎが抱えて持ち運びできるほどの大きさの壺のなかに入ってしまっているのだ。

見ようによっては、お坊さんが壺に吸い込まれてゆく様を描いているように見える。あるいは、お坊さんが壺から吸い出されて外へ出ようとしているところを描いたようにも見える。

どちらであるにしろ、お坊さんの顔つきはとてもいかめしい。頭はつるつるなのに、眉《まゆ》は黒々と太く、小鼻がでんと張り出して、真一文字に結ばれた口は、ほとんど左右の耳に届きそうなほどの大きさだ。

異相――とはこういう顔をいうのだろうか。

肩の部分しか見えないが、身につけているのは灰色の破《や》れ衣一枚だ。袈裟《けさ》はない。それでも、どうでもお坊さんに見える。頭をまるめているのは僧侶《そうりょ》に限らない。たとえば町医者の先生も――あら、そうだこれはお医者さまを描いた軸なのかしらと、おつぎは思った。何かお医者をめぐる訓話のようなものを、絵に喩《たと》えて描いたものなのかもしれない。

あまりに熱心に掛け軸に見入っていたものだから、おつぎは背後から近づく足音に気づかなかった。

「おやおつぎ、戻っていたのか」

声をかけられて、膝を揃えて座った形で跳び上がりそうになるほど驚いた。

番頭の喜平《きへい》である。先ほどのお使いは、彼に頼まれたものだった。

がさりという音がした。旦那さまが身をよじり、こちらを振り返っておられる。掛け軸は両手に開いたままだ。

「旦那さま、やっぱりこちらにおいででしたか」

喜平は驚いた様子もなく、履物を脱いであがると、小膝をついて身をかがめた。

「林町《はやしちょう》一丁目で、木戸番の夫婦がコロリにやられたそうでございます。差配人があわててやって参りました。夫婦はもう助かる見込みはありませんが、赤子がおりますそうで。こちらで面倒を見てもらえないかと申しておりますが」

旦那さまのお顔は色を失い、にわかに干からびたかのようだ。口は半開きになっているが、声が出ない。かっと瞠った目が、おつぎと喜平の顔を睨《にら》みつけている。

「旦那さま、どうなさいました」

喜平が怪訝《けげん》そうにひと膝進み出ると、旦那さまは我に返った。それと同時に手が滑ったのか、掛け軸が離れて板の間に落ちた。はずみで丸い支え棒が床を転んで、掛け軸はころころと裾《すそ》まで広がった。

「これはまた」喜平はほほう、と声をあげた。

「面白い趣向の墨絵でございますが……」

ここにお掛けになるのですかと、目顔で旦那さまに問いかける。ならば、お手ずからなさらなくとも、手前がいたします。

旦那さまは目じりさえ動かさず、ひたと喜平の顔に目をすえたまま、口元だけでゆっくりと問い返した。

「面白いと——思うかね？」

「はあ」喜平は片手で顎の先をつまむと、困ったような笑みを浮かべた。

「手前は不調法者でございますから、書画の良し悪《あ》しも価値も見分けがつきません。それでも、これまでこういう絵柄はとんと見たことがございません。ですから面白く感じるのでございます」

「なるほど」と、旦那さまはうなずいた。そっと掛け軸に手を伸ばすと、その両端を持ってまた膝の上に広げる。

「喜平には、これがどんな絵に見える」

「どんな……と申されますと」

「何が描かれているように見えるかね？」

喜平は少しくへどもどし、おつぎの顔を見た。おつぎは喜平の目を受け止めてから、掛け軸の方へと顔を向けた。

そこには、壺に入った坊主が描かれている。

「何と……ええとこれは、判じ物でございますか」

「判じ物ではないよ」と、旦那さまは薄く微笑む。

番頭さんはいかにもそれらしく、目を細め左見右見《とみこうみ》して、掛け軸を検分する。

「はあ。しかし壺の絵でございますよね。味噌壺ですかな。梅干しを入れても塩梅《あんばい》がいいような。ありふれた色形に見えますが、いずれ小さな壺でございますな。それでもこう、ぽつりとひとつ描かれますと、何がしか風情がございますようで」

あらと声を出しそうになり、おつぎはあわてて手で口元を押さえた。それでも驚きの色まで消すことはできず、旦那さまはそれを見逃さなかった。

「おつぎはどうだ」

掛け軸を傾けて、おつぎの方へと向ける。

「おつぎには、この絵が何に見えるかね」

おつぎはにわかに冷や汗をかいた。旦那さまの目が怖い。

はい、わたくしには壺だけでなく、そのなかにお坊さんが入っているのが見えますと、素直に答えることができない。それを言ってはいけないような気がする。壺しか見えていない番頭さんの前では、どうしても言ってはいけないような気がする。

旦那さまもそれをご承知の上で、おつぎに問いかけているような気がする。

「壺……でございますね」

からからになった喉から、ようやく声を絞り出して、おつぎは答えた。

「そうか」

短く言って、旦那さまは急に滑らかな動きを取り戻し、さらさらと掛け軸を巻き取った。

「ここの壁があまりに殺風景だから、軸のひとつも掛けようかと思ったのだが、壺では興が足りないな。もう少しげんのいいものを探してみよう。喜平、林町の木戸番の赤子はすぐに引き取ろう。おつぎ、赤子が来るからむつきの支度をしておくれ。台所に言って、重湯も炊かせよう。赤子の世話ならお千代《ちよ》が万事心得ているから、あれに話せば何でも調《ととの》えてくれる」

お千代というのは古参の女中だ。はいと平伏するおつぎのうなじに、旦那さまは続けて言った。

「それから、あとで呼ぶから、私の部屋に来ておくれ。掛け軸も、年頃のおまえに選《え》ってもらうなら、少しは華のあるものが見つかるだろう」

「蔵を開けましょうか」と、喜平が抜かりなく尋ねる。

「なに、そこまでのことはないよ。掛け軸なら、長押《なげし》にいくつもしまってある。おまえが不調法者なら、私は無精者だ。あれは虫食いがきているかもしれないから、ちょうどいい折だ、広げてみよう」

旦那さまはすいと立ちあがると、掛け軸を小脇に、麻の足袋をしゅっと鳴らしておつぎの脇を通り過ぎ、お救い小屋から出ていった。おつぎは頭を下げたまま、高鳴る動悸《どうき》を懸命に呑《の》み込んでいた。

「おつぎ、花にしろ、花に」

番頭さんは、おつぎの肩をぽんと叩いて、呑気《のんき》に掛け軸の絵のことを言っている。

「秋の花がいい。でも彼岸花はいけないよ。皆の気が滅入るからな。それとも蓮華《れんげ》がいいか。あれ、蓮華は西方浄土の花だね。存外むずかしいな」

いっそ栗か柿か——ああ早く秋がこないかねえ。繰り言を並べながら、懐から引っ張り出した手ぬぐいで汗をふいて、忙《せわ》しげにお店へと引き返してゆく。おつぎはその場にぺったりと座り込んだまま、さっき旦那さまのおられたところ、あのおかしな掛け軸の広げられていたところから、目が離せずにいた。

夕ご飯を済ませ、入れ替わりに湯屋に行く番を待っているところに、旦那さまからお呼びがかかった。夏の日も、さすがにとっぷりと暮れている。

今日は夕立がなかったので、田屋の広い屋敷のなかにさえ、暑気がどんよりと溜《た》まったままだ。コロリが出てからこっち、涼気を運んでくる夕立はまさしく天の恵みに他ならず、ひと雨走ってくれると誰もがせいせいして気が晴れる。今夜はそれを欠いているから、埋め合わせだとばかりに、やけに盛大に蚊遣《かや》りを焚《た》いているようだ。

旦那さまは寝所の隣の六畳間におられた。気張ったお客さまではなく、親戚筋や古くからの知人など、気の置けない間柄の人が訪ねてきたときに通す座敷だ。ときどき番頭さんたちもここに呼ばれているのは知っていたが、おつぎは初めてである。

「唐紙を閉めて、こちらにおいで」

旦那さまは押入れと違い棚を背に、肘《ひじ》置きに左腕を載せて座っておられた。昼間と同じ塩屋絣の上に絽《ろ》の羽織を重ねている。

おつぎはいささかたじろいだ。羽織を着て人に会うというのは、とてもあらたまったけじめである。旦那さまは、寝巻きでいようが浴衣《ゆかた》でいようが奉公人にとっては旦那さまだけれど、わざわざ衣服を整えるという手順を通して見えるその覚悟に、おつぎは慄いた。

あのおかしな掛け軸の絵は、旦那さまにとって、そこまで大事なものなのだろうか。

当の掛け軸は、昼間と同じ細長い木箱に納められて、旦那さまの膝の前に置いてある。他の掛け軸など一本も出てはいない。おつぎに掛け軸を選ばせるなどというのは、やはり口実なのであった。

皮切りに、旦那さまは預かったばかりの赤子の様子などをお訊《たず》ねになった。おつぎは丁寧にお答えしたが、胸苦しいほどに緊張し、声がつかえて仕方がなかった。

内庭に向いた縁側には、軒下から二枚の簾《すだれ》をさげてある。障子は開け放ってあるので、ここも蚊遣りを焚いている。そよとも風の吹かない宵に、蚊遣りの煙が座敷全体をうっすらと紫色に染めていた。

「さて、おつぎ」

言葉の切れ目を見計らい、旦那さまは思い決めたようにつと座りなおすと、おつぎの顔を正面からごらんになった。

「そこの掛け軸を広げてごらん。そしてそこに何が描かれているか、おまえの目で見えたとおりに、私に教えておくれ」

はいと応じて手を伸ばしたが、どうにも指が震えて、おつぎは何度か木箱を取り落としそうになった。掛け軸を取り出すまで、ひどく不器用に手間がかかった。

旦那さまは何もおっしゃらない。ただ、おつぎの手元を見つめておられる。

広げてみれば、昼間と同じ掛け軸だった。小さな壺のなかに、破れ衣一枚のお坊さんが、肩までみっしりと詰まっている。出てくるところか、入るところなのか。

さらにかすれる声で、おつぎは見たままを申し上げた。

旦那さまは目をつぶり、ゆっくりと深く息を吐き出した。

「そうか。やはり、おまえには見えるのだね」

おつぎは言葉を続けられないまま、ただ頭を下げた。何かわからないが急に追われるように怖くなり、涙がにじんできた。

「申し訳ございません」

涙声で畳に両手をついてしまった。

「どうして謝る。おまえは何も悪いことをしたわけではないよ」

旦那さまは、お救い小屋にいる小さな子供たちを見るような眼差《まなざ》しで、おつぎの顔を見ておられた。

「でも、番頭さんは——」

「喜平には見えなかった。それも、あれの落ち度ではない。たいていの者の目には、これはただのつまらない壺の絵にしか見えないのだからね。見える者の方が少ないのだ。めったにいない」

目じりから涙がひとつ落ちたので、おつぎはあわててそれを押さえた。「それではあの、わたくしが不埒者《ふらちもの》なので、わたくしの目にだけは壺に入ったお坊さんが見えるということではないのでございますか」

旦那さまは微笑んだ。「もちろんだ。この絵の真《まこと》の図柄が見えるからといって、おまえに難があるというわけではない。なにしろ、私にも見えるのだからね」

旦那さまはおつぎの広げた掛け軸を取り上げると、お坊さんの形に沿って、指を動かしておみせになった。

「不思議な絵だろう。おかしな顔の坊主だ。どうやってこの壺に入ったのだろうね。だいいち歳の見当もつかない。宗派もわからぬ」

少し気を取り直して、おつぎは尋ねた。

「旦那さま、番頭さんには、この絵は判じ物ではないと仰せでございました。何かの見立てということもございませんのでしょうか」

「ああ、それもないね。これはおそらく、あるがままの絵なのだろうよ」

軽くかぶりを振り、旦那さまは人差し指で、壺のふくらんだ部分を指した。

「おつぎ、ここには何か見えないか」

釉薬の垂れた色柄が見えるだけである。

「見えません……」

「そうか。これはすぐには見えないものなのだな。私も、見えるようになるまで何年かかかった」

「そこにも何かあるのでございますか」

「うむ。俳句を書き付けた短冊が貼ってある。もっとも途中で破れて、下の句だけしか残っていないが」

〝神のまじなひ　疫の風〟

そういう下の句だという。

しかし、何度ためつすがめつしても、おつぎの目には短冊は見えなかった。

旦那さまは、古びた掛け軸のしわを伸ばすようにしながら、丁寧な手つきで畳の上に置いた。そしておっしゃった。

「おまえにこれが見えるのならば、昔話をしなくてはならない。長くはかからないが、どうやら先ほどから蚊遣りが煙いようだから、縁側に出すといいだろう」

おつぎはそのとおりに、いぶる蚊遣りを簾のすぐ下まで遠ざけて、元のところに戻ろうとした。

掛け軸のなかのお坊さんは、縁側の方に向いていたので、蚊遣りを動かして振り返ったとき、おつぎはひょいとそれを見た。

と、それが動いたように見えた。肉付きのいい右肩が、壺から右腕を引っ張り出そうとするかのように、ぐうと上下したように見えたのだ。

行灯《あんどん》のせいだろうか。だけど、明かりは揺らめいてなどいないのに。

「今、何か見えたかね」と、間髪容《い》れず、旦那さまがお訊ねになった。

「は？　ええ、はい」おつぎは片手を胸にあてた。どきんどきんと心の臓が跳ねている。

「今、このお坊さんが動いたように――」

「ああ、そうか」

かねてわかっていたことだというように、あっさりと旦那さまはうなずいた。

「また動くのを見るのが怖ければ、しまってしまおう。なに、もう広げておかねばならない用はないのだ」

おまえという者が見つかったのだから――そうつぶやく旦那さまの目が、暗く光った。


三十年も昔の話だそうである。

「おまえも知っているとおり、この田屋は私で三代目だ。ここまで身代を大きくしたのは、もっぱら私の父、二代目の手柄だが、初代である私の祖父も、なかなか勝気な商売人だった。なにしろ筏縛《いかだ》り――おまえたちが男伊達《だて》だともてはやす〝川並《かわなみ》〟だな――の職人を振り出しに、とにかく材木商の株を買うところまでこぎつけた人なのだから。もっとも、祖父の手柄話はこのこととは関わりがない。ただ、そのころすでに、田屋はこのあたりに店を構えていたということだけを覚えておけばいい。

ちょうど三十年前の、師走《しわす》も押し詰まったころのことだ。煤払《すすはら》いも済んで正月を迎えるばかり。他の商家ならば少しは気の緩みかけるところだが、材木商というのは、冬場はまったく気が抜けない。どこかで火事があれば、すぐ大きな商売の話になるからね。とりわけこの年は風《こ》が強く、いちだんと火事も多かったからなおさらだ。私は明けてようよう十五になるという小伜《せがれ》だったが、祖父や父の商いの話に、少しずつ交ぜてもらえるようにもなっていたころだった。

あれは小雪のちらつく、寒い朝だったことを覚えている。店の表戸の前に、痩《や》せこけた行き倒れの僧を見つけたのだ。降る雪をさえぎる笠《かさ》もなく、破れ汚れて袖《そで》さえ失くなった薄い衣に、埃《ほこり》だらけの袈裟をかけていた。身体はすっかり凍え、脛《すね》にもふくらはぎにも、霜に焼かれた赤黒い痣《あざ》が点々と散っていた。履物さえはいていないので、左足の親指が、これも霜のせいだろう、腐れ落ちているのがよくわかった。

祖父も父も心根の優しい人だったから、どれほどみすぼらしく汚くても、行き倒れを放ってはおかなかった。すぐに家のなかに運び込み、あれこれと手当てをしたものだ。その甲斐《かい》あって、僧は息を吹き返した。身体が弱りきっているので、うまく話ができなかったが、根気強く聞き出してゆくと、彼は遠州《えんしゅう》にある法泉寺《ほうせんじ》という寺から、住職の言いつけで、房州《ぼうしゅう》にあるその末寺まで、三巻の経を届けにゆく途中だということがわかった。

いくら大切な目的のある旅だとしても、この季節にこの出で立ち、この身体で行こうというには無理がありすぎる。祖父も父も、身体がよくなるまでは当家で養生し、春を待つことまではできずとも、少しでも寒気が緩むまで逗留《とうりゅう》なされればいいと勧めた。

しかし旅の僧はかぶりを振った。お志は有り難いが、自分はもう命が尽きた。手厚い看護をいただいた上に、亡骸の始末までしていただくのはまことに申し訳ないが、今夜ひと晩こせないだろうと、回らぬ口で、妙に淡々と言うのだ。

祖父も父も懸命に慰め励ましたが、一方では驚いてもいた。呼び寄せた町医者に、もうどんな手当ても無駄だ。あの方はすぐに死んでしまうだろうと言われていたからだ。

そして旅の僧は、世話になった礼をしたいと言い出した。

祖父も父も、まともには受け取らなかった。この僧が、礼として差し出せるようなものを持っているはずがない。お気持ちだけで充分だと宥《なだ》めたが、しかし僧は聞き入れない。

そのうえに、奇妙なことを言った。

――拙僧の差し出す礼が、あなた方にとって幸あるものとは限らぬ。限らぬが、あなた方の力となるものであることには疑いがない。それでよろしければ、ぜひとも受け取ってくだされ。拙僧の荷のなかに、それはある。

彼は背中に、これも破れほつれた風呂敷《ふろしき》包みを背負っていた。請われて開けてみると、白い絹布に包まれ、紫の袱紗《ふくさ》に包まれた経巻が三巻あった。これこそ彼が、末寺に届けよとの命を受けた品物だろう。その他に、細長い木箱がひとつある。僧は、それこそが礼だというのだ。

――開けてみられよ。そしてこの家に住まうすべての人に見せられよ。

死にかけた人の頼みではあるし、ましてや相手は僧侶だ。なかなか聞き捨てにはできない。祖父が木箱を開けてみると、そこには掛け軸が入っていた」

旦那さまはいったん言葉を切ると、丸めとって木箱に納めた、傍らの掛け軸に目を落とされた。

「他でもない、この掛け軸がそうだ」

ゆっくりとうなずいて、おつぎはごくりと空唾《からつば》を呑み込んだ。

「広げてみると、祖父には壺が見えた。何の意匠もしゃれたところもない、粗末な壺の絵が見えた。父にも、母にも、私の兄弟姉妹にも、奉公人たちにも、ちょうど来合わせた町医者にも、みな同じものが見えた。壺だ。つまらない壺の絵だ。

しかし私には、別のものも見えた。

壺のなかに、肩口まではまっている僧の姿が見えた」

旦那さまはそう言って、片手を額にあてた。眉を寄せている。

「しかも、絵のなかの、壺にはまっている僧は、目の前の死にかけている旅の僧と同じ顔をしていた」

おつぎが何を言うまでもなく、旦那さまは顔を上げて、

「今もその顔が見える」と言い足した。「それはつまり、その旅の僧が達者だったころの顔——という意味だ。肉付きよく、血色もいい。思うに、絵のなかにあるのは、あの僧の、旅に疲れて痩せ衰える前の姿なのだろう。目鼻立ちなどに変わりはなかったからね。すぐにわかった」

おつぎはしっかりと両手を組み合わせ、力を込めて指を握った。そうやって自分につかまっていないと、怖くて聞いていられなかったのだ。

「私たちがそれを僧に告げると、僧は祖父と父と私だけを枕辺に呼び寄せた。

——ゆくゆくはこのお店の三代目になろうという倅殿に、壺のなかの僧が見えたというのはめでたいこと。これで拙僧も心安んじて死ぬことができましょう。

さっきも話したとおり、祖父は根っからの商売人だから、その壺のなかの僧とは、商人にとって縁起の良いもの、富貴の神のようなものなのですかと問いかけた。すると旅の僧は、無残に削《そ》げた頬を緩ませて笑ったものだ。

──いえ、富貴の神ではない。しかし、金では買えぬ価値あるものにございます。

では何だと、さすがに不安を感じたらしく、父は面をあらためて問い詰めた。

すると旅の僧は答えた。

──あれは聖《ひじり》にございます。世の中の、ありとあらゆる疫病から、倅殿をお守りすることでありましょう。また疫病から無力な人びとを守る知恵をも、倅殿に与えることでしょう。

私たちは顔を見合わせた。

商売一本やりの祖父はともかく、父は信心深い人だったから、内心、首をひねったそうだ。壺のなかに入っている聖の話など、どんなけっこうな法話でも聞いたことがない。これは病人のうわ言なのだろうと、腹のなかで思ったそうだ。

──ただし、この聖の力には、ひとつだけ厄介なものがついておる。真っ直ぐな心さえあれば捌《さば》くことのできる厄介ながら、それを押しつけることになってしまったのは、まことに相済まない。しかし、倅殿には見えてしまったのだから、最早致し方のないこととお許しを請うばかりである。

それだけ言い残して、口の端に薄い笑みをたたえ、その晩、僧は死んでしまった」

旦那さまのお話が、そこでぷつりと切れた。苦いお顔で畳の目を睨んでいる。

「それでは……」おつぎは、そっとその目の先を窺《うかが》うように申し上げた。「旅のお坊さんは、田屋で葬って差し上げたのでございますね」

旦那さまは我に返ったようにまばたきをすると、なぜかしらぶるりと身震いをした。

「ああ、そうだ」

「その法泉寺というお寺には、お知らせになったのでございますか」

「それがな、おつぎ」

今さらのように少し腹立ちを見せて、旦那さまはおっしゃった。「人を遣り、多少の金子《きんす》も使って調べさせたのだが、遠州のどこにもそんな寺はなかったのだ。法泉寺という名称の寺ならばあった。だがそこの住職は、末寺に経を届けろなどと、修行僧を遣《や》った覚えはないという。それどころか」

膝を軽くひと打ちして、

「何か手がかりにならないかと、もう一度僧の手荷物をあらためた際、重々気をつけた上で、三巻の経だという包みも開いてみた。ところが、それは経ではなかった。ただの白紙だったのだ」

死んだ僧は道中手形も持っていなかったという。どこの誰なのか、まったくわからない。本当に旅の僧であったかどうかさえ定かでなくなった。ある日突然、田屋の表戸の前に現れ、謎めいた掛け軸ひとつを託して死んでしまった。気づいてみれば、彼の名前すら、誰も聞き出していなかったのだ。

「しかし、僧の話は嘘ではなかった」

おつぎの肩越しに、行灯の届かぬ夏の夜の闇の方へ目をやりながら、旦那さまの声が低くなった。

「年が明けてすぐ、江戸に性質《たち》の悪い咳《せき》の病が流行った。三日から五日ばかり、口から血を吐くほどに咳《せ》き込んで、身体が弱って死んでしまう。一人患者が出れば、まわりの者にも次々と感染《うつ》る。さてどれほど人が死んだかな。去年の大コロリの折ほどではなかったにしろ、たいへんな流行だった。

しかし、私はかからなかった。

しかも私には、どうしたら咳の病にかからずに済むか、どうすれば身を守れるかがわかった。誰に教えられたわけでもない。しかし、わかったのだ。それらの知恵が、当たり前のようにこの頭のなかから出てきたのだ。だから、家の者たちを始め、声の届く限りのところにそれを教えた。私の教えに従った者たちも、咳の病を免れた。私の教えを退けた者は、ひとしなみに咳の病に斃《たお》れた。

僧の言っていたとおりのことが起こったのだよ、おつぎ」

同じようなことは、流行り病が起こるたびに繰り返されたそうである。

「もっとも、幸いなことにそれらの病は、先年や今年の大コロリのような大がかりなものではなかったからな……」

昔を思い出すように遠い目をしている旦那さまに、おつぎは深く頭を下げた。

「旦那さまがコロリを退けてしまわれる手際の鮮やかさに、あたしたち奉公人はいつも心を打たれておりましたけれど、一方では不思議でもございました。お話を伺って、得心がいきました。ありがとうございます」

旦那さまは、悲しそうに目元を細めておつぎの顔を見た。

「これからはおまえだ。おまえが私と同じような役割を務めることになる。おまえには、壺のなかの僧——聖が見えてしまったのだから、否《いや》でも応でもそうなるしかない」

「でも、旦那さま。あたしのような者には何もできません」

おつぎを制して、旦那さまは唐突におっしゃった。「私はもう、そう長くない」

息を吞むおつぎに、ひっそりと笑いかける。

「そんなに驚いてはいけないよ。明日死ぬ、あさって死ぬというわけではない。あと二、三年の内だろう。これも確かにわかるのだ。半月ばかり前から、急にそんな気がしてきて、日ごとに強まってゆく。あの聖が教えてくれているのだろう。そして私に、早く跡継ぎを決めろ、掛け軸の絵のなかに、聖の姿を見ることのできる者を探せとせっついている。

だから私は、この掛け軸をお救い小屋に持って行ったのだ。身近な者をコロリに奪われ、しかし命を拾った運の強い者、疫病の怖さを、それの生む悲しみを身にこたえて知っている者のなかにこそ、聖を見ることのできる者がいてほしいと願ったからだ」

一度口を結んでから、目を伏せて、重々しくこう言い足した。

「聖を見て力を得ることは、すなわち、ある厄介を引き受けることでもあるからな」

蒸し暑さを忘れ、おつぎは背中がぞくりとするのを感じた。次はおまえだとおっしゃるけれど、その〝厄介〟とは何なのだ？

旦那さまは急に疲れたように姿勢を崩し、片手で両のこめかみを押さえた。半身がぐらりと揺れる。おつぎははっと立って支えようとしたが、旦那さまは畳に手をついて持ち直した。

「いや、大丈夫だよ、おつぎ。今夜の話はここまでにしておこう」

「でも――」

おつぎの心は宙吊りだ。これではあんまりだ。

「あたしは――どうしたらよろしいのでしょう。とても恐ろしいのです。旦那さまのおっしゃる〝厄介〟というのは、どんなことなのでございますか」

旦那さまは、謝るように何度もうなずきながら、おつぎの腕を軽く叩いた。

「それはくどくどと言うよりも、見てもらった方が話が早い。小一郎に暇をとらせて呼び寄せた上で、またおまえを呼ぶからそのつもりでいなさい。それとおつぎ、おまえは今夜から一人で寝るのだ。蒲団《ふとん》部屋にしているあの部屋を使いなさい。必ずそうするのだぞ。相部屋の女中たちには、おまえはお救い小屋で働いているから、あるいはコロリの心配がある、だから寝所を分けるのだと言いなさい。私の方からもちゃんと言い含めてやるから心配はない」

次から次へと、目が回りそうだ。若旦那を呼び寄せる？　一人で寝なければならない？

どういうことだ？　これまでの話と、どうつながるというのだろう。

「おまえは昼寝や居眠りなどする怠け者ではないから、よかった」

謎のような言葉を聞かされただけで、おつぎは旦那さまの座敷を追い出されてしまった。

その晩、まだ蒲団を積み重ねてあるところに、隙間を見つけてもぐりこむようにして横になった。暗くて狭苦しくてたまらない。そのせいか、おつぎは妙な夢を見た。

おつぎの床のまわりを、何かがぞろりぞろりと這《は》い回っている。その気配がする。音がする。

これは何だろう。寝ているはずなのに、うっすらと目に見えるのは、ぬらぬらと光る蛇のようなものだ。あるいは、茎の太い海草のようにも見える。磯の匂いのような、湿っぽいものが鼻先を通り過ぎる。

生臭い。生暖かい。それがおつぎのまわりを回る。女たちがたぐって回す大念珠さながらに。ぞろりぞろり。

どこかから念仏の声も聞こえる。

朝、目覚めたときには、おつぎの寝巻きは寝汗でぐっしょりと濡《ぬ》れていた。


それから十日後のことである。

若旦那の小一郎さんが、奉公先から田屋に帰ってきた。これからは旦那さまを手伝って、田屋の仕切りを習うのだという。

おつぎは若旦那に会うのは初めてだ。旦那さまによく似ておられると思った。顎の形はそっくりだ。それにお声も。

この小一郎さんが、居並んで挨拶《あいさつ》をする奉公人たちを前に、どういうわけかしみじみとおつぎの顔ばかりを見ておられる。

隣に座る旦那さまは、そんな若旦那をまたしみじみと眺めておられる。

夕方、おつぎはまた旦那さまの座敷に呼ばれた。コロリの流行は頂点にさしかかり、お救い小屋は満杯の様相で、おつぎは立ち居振る舞いのたびに骨がきしみそうなほどに疲れていたが、あれっきり宙吊りにされていた心の落ち着きどころを教えていただけるのかと、雲を踏むような心地で参上した。

この十日、おつぎの身には、確かな変化が起こっていた。これまでは旦那さまの言うなりに、コロリを避ける手配をしてきただけだった。でも、今ではそれが本当に〝正しい〟とわかるのだ。旦那さまが見落としていそうな手配りを、自分で見つけることさえあった。

あの壺のお坊さん、聖の力が確かに宿っている。おつぎはそれを確信した。そうなると、ますます魂が焼けるほどに気になってくる。疫病を避ける力にくっついている〝厄介〟というものの正体が。

座敷には若旦那も呼ばれていた。

「おつぎ、長く待たせて悪かったな」

旦那さまは言って、何か約束事を確かめるかのように傍らの若旦那を見返った。彼も、心得た様子でうなずきを返す。

「今夜、夜中に小一郎がおまえを呼びに行く。二人で私の寝所へおいで。寝ている私の姿を、おまえに見てもらいたいのだ」

あまりに突飛な言いつけで、おつぎは何とも答えかねた。

「旦那さまの――お寝《やす》みになっておられるお姿をでございますか」

「そうだ。それが例の〝厄介〟の正体だ。見ればどういうものか、すぐにわかる」

真夜中過ぎ、すっかりおつぎ一人の部屋としてなじんでしまった蒲団部屋の唐紙を、若旦那がほとほとと叩いた。開けてみると、手燭《てしょく》を掲げて立つ若旦那の顔と姿が、あまりにも旦那さまに似て見えてびっくりした。

「さあ、おつぎ。私についておいで」

田屋の屋敷は建て増し建て増しで広げてきたので、蒲団部屋から旦那さまの寝所まで、うねうねと廊下を曲がって行かねばならない。若旦那は無言で先に立っていたが、旦那さまの寝所のひとつ前の小座敷まで来ると、足をとめて息を整え、手燭を持ち直しておつぎに向き直った。

「おつぎ。おまえには申し訳ないと思っている。おとっつぁんは、本当は私を跡継ぎにしたいと思っていたんだよ。お店の跡継ぎというだけじゃなく、あの聖の力を受け継ぐ方の跡継ぎもだ。だが、残念ながら私には、壺の坊主を見ることができなかった。どれほど念入りに掛け軸をあらためても、私には壺しか見えなんだ」

言葉つきだけでなく、本当に悔しそうに眉をひそめている。

「おまえは私の身代わりだ。だからというのではないが、私はおまえを嫁に迎えようと思っている。むろん、おとっつぁんもそのつもりでいる。だから、今後のことは何ひとつ案じなくていい。おまえの身柄は、確かに田屋で預かるのだから、大船に乗った心地でいておくれ」

そして気弱そうに微笑むと、

「おまえはよく働くし、磨けばなかなか光りそうな器量だ。私はおとっつぁんほどの石部金吉ではないけれど、けっして女道楽などしないと約束しよう」

ではーーと、若旦那は唐紙に手をかけた。

「そっとのぞきこむのだよ。おとっつぁんが目を覚ましてしまうと、わからないからね」

こっちは今だって何だかわからないと思いつつも、促されるまま、おつぎは旦那さまの寝所をのぞきこんだ。

手燭を差しかけると、旦那さまの蒲団の絹が白く光った。今思えば、おつぎによく見えるようにわざとそうしていたのだろうが、旦那さまは上掛けをかけていなかった。

蒲団の上に横たわっているものは、旦那さまではなかった。

そも、人の姿をしていなかった。

大きな蛸《たこ》の足を見ているかのようだ。うねうねぐにょぐにょとしたものが、ひっからまって山になっている。そのままの形でうごめいている。あるいは、時化《しけ》で磯に打ち上げられた海草の塊か。濡れてべとつき、ほぐしようもないほどだ。

その忌まわしい生き物の方から、寝息だけが聞こえる。人の寝息だ。

旦那さまの寝息だ。

「寝ているあいだだけ、ああいう姿になってしまうのだ」と、若旦那がおつぎの後ろで囁いた。息を止めているように、苦しげな早口になっている。

「あれはおとっつぁんの姿じゃない。あの聖の姿だ。それが、おとっつぁんの身体が眠ると外に現れてくる」

わさりわさりと動く触手の群れを、そのぬめぬめとした鈍い光を見つめながら、出し抜けにおつぎは悟った。あの夢を思い出した。あたしの寝床のまわりをぞろりぞろりと這い回っていたもの——

あの正体がこれだ。壺のなかの坊主。肩より下、壺のなかに隠れているのはこれだったのだ。

あれが、あたしにも憑《とりつ》いてしまった。

おつぎは声も出せないままその場に倒れた。

安政のコレラの大流行は、もっとも猖獗《しょうけつ》をきわめた安政五年だけに留まらず、六年、七年と三年続いた。

どの年も、田屋ではお救い小屋を建てて、病に怯える人々をよく援《たす》けた。

三代目田屋重蔵が死んだのは、万延元年の初冬のことである。脳卒中であった。倒れて三日で、静かに息を引き取った。

跡取り息子の小一郎は、四代目におさまると共に父の名の重蔵をも引き継いだ。そして、翌年、父の喪が明けるとすぐに、女中のおつぎを妻に迎えた。

おつぎにしてみればたいへんな玉の輿《こし》だし、四代目重蔵はまさしく庭先から嫁をとったことになるわけだが、この縁組は三代目重蔵が死ぬ以前から固められていたものなので、とやかく言う者はいなかった。

夫婦は仲睦《なかむつ》まじかったが、どういうわけか寝所を別にしている。奉公人たちは不思議がった。

いたものね。

どうやら、お内儀さんは寝つきが悪いらしい。女中をしていたころも、一人で蒲団部屋に寝て

おつぎは、田屋のお内儀という立場に慣れるよりも、聖の力に慣れることの方に、よほど苦労を強いられた。

無造作に掛け軸を見せた先代を恨んだこともある。うっかり見てしまった己を責めたこともある。

それでも、聖の力は確かに疫病を退ける。疫病のもたらす悲惨から、人びとを守ってくれる。受け継いでゆくしかない。受け継いだ以上は、役に立ててゆくしかない。

外国船の来航が増え、世の中は日ごとに騒がしくなってゆく。それでなくとも不安な日々だ。このうえに、またぞろあの大コロリのような疫病の流行でも起こった日には、末法の世さながらの悲惨なことになるだろう。おつぎ一人でそれを食い止められるわけもないが、できることがあればやらねばならない。

それに、もうすぐおつぎも人の親になる。

腹のなかの赤子が順調に育ち、どうかするとおつぎを内側から蹴《け》ったりして、思わず微笑を浮かべてしまうようになったころ、ふと思い立って、おつぎはあの掛け軸を取り出してみることにした。

もうだいぶ腹がせり出していて足元がおぼつかないし、伸び上がるのは剣呑《けんのん》なので、夫に頼

んで長押から取り出してもらった。そして二人で広げて見た。

おつぎは、あっと小さな声をあげた。

壺はそのままだ。そこに、肩先から上だけのぞかせて、お坊さんがすっぽりとはまっていることも変わりない。

でも、お坊さんの顔が変わっていた。あの太い眉毛の異相ではない。

先代の旦那さまが、そこにいた。

「どうしたんだ、おつぎ」

尋ねる夫に、そうかこの人には見えないのだと、おつぎはようやく思い出した。

「何でもないの」

そう言って、丁寧に掛け軸を丸めなおしながら、おつぎは絵のなかの舅《しゅうと》に微笑みかけた。

気のせいか。気のせいだろう。壺にはまった田屋三代目重蔵も、微笑み返したように見える。

そしておつぎが掛け軸を巻き取るのにあわせて、ゆっくりと、ゆっくりと、壺のなかへ吸い込まれていった。

お文《ふみ》の影

つい一昨日、九月《ながつき》の十三夜の話だという。

語る老人は、忙《せわ》しくまばたきをしながら、

「なぁに、ただの見間違いに決まってはいるのですが」

と、さして長くもない話の間に三度も断りを入れた。その様子に、政五郎《まさごろう》はかえって老人の不安を濃く感じ取ってしまった。

老人は深川北六間堀町《きたろっけんぼりまち》の剛衛門《ごうえもん》長屋に住む左次郎《さじろう》という隠居である。日本橋の糸問屋に長年奉公し、三代の主人《あるじ》に番頭として仕えたが、先年軽い卒中を患って右足がきかなくなり、それを汐《しお》に奉公から退《ひ》いた。忠勤一筋で女房ももらわず、子もおらず、生家は離散し兄弟姉妹の消息も知れない彼は、天涯孤独の病身である。

忠義の元番頭に、奉公先も無下にはしかねたのだろう。彼に今の住まいを世話し、月々いくらかの金をくれて、暮らしが立つようにしてくれた。本人はそれには甘えず、足はいけなくとも手先は器用だからと、紙細工作りだの傘張りだの、細かな内職仕事を受けては糊口《ここう》をしのいでいる。

政五郎が左次郎を知ったのは、半年ばかり前のことになるだろうか。一人住まいの老人と岡っ引きの出会いだからといって、何も険しい仔細《しさい》があったわけではない。たまたま政五郎が近くを通りかかった折、剛衛門長屋の木戸のところに、子供が大勢集まって楽しげに騒いでいるので、何事かとひょいとのぞいてみたら、子供らの輪の真ん中にこの老いた元番頭がいたのである。

そのとき左次郎は子供らに、手作りの紙人形芝居を見せていた。芝居には疎い政五郎でもひと目でそれと見当のつく、仮名手本《かなでほん》忠臣蔵の一場面である。しかも紙人形の装束ときたら市村座もかくやの出来栄えで、政五郎は大いに感心した。いったいこの爺様《じいさま》は何者かと興味を惹《ひ》かれ、子供らが去ったあと訪ね直して、思いがけず彼の身の上話を聞くことになったのだった。

左次郎が仕えた糸問屋の代々の主人は、揃いも揃って芝居道楽であったという。その熱の上げ様に、連れ合いや子供たちもかぶれてしまう。そして彼らがこぞって奉公人たちにも芝居の話をし、名台詞《せりふ》や名場面を再現して語り聞かせ、気の利いた受け答えがあれば喜んで褒美を与えるという気風だから、

「和やかなのは良うございましたが、芝居嫌いには勤まるお店《たな》ではありません」

と、左次郎は笑って言った。

それだから、彼は最初耳学問で芝居を覚えた。覚えがいいので主人は喜び、彼が番頭になる

と、芝居見物のお供を命じるようになる。どんな道でも同じだが、好き者というのは教え好きでもあり、左次郎の主人は、本物の芝居を知り初めしばかりの彼に、あれやこれやと薫陶をほどこすのが楽しくて仕方がなかったのだろう。主人が代替わりしても事情は同じだ。時代によって、役者も変わるし演目も増える。

こうして、お店を退くころの左次郎は、いっぱしの芝居通になっていたのである。

紙人形は、内職の余り物の木《こ》っ端《ぱ》や紙切れを工夫して作った。最初はただ手慰みに作っていただけだが、近所の子供が珍しがるので、いくつかやったり、謂《いわ》れを聞かせてやったりしているうちに、せがまれて筋書きや所作をつけるようになっていった。すると自然に、もっといいものを作ろう、もっと凝ろうという欲が出てくる。覚えの早い子供がいれば嬉《うれ》しくなる。

「今度は手前が旦那《だんな》様方をなぞったようになってしまいました」と、老人は照れる。

政五郎が見かけたときは、初めてひと幕通しで見せており、だから紙人形の造作にも気合いが入っていたのである。

子供らは左次郎を「さあ爺」と呼び、たいそう懐いている。子供らが世話になっているから、長屋の連中も左次郎を大事にしてくれる。淋《さび》しく枯れる一方になるはずだった一人住まいは、どうしてどうしてにぎやかに明け暮れしているのだった。羨《うらや》ましいような良い話だと、政五郎は女房に言ったものだ。以来、折あらば剛衛門長屋に立ち寄っては、老人と子供らが楽しげにしている様子をながめて、何か温かいものでも懐に抱いたような気分を分けてもらっている。

その左次郎のところから、長屋の子供が使いにやって来たのは昨日の昼前である。寺子屋の帰りだというその子は、さあ爺が、ついでのときでいいから親分さんにお目にかかりたいと言っていると、政五郎の思い込みもあるのだろうが、やけに芝居の台詞めいた抑揚でたいそうに伝えてくれた。

政五郎が剛衛門長屋に出向いていくと、これも長屋仲間の大工が作ってくれたという背もたれにもたれて、左次郎は新しい紙人形を作っているところだった。豪勢な打掛《うちかけ》を着たお姫様だ。次は娘道成寺《むすめどうじょうじ》ですか——と問いかけると、ああこれはとにわかに座り直そうとしたのを制して、政五郎は上がり口に気軽に座った。

「手前のような者が親分さんをお呼びたてするなど、めっそうもないことです」

左次郎は不自由な身体で頭を下げる。

「そんな気遣いは無用ですよ。私《あたし》らは御用聞きというくらいだ。御用とあらば、何処へでも参上します」

左次郎の幸せな暮らしに安心しきっていた政五郎は、このとき老人の顔を見るまで、彼に呼ばれた用件を深く考えていなかった。だが、日頃は、皺《しわ》こそ多いが目は澄んで輝き、いきいきとしている左次郎の顔が、どうにも暗く翳《かげ》っている。それに気づいて、政五郎はいったん腰を上げると、開け放しになっていた戸口の障子を静かに閉めた。

「どうなさいました」

水を向けると、老人は言い出す前に薄いくちびるをぐっと嚙《か》んだ。作りかけの紙人形を脇に置く手がのろのろとしている。

「突拍子もないことを言う年寄りだと笑われるかもしれませんが――」

と、そうして語り出したのである。


先の十三夜。明るい月の光の下で、剛衛門長屋の子供たちは影踏みをして遊んだ。

「小さな子供らのなかには、手前の足がきかず、歩けないということが、まだよくわからない子もおります」

動かない右足を痩《や》せた手でゆっくりとさすりながら、左次郎は言った。

「さあ爺、一緒に影踏みをしようと誘いに来るんでございますよ。それは手前にも嬉しいことで、ああこの足が動いたなら、子供らに混じって影を踏んだり踏まれたり、遊びまわることができるのにと思います」

左次郎は子供らに手伝ってもらい、長屋の木戸の脇に空き樽《だる》を据え、道で遊ぶ子供たちを見物することにした。影踏みは、左次郎の言うとおり、追いかけっこをしながら互いの影を踏んで、踏まれたら鬼になり、また踏み返すという遊びである。影踏みの歌をうたいながら、子供らは熱心に興じる。

年長の子は足も速いし、頭も使うのでなかなか踏まれない。幼い子はどうしても不利で、すぐ踏まれては鬼になる。度重なると、なかには泣き出してしまう子もいるので、そのへんを加減してやるように教えながら、左次郎も楽しんでいた。

そのうちに、いつも長屋の子供らのまとめ役をしている年長の子の様子がおかしいことに気がついた。

吉三《きちぞう》という十一歳の男の子である。父親は、左次郎の背もたれを作ってくれた大工で、自分もおとっちゃんのような腕の良い大工になるのだと張り切っている元気者だ。少しそそっかしいところはあるが、小さい子の面倒をよく見ている。父母に言いつけられているのか、人形芝居や遊びがなくても、ほとんど毎日のように左次郎のところに顔を出して、さあ爺、何か用はないかいと訊《き》いてくれる。

「おいらはもうすぐ大工の見習いになるから、さあ爺と遊べなくなるなぁ。さあ爺、淋しいか?」などと、子供らしい生意気な問いかけをしてくるところなど、まだまだ幼くて愛らしい。

その吉三が、どうかすると影踏みの足を止めて、地面ばかりに目を落としているのだ。下を向いたまままきょろきょろと周囲を見回したかと思うと、きゅっと顔を上げて走る子供らを睨《にら》むように見る。そしてまたうろうろと歩き出すのだが、すぐに止まってしまう。

最初は、年下の子供らにわざと影を踏ませてやっているのだろうと思っていた。が、他の子供らがわあっと別のところで騒いでいるときにも、吉三は離れて地面を見ている。自分の足元を見たり、仲間たちの影を見たりしている。少しずつ、遠巻きに。

吉三まで少し距離があったので、左次郎はやや声を強めて彼を呼んだ。

「吉《きち》、どうかしたかい」

吉三はびくんと跳び上がった。左次郎は彼を手招きした。吉三は、なぜかしら足元の影を気にしながら、仲間たちの騒ぎを振り返り振り返り、左次郎のそばまでやってくるとしゃがみこんだ。

「どうしたんだね。おかしいよ」

左次郎が問うと、吉三はくしゃみをこらえているみたいなちんくしゃの顔をした。

「さあ爺、おいらは怖がりじゃないよな？」

「何だね、急に」

芝居には因縁話や、人死にの出てくるものもある。左次郎はよくよく気をつけて、その手の演目を避けたり、細部を上手《うま》く変えるようにしてきた。それでも以前、あとでべそをかいた子供がいたというのを吉三から聞いて、以来、この子とはよく相談するようになった。

「女の子は怖がりだからね」というのが、吉三の口癖である。「おいらとかは、全然平気なんだけどさ」

「おまえは怖がりなんかじゃないよ。だけど今は、何かを怖がっているようだね」

左次郎に言われて、吉三は首を縮めた。

「さあ爺、笑わないか？」

「笑ったりしないよ」

長屋の子供らはひとかたまりになって、三軒先のあたりで影を踏んだり踏まれたりしている。影踏み遊びというよりも、取っ組み合いになりそうだ。わあわあと騒いでいる。

「おかしいんだよ」吉三は小声で言った。

「何がおかしい」

「おいらの目」と、ごしごしと目をこする。「さあ爺、さっきからおいらの目には、影がひとつ多いように見えるんだ。みんなの数より、余分に影があるように見えるんだ。そんなこと、あるわけないよな？」

左次郎はまじまじと吉三の顔を見た。子供の目は、遊ぶ仲間たちの方へ釘付《くぎづ》けになっている。こんなことを話しながら、懸命に数えているようだ。彼らの人数と——影の数を。

左次郎もそうしてみた。しかし年老いた彼の目では、入り乱れて駆け回る子供らの数も、ましてや彼らが地面に落とす影の数も、とうてい見極めることができない。

だから吉三に訊いた。「どうだ、ここから数えてみたら、やっぱりひとつ多いかい？」

吉三は首を振る。「わかんねえや。さっきは確かに——」

ひとつ多かった、という。

「影だけ、ぽつんと離れて走ってたんだ。誰もいないのに、影だけが走ってたんだ。みんなの後を追っかけていたんだよ」

左次郎は水を浴びたようにぞうっとした。

「どんな影だった？　男の子か、女の子か」

「わからねえ。けど、小さかったよ。おあきぐらいかな」

おあきというのは五歳の女の子だ。

二人は揃ってはしゃぐ子供らの方に目を向けた。息が切れたのか、立ち止まってひと息入れている。近所のおかみさんが一人二人顔をのぞかせ、何か笑いながら言っている。

ひい、ふう、みい。左次郎は大急ぎで子供らを数えた。剛衛門長屋の子供は十人だ。吉三はここにいるから、あすこには九人いるはずだ。間違いない。ちゃんと九人だ。

影は？　子供らの足元に伸びる影。影踏み遊びに興じるうちに、月が高く昇って少し短くなってきた影――

十ある。

左次郎はまばたきをした。数えなおす。いや、今度は九だ。ひとつ消えた。

「さあ爺」と、吉三が左次郎の袖《そで》を強くつかんだ。

子供らの誰もいない、近くの子供から三尺ほど離れた道の端に、小さな丸い影がひとつある。しゃがんでいる子供の姿だ――と、左次郎は思った。頭と、あれが肩の形じゃないか？

「吉三！」

呼んで、腕をとらまえようとした。だが一拍遅かった。吉三は矢のように走り、どぶ板の上の影に飛びかかった。両足で踏んづける。

と、その影はするりと逃げた。吉三の足元から、油が流れるように横に逃げて、月明かりに表長屋の二階家の屋根が落とす影のなかへと溶け込んでしまった。

吉三は息を切らしている。後ろ姿が強張《こわば》っている。

「吉、戻っておいで」

左次郎は二度呼んだ。吉三は後ずさりしながら戻ってきた。影が消えた方向から、目を離すことができないのだ。

「お月様のいたずらだよ」

傍らに来た吉三の背中をさすってやりながら、左次郎は言い聞かせた。

「あるいは、おまえさんたちがあんまり楽しそうに影踏みをしてるんで、剛衛門稲荷《いなり》様が仲間入りなすったのかもしれないよ。ああ、きっとそうに違いない」

剛衛門稲荷というのは長屋の由来になったお稲荷さんで、この道を行ったすぐ角にある。

「お稲荷さんは影踏みなんかしないよ、さあ爺」と、吉三は震える声で言った。

「するかもしれんさ。変幻自在だ。女の子の影の形になって、遊びにいらしたんだよ、きっと」

左次郎は言い張った。老人の手に感じる吉三の背中は、冷たく汗ばんでいた。

政五郎はゆっくりとうなずきながら、話に聞き入っていた。

「いやまったく、面目ないことで」

左次郎はしわしわと笑っている。

「手前まで吉三と一緒になって、少しばかり震え上がってしまいました……」

「昨夜《ゆうべ》もいい月夜でした。子供らは影踏みをしましたか」

左次郎はかぶりを振った。「遊びたがりましたが、影踏みは十三夜だけのものだと言って、やめさせました」

そういう謂れがないわけではないが、遊びなのだから、月の冴《さ》えた秋の夜なら、いつやってもいいのだ。左次郎はやはり薄気味悪かったのだろう。

「吉三はまだ怖がっているようでござんすか」

「子供のことですから、ひと晩寝たら元気になったようです。ただ、他の子供らと違って、あの子は昨夜はもう影踏みをしようと言い出さなかった。外にも出てきませんでした」

政五郎はもうひとつうなずいて、腕組みをした。

「気になる話だ」と言って、政五郎は微笑んだ。「それに左次郎さん、これは私のあてずっぽうだけれども、左次郎さんはまだ全部を話しておいでにならないような気がするんですよ」

左次郎ははっと面を上げた。擦り切れて、白髪がぽやぽやと浮いているだけの両の眉毛《まゆげ》をぐいと持ち上げたので、額の皺が深くなる。

「これはまた……」

「外れましたか」

「いえ、いえ」両手でつるつると顔を撫《な》でる。

「親分の目はごまかせませんなぁ」

実は、子供らの数と影の数が合わない——と感じたのは、十三夜の出来事が初めてではないのだと、左次郎は言った。

「もう先、二度ほど同じようなことがありました。そのときは、気付いたのは手前だけと思います」

どちらも昼間のことで、寺子屋や家の手伝いを終えた子供らに、紙人形芝居を見せているときだったという。

「数の合わない影があったわけですか」

「はい。見間違いだと思いました。しかしそれも二度目には……」

それでなくても白っ茶けている左次郎の顔から、さらに色目が抜けたようだ。

「ですから一昨日の夜も、吉三がそれと言い出したとき、手前は頭から笑い飛ばしたりすることができなかったのです」

顔を拭《ぬぐ》った手をおろし、その置き場所に困ったように宙に浮かせたまま、左次郎は政五郎に笑いかけた。

「手前は世間知らずのお店者でございます。一人前に歳だけは食っておりますが、実はお店のなかのことしか知らずに老いぼれてしまいました」

へりくだってはいるが、愚痴っぽい口調ではない。

「こういうとき、その世間知の足りないことが仇《あだ》になると、つくづく思いました。吉三が健気《けなげ》に顔には出さずとも、怖がっているのはわかります。何とか理屈をつけて、割り切れないのを割り切ってやろうと――あの影のひとつ多かったのはこれこれこういう理由《わけ》だとか、巷《ちまた》に珍しい話じゃねえ、ほかにそらこんな話もあるよ、あんな例もあるよなんぞと口説いてやろうと、手前は手前なりにあれこれ考えたのですよ」

だがひとつも思いつかなかったのだと、左次郎はうなだれる。

「剛衛門稲荷様だけじゃ、足りませんかね」笑みを浮かべて政五郎は問い返し、自分で先を続けた。「この長屋の子供らには、今さらお稲荷さんの話じゃ新味が足りませんか。それに、子供らに混じって遊びたがるのはお地蔵さんと相場が決まっていて、お稲荷さんじゃねえからな」

左次郎は「ほう」と口を開いた。

「お地蔵様にはそういう謂れがあるんですか。そら、それですよ。手前はそういうことをまるで存じませんので」

それで政五郎の顔を思い浮かべたということなのである。

「差配さんに頼んで知恵を貸してもらおうかとも思ったんですが、手前はまだここでは新参者ですから、差配さんにお話ししたんじゃ、どうかすると剛衛門長屋にケチをつけているように聞こえるんじゃないかと気が引けまして」

こういうところは、お店者らしい気配りである。少々気を遣いすぎている。

「お得意の、芝居の筋書きから何か使えませんか」

「いやはや……見当たりません。なにしろおかしなお話ですから」

子供という本体はおらず、影だけが影踏み遊びにやってきた、と。

「よござんす」政五郎は腕組みを解き、ぽんと膝《ひざ》を打った。「このところ御用は暇で、うちの手下たちもぼんやりしていたところだ。世間に似たような話がないか、謂れがないか、あたってみることにしましょう。なかなか面白そうですしな」

恐縮する左次郎を宥《なだ》めて、腰を上げた。

江戸の町は他所者《よそもの》ばかりの寄り集まったところだから、土地の古老などという気のきいた者はいない。政五郎自身も含めて岡っ引きというものも、殺風景な話やどろどろした話ならてんこ盛りに聞き知っているが、それ以外のところではとんと疎い。左次郎が、岡っ引きなら必ず見聞が広かろうと考えたのは、その意味で、やはりお店者らしいそそっかしさだ。

それでも政五郎には、吉三の心が静まる理屈や解釈を、たとえ作り話でもひねり出し、教えてくれそうなあてがいくつかあった。

数日かけて、そういうあてをいくつかあたった。しかし目論見《もくろみ》はことごとく外れ、政五郎が頼みにしたそれらのあては、みんなして首をひねる。

「へえ、そんな話を聞いたのは初めてです」

「そんなことがあるもんですかねえ」

「いやぁ、初耳だ。子供の影だけが勝手に遊びにきたんでございますか」

そしてまた彼らは一様に、その子供の影は、きっと幽霊かもののけの類《たぐい》だろうという。政五郎としては、その解釈では吉三が（そして左次郎も）いっそう怖がるばかりだから別の解釈を探しているのに、あてがあてになってない。

「幽霊じゃ困るんですよ」

「じゃあ、剛衛門長屋かその近所で、長いこと病で外に出られない子供はいませんか。その子の魂が遊びたがって、身体を離れて出てきたのかもしらん」

「離魂病ですか。それじゃ生霊《いきりょう》でしょう。幽霊と変わりないやね」

それでも一応訊き合わせてはみたのだが、そんな子供は近所にいやしねえ。

難儀なもんだと頭をかいていたところに、深川で棟梁《とうりょう》を張って三代目というある大工の親方が、ひょんなことを教えてくれた。

「剛衛門長屋てぇのは、まだ新しいでしょう。建って二年かそこらだね」

親方の言うとおりである。が、火事の絶えない江戸では珍しいことではない。

「あすこはね、その前は長いこと空き地だったんでさ。そうさな十年……いや二十年は空いてたでしょう。親分だって覚えがありませんか」

本所《ほんじょ》深川を縄張《しま》とする政五郎ではあるが、建物の一軒一軒まで把握しているわけではない。また人の物覚えというのは心もとないもので、今あれが建っている場所に先には何があったかと訊かれると、もうわからなくなっているのが常だ。

首をかしげる政五郎に、親方は言った。

「形の上では火除《ひよ》け地ってことになってたけども、それは地主が地主連に掛け合ってそうしてもらったんで、実はありゃ忌み地でしてね。嫌われていたんですよ。差配さんの手前、大きな声じゃ言えないし、親分もあたしから聞いたなんて言わねえでくださいよ」

薄気味悪い話を消そうとして訊き調べているのに、行きたくない方角にばかり誘われるようで皮肉ではあるが、忌み地と言われては聞き捨てならぬ。

「ぜんたい、何が忌まれていたんです？」

家鳴《やな》りがするのだと、親方は言う。

「あたしも先代の棟梁――だからうちの親父から聞いたんですがね。あの土地には何を建てても、風もないのに家が鳴って気持ち悪くて仕方がねえ。誰もおちおち住んでいられねえというんで」

地主も往生していたというのである。

「あたしは頭の隅にそのことが引っかかってたんで、剛衛門長屋が建ったときには、へえと思いましたよ」

こういう因縁話は、時が経ったからというだけで消えるものではない。さては地主が代わったかと、政五郎はまた歩いて調べた。果たせるかな、図星だった。

先の地主は胆沢屋《いさわや》という薬種問屋だった。お店は本郷《ほんごう》にあるという。政五郎は納得した。本所深川あたりには薬種屋は数がない。土地が湿気ているせいだろう。胆沢屋は元は「伊沢」と書いたのだが、熊の胆を使った独自の薬があたって財をなしたので、屋号の字を変えたという由緒ある古店《ふるだな》だというから、もともとこの地にあるお店なら政五郎が知らぬはずはなかった。

今の地主はと言えば、とある旗本だった。江戸の町では、金銭で土地が売買されることはごく少ない。だいたいは、互いの便のいいところを交換して取引される。その場合、一方が商人で一方が武家ということも珍しくはなかった。

剛衛門長屋の場合も、胆沢屋は土地を当の旗本に売ったのではなかった。これは要するに持参金で、胆沢屋の娘が旗本に嫁ぐ際に持って行ったのだ。献上である。

せっかく左次郎が気を遣っていたのを無駄にはできないから、政五郎はこれらのことを、手っ取り早く剛衛門長屋の差配人から聞き出したのではない。またそれでは、本当のことが伏せられてしまう懸念も少し感じたから、遠まわしに遠まわしに、搦《から》め手から攻めて聞き集めていった。

政五郎に語る人たちは皆、事実の一部を知ってはいるが全部は知らず、知っていることについても遠慮がちだった。それだけ、剛衛門長屋のある土地にまつわりついた「忌み地」の謂れは、根深いものであるのだ。調べてみると、そこが空き地になったのは、十五年前のことだとわかった。

娘の持参金に、そういう土地をぶら下げてゆく胆沢屋の肝は太いが、剛衛門長屋の差配人の身元を探ると、どうやら胆沢屋の縁者であるらしい。してみると、胆沢屋はお荷物の忌み地とまったく手を切ったわけではないのだ。

今の地主のお旗本は、ご多分にもれず内証が苦しいのだろう。でなければ、そもそも商人の娘を妻に迎えるわけもない。胆沢屋は、娘の嫁ぎ先の貧乏旗本にねだられて、仕方なしに剛衛門長屋を建て、地代と店賃があがるようにお膳《ぜん》立《だ》てしてやっただけなのかもしれない。

では十五年前、この土地で何があったのか。何を建てても家鳴りがして困り果てたというのだから、上物はそれ以前にも何度か建て替えられたのだろうし、だとすると、因縁の素はさらに年月を遡《さかのぼ》らなければ見つからない。またそれは、胆沢屋の内側にある事情に決まっている。今の今起こっている出来事でも、大店や古店の家の内のことは探り出しにくいのに、十五年から昔となれば、これはさらに手強い難問だ。

政五郎はこれ以上の深追いをやめようと思った。骨を折って調べたところで、吉三の慰めとなる事柄が出てくるわけもなかろう。それぐらいなら、左次郎と一緒に頭をひねって、もっと吉三のためになりそうな昔話を作り上げる方がいい。

ところがである。

こうした古い封印話は、こっちがいくら蓋《ふた》をしようと思っても、蓋の方から開きたがることがある。蓋は蓋の身で、長く口をつぐんできたことに疲れているのだろう。

政五郎は、お役目や調べ事に関わることでも、本当に他聞を憚《はばか》る場合を除いては、よく古女房に話をする。剛衛門長屋のことでは愚痴もこぼした。参った参った、知れば知るほど気が滅入るぜ、子供の影は、まったく幽霊であるかもしれねえ。胆沢屋ではその昔、影の主の子供が不幸な死に方をしたとかいう因縁があるんじゃねえのかな、と。

それがふと、家にいる手下の耳に入った。

この手下が只者《ただもの》ではなかった。

といっても、腕っ節が強い大男でも、はしこい切れ者でもない。歳はまだ十ばかりの子供である。名を三太郎《さんたろう》という。身寄りのない子で、政五郎夫婦が手元に引き取り、これまでずっと育ててきた。なかなか可愛い顔をしているのだが、広い額がでんと張り出しているので、自然に「おでこ」という通り名がついた。政五郎も、よほど改まったときでないと、わざわざこの子を三太郎などとは呼ばない。おでこ、おでこと呼び捨てている。

このおでこ、尋常でないほどに物覚えがいい。

さて政五郎には、大親分と仰ぐ人がいる。その昔、回向院《えこういん》の親分と親しまれ恐れられた茂七《もしち》という岡っ引きだ。政五郎は彼に薫陶を受け、彼の縄張を受け継いで今日ここにある。親代わりであり、恩人だ。

すでに米寿を迎えた茂七は、政五郎夫婦のもとでのんびりと隠居暮らしをしている。さすがに足腰は弱ったが、頭の方はまだまだしっかりと澄んでいる。政五郎のお役目に口出しすることはないが、手下たちの躾《しつけ》には目を光らせている。

この茂七大親分が、おでこを気に入っているのだ。で、どちらが言いだしっぺなのかはわからないが、ある時から、大親分の語る昔の捕物話を、おでこが片っ端から覚えてゆく——という面白いがご苦労な試みを始めた。

「昔のことを聞き覚えておけば、何かの役に立つこともあるかもしれません」

まわらぬ舌で、おでこは言う。

「おんこちしんというものでござんす」

という次第で、おでこの大きなおつむりのなかには、大親分の語った昔話がぎっしりと詰まっているのである。

彼はそれを、思うように再話することができる。ただ、ぜんまい仕掛けのからくり玩具《おもちゃ》と似ていて、一度動き出してしまうと最後まで止まらない。途中で遮ると最初に戻らなければならなくなる。そのコツさえわかってしまえば、実に便利な仕組みだ。

さて、政五郎から女房へ、女房からおでこへと、切れ切れに伝わった胆沢屋の忌み地の話は、おでこのおつむりのどこかに引っかかった。彼はその因縁話を、大親分から聞いて知っていたのである。

そこでその晩の夕飯が済むと、おでこはてこてこと政五郎の座敷へやってきた。吉三を震えあがらせた影踏みの十三夜から十五夜を過ぎ、月は今度は徐々に痩せていって、その夜は新月だった。つまりそれだけの日数を、政五郎はほうぼう聞き歩いて過ごしたことになる。

「とんだ無駄足だった。最初《はな》からおめえに訊けばよかったんだな」と、思わず苦笑をもらしてしまった。

おでこは政五郎の前にちんまりと座ると、両手を膝に、目も鼻も口も顔の真ん中にぎゅっと近寄せて、世にも珍妙な表情をした。笑ってはいけない。これはこの子が再話をするためにぜんまいを巻いているのだ。

「事がありましたのは、にじゅうにねん前でござんす」

用意が整うと、おでこは始めた。

政五郎も神妙に手を膝に置いている。脇には女房が座っている。

「北六間堀町のあの地所には、胆沢屋さんの別邸がござんした」

裕福な商人が別邸を持つのは、格別珍しいことではない。妾宅《しょうたく》ではなく、あくまで別邸だ。家人や奉公人の骨休めや、病気の療養に使われる。二十二年前なら本所深川は今よりよほど鄙《ひな》びていたから、本郷にお店のある胆沢屋にとっては、ちょうどいい土地柄でもあったろう。

「そこには胆沢屋三代目のご主人の先妻が住んでおられました」

四代目主人の母親とか、先のお内儀さんという表現ではなく、「先妻」というもって回った言い方には事情があるのだろう。が、こういうとき性急に聞き返してはいけない。おいおい語られるのだから。

「先妻はお結《ゆい》さんというお名前でございます」ぽやぽやした眉根を寄せて、おでこは続ける。

「このお内儀さんには、嫁して五年、お子がありませんでした」

胆沢屋三代目の主人夫婦は、跡継ぎに恵まれなかったということだ。

と、ここで突然おでこのちんくしゃ顔が素に戻った。子供らしい目をぱっちりと見開いて、

「お子に恵まれないご夫婦は、もらい子をするといい、そうするとすぐに授かるといいますのは本当でござんすか」

政五郎夫婦に問いかけた。

岡っ引き夫婦は顔を見合わせた。女房がひとつうなずき、おでこに答えた。

「よくそう言うわね。もらい子が呼び水になるとかって」

はあ……と、おでこは気の抜けたような返事をした。そしてまた目鼻を寄せる。

「ですから胆沢屋さんはもらい子をいたしました。孤児《みなしご》で、歳は三つの女の子でござんした。名をお文《ふみ》と申します」

「女の子か？　跡継ぎがないからもらい子をしたのに？」

政五郎の疑問に、女房がちょいと袖を引いて答えてくれた。「あくまでも、赤子を授かるた

め の呼び水のもらい子なんだから、女の子でもいいと思ったんじゃないかしらん。なまじ男の子だと、後でかえって面倒になりかねないじゃありませんか」

おでこはまだ顔の真ん中に道具を寄せている。今のやりとりで再話を遮ってしまったかと、政五郎はじっと彼を見た。

「お文が来ましても、胆沢屋さんにお子は授かりませんでした」

と、続いたのでほっとした。

「一年経ち、二年経ち、お文は五つになりました。それでもお子は授かりません。そうこうしているうちに、胆沢屋さんの三代目には他所に女ができました。その女に子ができました。男の子でござんした」

胆沢屋は古店なので、親戚《しんせき》縁者も数多い。うるさいのが揃っていた。外腹の男の子ができたという事態に、彼らは鳩首《きゅうしゅ》して、その男の子を胆沢屋に迎えとることを三代目に勧めたという。

「ところがこの女というのがなかなかの剛の者で」子供らしい甘い声でおでこは続ける。「子供を手放そうといたしません。そこで胆沢屋では、お結さんを離別して家から出し、女を後添いに入れるという手を打ちました」

乱暴なやり方だ。胆沢屋の三代目はよほどその女に惚《ほ》れていたのか。あるいは、外の女の存在がなくても、子宝に恵まれぬお結を離別しようという動きが、前々からあったものなのか。

「離別すると言っても、世間体を憚れば、無一文で叩《たた》き出すわけには参りません。そこで胆沢屋さんは別邸を建てたのでござんす」

なるほど、と政五郎はうなずいた。

「別邸には、お結さんだけでなく、お文も一緒に暮らすことになりました」

跡取りができて無用になった〈呼び水〉のもらい子と、跡取りを産めなかった先妻が、まとめて別邸に追放されたのだ。

「気の毒に」政五郎の女房は顔をしかめる。「ひどいことをやったもんだわね」

昨日までのお内儀さんとお嬢さんが、今日を限りに赤の他人、胆沢屋のお荷物扱いを受けるのだ。暮らしに不足がなければいいというものではなかろう。

商家のお内儀というのは、内々のことをすべて取り仕切る立場にあり、金の出入りも握っている。お店の金蔵と手文庫の鍵《かぎ》を根付《ねつけ》さながらにじゃらじゃらぶら下げて、一同に睨みをきかせる怖い存在だ。そんな一段も二段も高いところから引き摺《ず》りおろされ、用なしの居候として別邸に追い払われる——

お結が温厚な女であったにしても、無念でないはずがない。仮に気の強い女であったなら、その怒りと恨みはいかほどのものだったか。政五郎の胸に、もやもやと嫌な予感が立ち込めてきた。

「ほどなく、お結さんは様子がおかしくなりました」

おでこはヘンテコな顔のまま再話を続ける。

「昼日中から大酒を飲み、目ばかりぎらぎらと底光りさせて、少しでも気に入らないことがあると、大声で喚《わめ》く、騒ぐ。おまけに、それまでは可愛がっていたお文を、些細《ささい》なことでこっぴどく叱りつけてはいたぶるようになりました」

やっぱりそうなったか。手近にいるか弱い者。逆らうことのない幼子《おさなご》。そして、役に立たなかった〈呼び水〉のもらい子。お結にしてみれば、お文のすべてが面憎《つらにく》く思えたのかもしれない。大人の勝手な理屈だ。が、お結は、他には持っていくことのできない鬱憤《うっぷん》を、すべてお文におっかぶせる。お結にしてみれば、自分の不幸の素は、すべてこの子であるように思えてしまったのだ――

「ごめんなさいよ、おまえさん。あたし、この話を聞くのは嫌だわ」

古女房は小声で言って、裾《すそ》をはらうとそそくさと座を立った。政五郎は止めなかった。障子が開き、また閉じる。おでこはそれを見送って、ふと顔を緩めて政五郎に言った。

「親分」

「うん、何だ」

「私《あたし》もこのお話は嫌いでござんす」

思わず漏れたという本音だった。

「よくわかる。辛《つら》い話を諳《そら》んじさせて、すまねえな」

「いいえ、それが私のお役目です」

おでこは、まだ喉仏《のどぼとけ》のないつるりとした喉をごくりとさせた。

「でも、このお話が本当に嫌なところにさしかかるのは、これからでござんす」

よく見れば、おでこの三太郎はうっすら涙目になっている。少しでも彼の諳んじる部分を少なくしようと、政五郎は尋ねた。

「どれほどひどく折檻《せっかん》されても、お文は逃げ出すことができなかったんだろうかね。五つの子じゃな」

それほどの知恵も、行くあてもなかったろう。

「別邸にだって、女中や小女ぐらいいたんだろうが、誰もお結を止められなかったかな」

胆沢屋の者どもには、お結に対する後ろめたさが、最初《はな》からあった。お結が気が触れたようになり、お文をいたぶり始めると、その後ろめたさは恐怖に変わった。お文を助ければ、行き場を失ったお結の怒りと恨みの矛先が、今度は自分たちの方に向かってくる。

お文はここでも、一人ですべてを引き受けさせられることになったのだ。いや、そのためにこそ、お文は別邸に送られたのかもしれない。

「お文は別邸から出られず」と、おでこが言った。再話の折のちんくしゃな表情に戻っているが、ぜんまいの解けが遅いのか、口調がゆっくりになってきた。「いつもいつも、独りぼっちで遊んでいたそうでござんした」

歌をうたうのも一人。鞠《まり》をつくのも一人。ままごと遊びも一人。

「こん、こん、こん」

おでこが急に節をつけて言ったので、政五郎は伏せていた顔を上げた。おでこは右手を持ち上げて、指で狐の形をこしらえている。口をぱくぱく開け閉めして、こん、こんと鳴くのである。

「こうして、影をつくります。私は親分とおかみさんに教えていただきました」

「影絵遊びだ」と、政五郎はうなずいた。

「お文はこの遊びが大好きだったそうでござんすよ」

「それで——いつ死んだ？　それが二十二年前のことかい」

「いいえ、お文が弱って死んだのは、二十三年前の冬でござんした。身体中、火傷《やけど》の痕《あと》だらけだったそうでござんした。お結さんが、火箸《ひばし》で折檻していたようで。ですからこの件は、外には漏れなかったのでござんすね」

女房がここから逃げ出してくれていてよかったと、政五郎は思った。

お文というはけ口を失ったお結は、それからいよいよいけなくなった。鬼女《きじょ》さながらに暴れまわるので、胆沢屋では別邸に座敷牢《ざしきろう》を造り、彼女を閉じ込めた。

「これがおかしなお話なのですが」おでこはちんくしゃな顔のまま首をかしげる。「お文を殺《あや》めてしまった後、お結さんには何かしら神通力のようなものが備わったそうで」

「神通力？」

「はい。何か後ろ暗いことをしている者がいると、たちまちそれを見抜くのだそうでございます。たとえばお店の者がお金をくすねたりしますと、すぐにそれと暴きます。悪いことではないにしろ、誰かが隠し事をしていれば、それも見抜いて大声で言います」

それを封じるためにも、座敷牢が要ったというのである。

そして、お文が死んでちょうど一年後、お結も死んだ。座敷牢のなかで、お文を折檻する際に使ったであろう火鉢に顔を突っ込んで、自ら焼け死んでいたというのである。

但し、あまりに異様な死に様だったので、今度の件は噂になり、外にも漏れた。だからこそ、当時茂七が調べに乗り出し、一連の事情を知ることになったのだった。

「胆沢屋さんは別邸を取り壊し、いったん更地にいたしました。しかしその後、そこに何を建てても家鳴りがします。まるで女の悲鳴のような音がしたそうでござんすよ」

因縁話の仔細はわかった。しかし、政五郎は心に浮かんだ他の存念に気をとられていて、すぐにはおでこの話が終わったことにさえ気づかなかった。

火鉢に顔を突っ込んで焼け死んだ女。

その女は生前、なぜかしら他人の悪事や隠し事をよく見抜いたという。

火鉢。

「親分」と、おでこが呼びかけてきた。政五郎はまばたきをして彼を見た。おでこは政五郎の腕を見ていた。そこには鳥肌が浮いていた。

「ひとつ教えてくれ、おでこ」腕をさすりながら、政五郎は言った。「別邸のあったところに起きた変事は、家鳴りだけだったかい？　大親分は、他にも何か聞き知っておられなかったか」

「何かと申しますと」

「出たんじゃねえのか。そこにはさ」誰に盗み聞きされるわけでもないのに、政五郎は声を落とした。他でもない、この自分の口が、「出た」などと言うのが気恥ずかしかった。

「出た？」

「幽霊とか——おかしなものが」

もっと詳しく言うこともできる。つんつるてんの着物を着て、骸骨《がいこつ》のように痩せ衰えた、ざんばら髪の女の幽霊だ。それが火鉢のそばに立っている。火鉢のなかから灰神楽《はいかぐら》に乗って現れ出て、家のなかを歩き回る。悲鳴のような家鳴りとは、その幽霊の叫び声だ。

政五郎はそれを知っている。この座敷の、この縁側を、その幽霊が歩いて通り過ぎたことがあるからだ。あの火鉢の、灰神楽の一件だ。忘れようにも忘れられない。

あのとき、痩せさらばえた女の幽霊は、政五郎の方を振り返らなかった。それで幸いだった。もしも目にしていたのなら、その顔はきっときっと、無惨に焼け爛《ただ》れていたことだろう。鬼女と化して果てたお結の顔だ。

「そのような噂があったことはあったそうでござんすが」

おでこは、政五郎のうろたえぶりに驚いている。

「大親分は直《じか》にご覧になったわけではなく、確かな話ではないということでござんした」

「俺は確かに知っているんだ」と、政五郎は言った。「いつかおまえにも話してやろう」


翌日、政五郎は真っ直ぐ押上《おしあげ》村の照法寺《しょうほうじ》へ向かった。

ここの住職は古い馴染《なじ》みだ。政五郎とは暗く遠い昔からの腐れ縁である。ただこの腐れ縁には血が通っており、その血はけっして濁っていない。

岡っ引き稼業をしていると、時に始末に困る物品が手元に残ることがある。気軽には捨てられぬ、凶事に関わった物どもだ。政五郎はそれをここへ持ち込む。相撲取りさながらの大男の住職は、黙って引き取り然《しか》るべく供養をして、大枚の金をとる。

先年の冬、そのようにして、政五郎は火鉢をひとつ、住職に預けた。

桐生町五丁目の平良屋《たいら》という下駄屋で、おこまという女中が急におかしくなり、たまたま泊まりに来ていた主人の弟に斬りつけるという不祥事が起こった。幸い、斬られた側は軽い怪我で済んだが、女中は間もなく息絶えた。

おこまは純情な働き者で、主人の弟とのあいだに曰《いわ》くがあったわけでもなく、なぜそんな仕儀に至ったのかわからない。ただ、おこまは死ぬ前に、まるで灰神楽のような真っ白な息を吐き出した。またしばらく前から、彼女は女中部屋にある火鉢に見入り、まるでにらめっこをしているようであったという。熾《おこ》った炭に水をかけては、わざと灰神楽を起こして。

不審を抱いた政五郎は、おこまが古道具屋で買ってきたという、その火鉢をもらい受けて帰った。そしてその夜、女房と二人、わざと灰神楽を立てて、何か起こるか試してみたのだ。

すると、現れたのだった。ざんばら髪の女の幽霊が。

その正体が何なのか、灰神楽のなかに何が潜んでいたのか、火鉢にどんな因縁があったのか、その時点では何もわからなかった。ただ政五郎は夜明けを待って火鉢を抱え、照法寺へと駆けつけた。話を聞いた住職は、フンと鼻を鳴らしただけで、眉毛一本動かさずに火鉢を受け取った。

後になって、政五郎は聞いた。供養が済むまで、この火鉢からは、夜な夜な白い人の顔のようなものが舞い上がり、あたりを飛び交って小僧たちを脅《おびや》かしたと。痩せこけた裸足《はだし》の女の幽霊が、火鉢のそばに立っていたこともあったと。

照法寺は、田圃《たんぼ》に囲まれた小さな寺である。山門はいつも閉じているが、見た目は何の変わったところもない。ただ一度でも住職に会うと、ここの檀家《だんか》はさぞかし大変だろうと、誰でも察しがつくようになっている。ひとたび住職の顔を見て、声を聞いてしまった後には、鐘の音さえも脅しつけるように低く聴こえる。

住職は一人で本堂におり、朝のお勤めの最中だった。それが終わるまで、政五郎はおとなしく待った。ここで読経《どきょう》を聞いたことは何度かあるが、他所の寺では聞いたことのないお経ばかりで、宗派の見当さえつかない。だいたい、この寺のご本尊は、外から見える場所には安置されていないのである。本堂にある厨子《ずし》の御扉も、常に閉じたままだ。

政五郎も大男だが、住職はさらにひとまわり大柄だ。肉の盛り上がった肩と猪首《いくび》の上に、青々と剃《そ》りあげた頭が載っている。

政五郎は事情を話した。住職は平良屋の一件も、件《くだん》の火鉢のことも覚えていた。

「あの火鉢はもう清めた」と、野太い声できっぱりと言う。「女の怨念《おんねん》も、人に憑《つ》いて惑わす灰神楽も消えた」

「それはよく承知してござんすよ」と、政五郎は苦笑した。「ただ、思いがけないことからあの火鉢の由来がわかったんで、和尚《おしょう》と話したくなっただけだ」

「それはご丁寧なことだ」

次の言葉を継ぐのに、政五郎は少し迷った。「和尚、覚えているかね。おこまという女中は、あの火鉢の灰神楽を吸い込んで魅入られたとき、俺の過去を言い当てた」

――おまえは人を殺したことがあるな。

死んだ魚のような目で政五郎を見据え、おこまはそう言い切ったのだ。

政五郎の過去、岡っ引きになる以前の人生には、人の返り血が跳ね散っている。確かに政五郎は人殺しなのだ。だがそれを知る者は、今ではごくごく限られている。

それなのに、おこまはひと目で見抜いた。

「あれも一種の神通力だった。胆沢屋のお結も、お文を手にかけた後、他人の罪や嘘をよく見抜いたというんだよ。なあ和尚、そんなことがあるもんだろうか」

顔の真ん中に鎮座する、作り物のように立派な鼻から太い息を吐き、住職は本堂の天井を仰いだ。煤《すす》けてくすんだ装飾品や蒔絵《まきえ》が、頭のすぐ上にまでぶら下がっている。そういえば政五郎は、これらの謂れや由来も知らぬ。

経を読むときのような響きのある声音で、住職は言った。「人殺しは人殺しに見える。その眼のある者には」

「あのときも、あんたはそう言った」

「人を殺めるなどという大罪を犯す者はな、岡っ引きよ」と、住職は政五郎を見おろす。「その罪と共に、人ならぬモノへと変わるのだ。人ならぬモノの棲《す》む彼方《かなた》へと渡る。そこでは、人ならぬモノの眼が開くことがある」

「それが神通力の正体かね」

吼《ほ》えるように、住職は短く笑った。

「何を言う。そんなものは邪眼に過ぎん」

政五郎はぞくりとした。追い討ちをかけるように、住職は言った。「おまえにも、その眼が開いた。だから岡っ引きなぞやっておるのだろう」

そうかもしれない。表向きはなんとか取り繕っていても、自分の芯《しん》には罪が凝り固まっている。

「それでどうする。この寺でも、影を引き取るわけにはいかん」

政五郎も、剛衛門長屋からここまで、お文を連れて来ることはできない。火鉢のときと違って、いわば依代《よりしろ》となる物が何もないのだから。

「どうしたらいいだろう。お文の魂は、ずっと迷っているんだろうに」

「お文は迷ってなどおらん」

きっぱり言われて、政五郎は当惑した。

「迷ってないわけがあるか。あの子はまだ、胆沢屋の別邸があったところにいるんだ。建物がないうちは、ずっとひっそり隠れていたんだろう。剛衛門長屋が出来て、子供らが大勢遊ぶようになったから、その声に誘われて、やっと姿を現したんだ。何とかしてやらないと」

「だからお文は迷っておらんと言うておる。咎《とが》なくして死んだ幼子《おさなご》。御仏《みほとけ》がとうに導いてくだすった。どうして迷うはずがある」

「しかし――」

ゆさゆさと袈裟《けさ》を揺さぶりながら、住職は立ち上がった。「影は影のあるべきところへ送ってやればよい」

本堂を出てゆく。首から下げた大数珠《じゅず》が、住職の歩みに連れてかちかちと鳴る。政五郎はぽかんと取り残された。


左次郎は、政五郎の長い話に、熱心に聞き入っていた。その眉間《みけん》に皺が寄る。再話するときのおでことと似たような表情になっているが、しかしおでこのそれのような愛嬌《あいきょう》はない。ただ悲しみと苦しみと、深い同情が刻まれている。

「可哀相に」

呟《つぶや》いて、目尻《めじり》を拭《ぬぐ》った。涙ぐむと、左次郎は急に、歳よりもなお老けて見えた。

「どうしてやったらいいものか、私《あたし》も考えあぐねているんですよ」政五郎は正直にそう言った。「また和尚がわけのわからんことを言うし。ああしてお文が出てきているのに、迷ってはおらんなどと」

照法寺住職のあの言い草には、政五郎は今でもちょっと気を悪くしていた。

左次郎は背もたれに寄りかかったまま、自分の左右の手を動かし、指と指を組み合わせて、あれこれと影絵遊びの形を作っている。橋、家、狐に漁師。

「こん、こん、こん」

右手でこしらえた狐を鳴かせて、じっと見つめる。と、そのうるんだ瞳《ひとみ》が晴れた。

「親分、そうですよ。和尚様のおっしゃるとおりですよ。お文は迷っちゃいません」

　急に明るい声を出す。

「あんたまで、どうしたんです」

　左次郎は身を乗り出した。「迷っているのはお文の魂じゃなく、お文の影です。お文が仏様のおそばへ行ってしまった後、この世に取り残されていたあの子の影ですよ」

　ほんの一時だが、政五郎は左次郎の正気を疑うような気持ちになった。しかし、そんな政五郎の腕をつかんで揺さぶりながら、左次郎は言い募る。

「お文は胆沢屋のお屋敷に閉じ込められて、いつも一人で遊んでいたんでしょう？　影絵遊びが大好きだったというんでしょう？　あの子の遊び相手は、あの子の影だったんですよ。お文には、影という遊び相手がいたんです。きっとそうに違いない」

　しかしお文は死んだ。西方浄土へと渡り、今では何の苦しみもない。

　お文は一人で逝《い》ってしまった。お文の影は、この世に置いてけぼりになってしまった。そういうことか。

「そうですよ。だから影だけが出てきたんだ。二十年もの長いこと、淋しく独りぼっちで隠れていた。それがようやく、剛衛門長屋の子供らの遊ぶにぎやかな声に引き寄せられて、仲間に入れてほしくて出てきたんです」

政五郎はまた、背中のあたりがひやりとするのを感じた。左次郎は、目尻に涙を溜《た》めたまま笑顔になっている。

「和尚様のおっしゃるのも、だから筋が通っているんです。影は影のあるべきところへ送ってやればよい。それは、そういう意味なんですよ」

「あるべきところって」

「嫌ですよ、親分」泣き笑いで、左次郎は政五郎の肘《ひじ》をぴしゃりとぶった。「お文のそばに決まっているじゃありませんか」


世間では、井戸の底はあの世に通じているという。

だが残念ながら、海辺を埋め立てて造られた新開地の本所深川あたりには、そもそも掘抜井戸がない。ここの住人たちが井戸と呼ぶのは、水道の受け皿になっている、石で固めた浅い井戸もどきでしかないのだ。

迷いなく、左次郎は言った。「それなら、川でしょう。盆送りのときと同じだ。川を下って海へ出れば、あの世はすぐそこだ。立派な聖人《しょうにん》様方が、そうやって浄土を目指したというじゃありませんか」

お文の影を、川へ導いてやればいい。

政五郎と左次郎は次の十三夜を待った。雨の降らないことを、影のくっきりと落ちる、明るい夜になることを願いつつ。

願いは届いた。冴《さ》え冴《ざ》えとした秋の月の十三夜に、政五郎は剛衛門長屋を訪れた。

左次郎は、何か軽い風呂敷《ふろしき》包みを胸に抱いて、吉三と手をつなぎ、木戸のところで待っていた。

「他の子供らには内緒のままですが、吉には話してみましたら、一緒に送りたいといいます。よろしくお願いいたします」

聞かん気らしい男の子の顔は、頬のあたりが張り詰めている。白目が月夜になお白い。政五郎は、また怖い思いをさせるのではないかと不安を覚えたが、いざ歩き出してみると、吉三は実に親切に左次郎を支え、左次郎も安心して頼っているようだ。

「さあ、吉。さあ爺と歌おう」

吉三を促して、左次郎は歌い始めた。十三夜の影踏み歌だ。

——影や道陸神《どうろくじん》、十三夜のぼた餅《もち》ぃ。

三人で、ゆっくりゆっくり、いちばん近い堀割にかかる橋の上へと歩いてゆく。

政五郎は、地面に落ちる三つの影を見ていた。大きいのが政五郎。細いのが左次郎。小さいのが吉三。

と、左次郎と吉三の真ん中に、吉三よりなお小さい影がひょいと出た。

吉三はびくりとした。左次郎がその肩を押さえる。

「おお、お文の影だね」

足を止め、いちばん小さな影に話しかける。政五郎は足元に目を凝らした。確かに、切り髪の女の子の形の影だ。

「今夜は影踏み遊びはしない。でも、おまえも一緒においで。お文のところへ連れていってやるよ」左次郎が優しく言い聞かせる。

吉三は影踏み歌をうたい続ける。少し震えて調子が外れる。それを補おうとして、声が大きくなる。

右に揺れ、左に逸《そ》れ、時には建物や天水桶《てんすいおけ》の影に混じって見えなくなっては、またぴょんと現れる。気まぐれに動く女の子の影を見つめ続ける政五郎は、その影の、右の耳がないことに気がついた。

なぜなのか、考えるだけでも酷《むご》くてやめた。

やがて、三人とひとつの影は、橋の上へとたどりついた。

「さあ爺、お盆のときと同じにすればいいんだね？」

吉三が左次郎を仰いで尋ねた。左次郎がうんと応じると、男の子は身軽に欄干をまたぎ、橋の下の湿った地面へと飛び降りた。

左次郎は風呂敷包みを開けると、笹で編んだ小舟を取り出した。なかにはまだ何か入っているようだが、政五郎にはよく見えない。

左次郎は、欄干につかまってよっこらしょとしゃがむと、笹舟を下にいる吉三へと手渡してやる。政五郎は、左次郎が転ばないように支えてやった。

お文の影は、すぐ傍らにいる。

吉三はしょぼしょぼと茂った葦《あし》をかき分けて、笹舟を川に浮かべた。

左次郎はしゃがんだまま身体をひねり、お文の影を手招きした。「さあ、あの舟にお乗り。あれに乗れば、お文のいるところへ行かれるからね」

女の子の頭がちょっと揺れる。左次郎は微笑んでうなずく。

「心配せんでいい。すぐお文に会えるよ。さあ、乗りなさい」

そして、風呂敷包みから残りのものを取り出すと、顔の前に広げてみせた。

「これをあげよう」

小さな紙人形のお姫様だった。二つある。

「ひとつはお文の、ひとつはおまえのだ。これでまた、仲良くお遊び」

左次郎は、紙人形も下の吉三に手渡した。吉三はそれも笹舟に載せた。舟はあぶなっかしく傾ぐ。吉三はそれを指で押さえ、そっと水辺から押しやった。

小さな笹舟が、西を目指して岸を離れる。

いつのまにか、政五郎の傍らから、お文の影は消えていた。

左次郎は苦労して身を起こすと、欄干の上にうんと乗り出した。政五郎はあわてて老人の痩せた胴を支え取った。

「気をつけて行くんだぞぉ」

堀割を下り行く小さな笹舟と、その小さな乗客に、左次郎は呼びかける。口元に両手をあてて呼びかける。

「いずれ、このさあ爺も行くからなぁ。そしたら、また紙人形を作ってやる。着せ替えの衣装も作ってやる。だからそれまで、いい子で遊んで待っててくれろぅ」

誰かが洟《はな》をすすっている。左次郎ではなく、吉三だった。しゅんしゅんと鼻を鳴らし、泣き顔を隠しながら、また十三夜の影踏み歌をうたい始める。調子っ外《ぱず》れに歌い続ける。

橋の上で、政五郎は静かに合掌した。

博打眼
ばくちがん

一

朝飯時《あさめしどき》であった。

上野新黒門町《しんくろもんちょう》の醤油《しょうゆ》問屋近江屋《おうみや》は、主人《あるじ》一家と住み込みの奉公人たちをあわせて十六人の所帯である。その十六人が、台所から続く二間をぶちぬいた板の間に集まり、肩をくっつけ肘《ひじ》をぶつけ合いながら朝飯をとるのがこの家のならいだった。

普通、このくらいの商家ではこんなことはしない。主人と奉公人たちのけじめがなくなるし、給仕する方もされる方も忙《せわ》しなくてしょうがないからだ。だが近江屋では、八年前、父母を流行《はやり》病《やまい》でいっぺんに失い、二十五歳の若さでお店《たな》を率いることになった主人の善一《ぜんいち》が、

「一日に一度は、みんなの顔をぞろりと見渡したい」

それには一日の始めの朝飯を、揃って食うのがいちばんだということで、無理を通してこれを始めた。最初のころは、若旦那《わかだんな》の気まぐれも困ったものだと陰で眉《まゆ》をひそめていた奉公人た

ちも、今ではすっかりこの賑《にぎ》やかな朝飯に慣れている。支度を調えて皆を集めてしまうと、四人いる女中たちも一斉に箸《はし》を取るので、誰が世話をするわけでもない。手の空いた者が互いに飯や汁をよそい合い、お菜の皿や鉢を回し、分け合って食うのだ。

慣れてしまえば、ついでにその日の商いの段取りができるし、誰かの食が細っていれば具合が悪いのかとすぐわかるし、誰かと誰かが妙にぎくしゃくしていれば、喧嘩《けんか》でもしたかと察しがつく。意外と具合がいい。そのうえ、近隣にまで喧噪《けんそう》が響くこの合戦のような朝飯が一種の名物となり、近江屋は新黒門町で名を売った。

「おや、朝ご飯が終わった。さあ近江屋さんが表戸を開けるよ」

などと、みんな心得ている。

この冬、初の薄霜が降りたその朝も、近江屋ではそうやって戦場《いくさば》さながらの朝飯を食っていた。その最中に、上座の善一が、いきなり左手の飯茶碗《めしぢゃわん》を取り落とし、口のなかの飯を吐き出しながら、

「わ!」

と叫んだのが事の始まりであった。

残りの十五人はぎょっとして箸をとめた。炊きたての飯とあつあつの味噌汁《みそしる》からあがる湯気と、吐き出す人びとの息ばかりが白い。

「おまえさん?」

真っ先に我にかえり、夫の肩先に手をあてたのは、おかみの香苗《かなえ》である。嫁いで半年で若お

かみからおかみに押し上げられ、厠《かわや》でこっそり泣くようなこともあった手弱女《たおやめ》ぶりは、この八年で影をひそめた。善一とのあいだに子供も三人産んで、今や貫禄《かんろく》では夫に負けない。しかしその香苗でさえ、掌《てのひら》から伝わってくる善一の身体の震えと、みるみるうちに血の気を失ってゆくその顔色に、続く言葉を失ってしまった。

「ああ、大変だ」

右手に残った箸もばらりと落とすと、善一はわななく手で額《ひたい》を押さえた。

「──政吉兄《まさきちにい》さんが死んだ」

戸惑って、香苗は目をしばたたく。すると今度は、善一を挟んでおかみの反対側に座を占めている番頭の五郎兵衛《ごろべえ》が気色《けしき》ばんだ。

「政吉さん？　深川万年町《まんねんちょう》の、あの政吉さんでございますか」

物堅い商人《あきんど》で算盤《そろばん》に長《た》け、実直そのものの人柄でありながら、顔がちと怖い──目つきが悪くて眉がげじげじで鼻があぐらをかいていて額に向こう傷がある──どうも堅気に見えない、ごろつきだ、ごろつき五郎兵衛だ、ちぢめて〈ごろごろ〉だとあだ名されているこの五十男が、

「うん、たった今死んだ」

と善一がうなずき、

「ゴロさん、あれがうちに来《い》る」

と言うのを聞いて、たちまち張り替えたばかりの障子紙みたいな顔色になったことに、残りの者たちはまた驚いた。

「確かでございますかね、旦那様」

「確かだよ、今、ここで感じた」

善一は手で心の臓の上を叩《たた》いてみせて、ごくりと空唾《からつば》を呑《の》み込んだ。

「身内だからね。わかるよ」

「しかし、次は旦那様と決まったわけじゃありますまい」

「いや、私《あたし》なんだ。もともと私に決まっていたのを、政吉兄さんが代わってくれたんだからさ」

「それは存じておりますが――」

「私は今も二番手なんだよ」

謎めいたやりとりに、いちばん下っ端の丁稚《でっち》小僧など、口の端に飯粒をくっつけたまんま、ぽかんと口を開いている。

ごろごろ番頭は膝立《ひざだ》ちになった。「まず、どういたします?」思い出したように顎《あご》をがくがくさせ、「あれが、こっちにやって来る」と、善一は身震いした。「いったいどうしたんだろう。でも私にはわかるんだ。ええと」

板の間に集まった十六人は、地べたが揺れるのを感じた。地震《じぶる》いだ、と身構えると、膳《ぜん》の上の器や椀《わん》も小さくカタカタと震え始める。さざ波のような震えが、地べたばかりではなく、空《くう》を伝わってくる。と思うそばから、台所の煙出しや格子窓から、むうっと生臭い風が吹き込んできた。

「ともかく、閉じこめなくちゃいけない」

善一が、格子窓の外の方へ目を投げた。夜明け前、まだ空は薄暗い。

「ゴロさん、今いちばん空《す》いてる蔵はどれだ？」

三番蔵でございますと五郎兵衛が応じたとき、さらに強く、さらに生臭い風が吹き込んできて女たちの髪を乱し、一同はたまらずに目や鼻を覆った。

「それじゃ三番蔵だ！　三番蔵を開けろ！」

片手をあげて顔をかばいながら、善一は膳を蹴《け》っ飛ばして立った。

「みんな、手伝っておくれ。ああ、男衆《おとこし》だけでいい！　女子供は外へ出るな。外を見ちゃいかんぞ！」

主人と番頭を先頭に、手代《てだい》たちもわらわらと外へ、店の裏手の蔵の方へと駆け出してゆく。残された女たちは呆気《あっけ》にとられ、互いの顔に互いの不安を映し合って、自然と身を寄せた。

地震いのような揺れと、不穏な風の流れは続いている。今では棚の上のものや、水屋《みずや》の中身、いや、水屋そのものまでみしみしと揺れ始めていた。

そして――それが来た。

ずしん！　ひと際大きな揺れがあったかと思うと、蔵の方から男たちの悲鳴のような声が聞こえてきた。閉めろ、閉めろと五郎兵衛が叫ぶ。早く閉めろ、閉じこめてしまえ、見ちゃいかん、まともに見ちゃいかんぞ！

揺れがとまった。最後の風が吹き抜けて、板の間の瓦灯《かとう》の火を手妻《てづま》のように鮮やかに吹き消すと、始まったときと同じように唐突に止《や》んだ。

薄暗がりのなかで、台所と板の間に、細かい埃《ほこり》が舞っている。

「もしかしたら」

香苗が呟《つぶや》き、片手で傍らの幼い女の子を抱き寄せ、その後ろの、大きな笊《ざる》のなかで産着《うぶぎ》にくるまってすやすや寝ている赤子を、もう片手で引き寄せた。

「あれが……あれなのかしら」

さっぱり要領を得ないが、ともかく、それがこの朝の椿事《ちんじ》であった。


「なあ、お美代《みよ》。今朝のあれって、いったい何なんだ？」

話はその日の午過《ひるす》ぎに飛ぶ。

お美代は七つ、近江屋の娘である。善一と香苗の長女だ。今朝方、面妖《めんよう》で不穏な出来事の折に、香苗に抱き寄せられた幼い女の子である。笊のなかで眠っていた赤子は弟の小一郎《こいちろう》で、こちらはまだ襁褓《むつき》をあててばぶばぶいっている。姉弟のあいだには女の子がもう一人いたのだが、三つになる前に麻疹《はしか》でとられてしまった。

お美代に件《くだん》の問いかけをしたのは同い年の男の子で、名を太七《たしち》という。近江屋の近所の棒手振《ぼてふ》りの子で、その名の示すとおり七人兄弟《きょうだい》姉妹の末っ子だ。二人は同じ手習所で机を並べており、今はその帰り道なのである。

「今朝のあれって、あんた、何か見たの？」

太七一家が住んでいる長屋は、近江屋のすぐ裏手にある。今朝の近江屋の騒ぎは充分に聞こえたろうし、朝っぱらから何だよと太七が外へ出て、こちらを振り仰げば、何か見えたかもしれない。三番蔵はいちばん奥まった場所にあり、長屋に近いのだ。

「すげえ騒ぎだったろ。ごろごろ番頭が何かわめいてた。火事かと思ってさ」

おっとうと兄《にい》ちゃんたちと、外へ出たんだという。

「そしたら、空から何かへんてこなもんが飛んできて、びゅぅぅぅんて風を切って、おまえんちの蔵に飛び込んだぞ」

お美代は足をとめ、太七を往来の端に手招きした。通りがかりの人の耳を憚《はばか》ったのだ。七つでも女の子はおしゃまである。今朝の様子から、あの椿事については、あんまり大声でしゃべってはいけないと、両親に諭される前から察していた。

太七は手習い帳の紐《ひも》をつかみ、ぐるぐるぶん回しながら近づいてきた。

「何だよ」

「そのへんてこな飛んできたものって、どんなものだった？」

太七は一丁前に顔をしかめた。「ごろごろの奴、何であんなにあわててたんだ？　へんてこなもんが蔵へ飛び込んだら、今度は閉めろ、閉めろって怒鳴ってさ」

「うちの番頭さんのこと、ごろごろなんて呼んだらいけないよ」

「ごろごろはごろごろじゃんか」

「いいから、あんたが見たのはどんなもの？　どっから飛んできたの？」

お美代が熱心なので、太七は意地をやかせてやろうと思ったらしい。

「おまえが先にしゃべんないと、おいらもしゃべんない」

お美代はきつく口を閉じ、太七の浅黒い顔を睨《にら》んだ。おっとうの商いを手伝っているので、一年中よく日焼けしているのだ。

「あんたがしゃべんないと、あたしもしゃべんない」

それにしゃべりたくても、お美代にもよく事情がわからないのだ。

何かわからない何かを三番蔵に閉じこめて引き揚げてくると、父さんも番頭さんも手代さんたちも、みんな生《なま》っ白《ちろ》いような顔色をしているくせに、

――さあ、済んだ。もう何も心配ない。

口先ではそう言って、何事もなかったようなふりをしている。とりわけ父さんと番頭さんの素知らぬふりはとびっきりで、芝居は下手でも大真面目なので、取り付くしまがなかった。

お美代は七つなりの一計を案じ、ここは手代さんたちを攻めるべきだと考えた。が、今朝何かを見て何かを閉じこめ、そのせいで青ざめていた手代さんたちも、少し時が経《た》って顔色が戻ると、大人の分別を取り戻してしまったらしい。父さんや番頭さんからきつく言い含められてもいるらしい。お嬢さんには関わりないことですよ、ぜんぶ済みましたからご安心くださいと、しらっと笑ってごまかされてしまった。

一方で母さんも手強《てごわ》い。母さんに手なずけられている女中たちも同様だ。お美代は先《せん》に、永年の近江屋出入りで先代の主人夫婦（つまりお美代のお祖父《じい》ちゃんとお祖母《ばあ》ちゃんだ）のこと

もよく知っているという太七の母さんから、

――お美代ちゃんのおっかさんは世間知らずのお嬢さんで、お嫁に来たばっかりのころには、本当に近江屋さんでやっていかれるのかどうか心配だったもんだよ。お姑《しゅうとめ》さんどころか、女中頭の前でも小さくなってて。

なんて昔話を聞かされたことがある。今の母さんとはまるっきり違うから、びっくりだった。

「あんた、意地悪ね」

お美代はじりりと後ずさりして太七から離れつつ、きつく睨《ね》めつけた。

「そんな意地悪をすると、もうおさらいを手伝ってやらないから」

太七は小生意気にせせら笑った。

「そんなふうに後ずさりすると、後ろ向きのまんま鳥居をくぐっちまうぞ。神様にケツをおっつけたら、バチがあたらぁ」

お美代は振り返った。二人はちょうど、近江屋から半町ばかり離れた道筋にある、小さな八《はち》幡宮《まんぐう》の前で立ち止まっていたのである。

猫の額のような境内だが、お稲荷《いなり》さんではない。八幡宮だ。その証《あかし》に、塗りの剝《は》げた古い鳥居の左右に鎮座しているのは、お狐さんの像ではなく、一対の狛犬《こまいぬ》である。これまた古ぼけた石造りの狛犬で、灰色の身体ぜんたいに白い斑《まだら》模様がこびりついている。烏《からす》や鳩の落とし物のしみが落ちないのだ。

この寂れた神社は、古くからここにあるらしい。近隣の人びとはここを通りかかるときには会釈をし、折々にお参りに来る。近江屋でも、土地神様がおわすお社《やしろ》だから失礼をしてはいけませんと、番頭さんが言っている。

しかし太七が言うとおり、後ずさりして鳥居をくぐると、すぐにお尻《しり》が賽銭箱《さいせんばこ》にくっついてしまいかねないほど狭い神社だ。お美代はあわててくるりと向き直り、鳥居の奥の、屋根瓦《やねがわら》が緩んだ本殿に向かってぺこりとした。これも、掘っ建て小屋に近いような風情《ふぜい》である。正面の観音扉はいつ見ても閉じており、閉じているのに傾《かし》いで隙間ができている。

たいていの神社には、本殿の軒のところにそのお社の名前を奉じた扁額《へんがく》があるもので、それはここにも同じだ。が、長屋の木札といい勝負の粗末な木の板に墨書されただけのものなので、ほとんど消えてしまっている。「幡宮」の二文字がかろうじて読み取れるだけであった。

挨拶《あいさつ》を済ませて、お美代は両手を腰にあてがった。

「これならいいでしょ」

フン、と太七は鼻息で応じた。

「おまえ、自分ちのことなのに、何も知らないんだな」

「知らないから訊《き》いてるんじゃないの。父さんが、女子供は外に出るなって言ったの。外を見るなって」

そして、ハッと気づいた。

「もしかしたら、見るとさわりがあるんじゃないかしら。あんたこそバチがあたるよ」

子供同士のやり合いだから、形勢は軽々と逆転する。太七は泡を食った。

「え？　さわりって何だよ。どうしておいらにバチがあたるんだよ」

「知ぃらない」

口の両端をにいっと横に引っ張って、思いっきり笑ってやった。何だよ何だよと、太七はしゃにむにつっかかってきて、手習い帳でお美代をぶとうとした。

「やめてよ、やめてってば」

追い詰められたお美代は、狛犬が載っている石の台座に背中をぴったり押っつけて、両手で顔をかばった。

そのとき、声が聞こえてきた。

——ふんじごばってんだが？

え。

何だ何だ。今の声は何だ。

お美代が急に身を固くしたので、太七も驚いたらしい。口では何だよ何だよと言いながらも、腰が引けた。

「何だよその顔。おいら、ぶってねえぞ」

「し！　黙って」

お美代はぴしゃりと太七をぶった。

「おまえの方がぶってんじゃねえか」

「静かにしなさいって」

お美代はさらに強く背中を台座に押しつけ、懸命に耳を澄ませた。

すると、また聞こえた。

――ふんじごばってんだら、おだがだがのししだってるで。

お美代の手から、手習い帳が落ちた。

「何だよ」

今や太七はあわてるのを通り越して怯《おび》えだしており、身をすくめて囁《ささや》いた。

その顔色を充分に確かめてから、お美代はくつくつと笑い出した。

「竹兄《たけにい》よ」

太七の目がおっぴろがる。「竹兄?」

「竹兄がいたずらしてるのよ」

ひょいと身を翻《ひるがえ》し、お美代はきょろきょろとあたりを見回した。それだけでは足らずに、狛犬のまわりをぐるぐる探した。

「竹兄でしょ! あたしたちのこと、おどかそうとしてるんでしょ」

口を尖《とが》らせてちょっぴり背伸びをし、まわりを見回して、太七は呆《あき》れている。

「誰もいねえよ」

「だって、今聞こえてきたの、竹兄のお国訛《くになま》りだもん」

「おいらには何にも聞こえなかったぞ」

「あんた、騒いでるから自分の声がうるさかったんでしょ」

それを聞いて、太七もその気になった。ホントかよと頭をかきながらも、一緒に竹兄、竹兄出てこいと騒いだ。

狭い八幡様はしんとしていて、確かに、お美代と太七のほかには誰もいない。通りがかった行商人に、こらこら神社で騒いじゃいかんと声をかけられる始末に終わった。

「お美代、寝ぼけてるんじゃねえか」

憎まれ口をきき、おいら帰ると歩き出す太七に追いついて、ねえホントのところ、あんたは今朝何を見たのと、お美代は粘った。

「う〜ん」

いざとなると、太七は言いよどむ。

「〈う〜ん〉ていうものを見たの？」

「ちがわい。けど、うまく言えないんだよ」

何かさあ――と、寄り目になる。

「でっかい蒲団《ふとん》みたいなもんだった」

「蒲団？」

「うん。黒くって、でっかい蒲団」

そんなもんが空を飛んできて、近江屋の蔵に飛び込んだというのか。

「どっちから飛んできた？」

太七は指さした。「お天道さまののぼってくる方」

東だ。今朝、父さんの言っていた深川は、新黒門町あたりから見ると、おおまかに東にあたるのではないか。

政吉兄さんって、誰だろう……お美代が考えていると、太七がもじもじしている。

「何よ」

「おまえ、笑うだろう」

「笑いやしないよ」

いンや笑うと、太七は決めつける。

「笑わないよ。だから何？」

また寄り目になってから、太七はぼそっと言い足した。「その真っ黒けのでっかい蒲団に、目玉がいっぱい生えてたんだ」

ひと呼吸おいて、お美代はげらげら笑った。

そら笑ったじゃねえか、こんちくしょうと、太七は走っていってしまった。

一人になると笑うのをやめて、お美代は近江屋に帰った。黒い蒲団に目玉。蒲団に目玉がいっぱい生えてた——

勝手口へ回る前にちらりとのぞいてみると、店はいつものように商いしており、お客の出入りに変わりはない。帳場格子の向こうにどっかりと座る、ごろごろ番頭の姿もいつもどおりだ。ところが、奥の様子は一変していた。なにしろ騒がしい。人が大勢来ているのだ。そこらじゅう履物だらけで、女中たちは台所と廊下を忙しく行ったり来たりしている。

やがて母の香苗が来て、今日はどこにも遊びに行かずに、小一郎をみてやってねと言う。

「お客様がいっぱい来てるから？」

そうよと、香苗は明るくうなずいた。

「みんなご親戚《しんせき》の皆さんですよ。父さんと大事なお話をしてるから、お邪魔しちゃいけません」

確かに父の善一の座敷からは、人声ががやがやと漏れ聞こえてくる。

「それなら、誰か呼んでもいい？」

「いけません」

母さんは厳しいけれど、普段はこんなふうに、お美代のおねだりをひと言で撥《は》ねつける人ではない。思わず、「どうして？」と訊いた。

「今朝、あんな変なことがあったから、親戚の人たちが集まってるの？ 三番蔵にへんてこなものが飛んできたのを、父さんたちが閉じこめたんでしょう？」

香苗がすかさずお美代の頭をぽんと叩いて遮ったので、結果として幸運にも、お美代はこう続けずに済んだ——たあ坊が見たって言ってたよ。

「おなまなことをお言いでないよ。あんたにはまだわからないことなの。知らなくていいことなの。父さん母さんの言いつけどおりにしてればいいの」

七つの女の子と男の子の差は、女の子はこういうとき、いっぺん引き下がる計略を知っているということだ。

「はい、わかりました」

殊勝な態度に、香苗の表情もやわらいだ。

「いい子にしていたら、美味《おい》しいおやつをあげますよ。一人でつまらないようなら、新《しん》どんと遊んでいいからね」

いちばん下っ端の丁稚小僧である。普段は小一郎の子守も新どんの仕事のうちだ。

「新どんにも言ってあるけど、これからしばらく、あんたたちはお蔵に近づいちゃいけません。庭で遊ぶのもいけません。厠に行くときは、真っ直ぐ行って真っ直ぐ帰るのよ。お蔵の方を覗《のぞ》いたりしちゃいけません」

七つのおしゃまな女の子は、こういうとき、また「どうして？」と尋ねて頭をぽんとされたりしない。お美代は素直に、自分の座敷へと引き下がった。

新どんがやって来た。おやつ付きである。到来物なのかお客様用か、梅林堂《ばいりんどう》の羊羹《ようかん》と練りきりだ。手を打って踊り出したくなるような豪華なお菓子である。

新どんはぐずり始めた小一郎の襁褓を替え、赤子を背中にくくりつけた。いつもの姿である。

お美代は丁稚どんに訊きたいことが山ほどあるけれど、手代さんたち同様、この子も父さん母さんの言いつけを守る奉公人の〈小さな〉鑑《かがみ》だと知っているので、まずは懐柔策に出た。

「新どん、双六《すごろく》しようか」

本来は正月の遊びだが、新どんはこれが大好きな上に、遊ぶ機会が限られている。思ったとおり、飛びついてきた。

「新どんが勝ったら、あたしの分の羊羹も食べていいよ」

新どんは大いに喜んで勝ちに勝ち、お美代は彼の口をほぐすことができた。

といっても、新どんも大したことは知らなかった。奥に集まっているお客様たちは、確かに近江屋の親戚筋の人びとであること。何やら難しい話をしていて、ときどき誰かが怒ったり唸《うな》ったりしていること。易々《やすやす》とまとまる話し合いではなさそうなこと。

「まったく、あたいもこんな大勢のご親戚筋様が集まるのを見たのは初めてです」

新どんはやっと十歳《とお》だし、近江屋に来て二年足らずだから、これは大仰な言い様ではあるけれど、気持ちはわかる。

「あたしは、うちにこぉんなに大勢のご親戚筋様がいることも知らなかった」

「お嬢さん、近江屋は江戸中にごまんとございますが、その半分方は手前どものご親戚筋でございますよ」

これは大げさもいいところだが、江戸市中に近江商人がごまんといることは確かで、なかでも近江屋の店名を掲げているところならば、地縁血縁で結ばれている場合は多い。

「ねえ新どん、あんたもお蔵には近づいちゃいけないって言われた？」

秘密めかしてお美代が小声で訊くと、新どんも小声になった。

「はい。お蔵には張り番がついています」

「張り番？」

「手前どもだけでは手が足りませんから、ご親戚筋様から人を出していただいているそうでございます」

お美代は目をぱちくりした。張り番を立ててまで蔵を守るとは、やはりただ事ではない。

「お客様のおもてなしと、張り番さんたちの賄《まかな》いがございますから、おきんさんたちはみんな忙しくなりますね」

おきんというのは近江屋の女中頭だ。どうかすると香苗に輪をかけて厳しい人である。

お美代は口の端がうずうずした。新どんに、今朝、太七が見たというものを教えてやりたくてしょうがない。が、忠義の新どんは、聞けばきっと誰かに話す。とりわけおきんには隠し事ができない。蛇に睨《にら》まれた蛙だから、ゼッタイに吐いてしまう。

——黙っとこ。

そのうち双六にも飽きてしまったし、新どんは遊んでばかりもおられないので、小一郎を背中にくくりつけたまま仕事に戻った。お美代は奥の様子を窺《うかが》い、思い切って表に行ってみることにした。

こういうときは、軍師を攻めるという奇襲もありだろう。五郎兵衛に訊くのだ。

どうしても堅気に見えない番頭は、懐にどすでも呑んでいるような顔をして今日も醤油を売っている。お美代は屈託ない風情で、そのそばにぺたりとへっついた。

「おや、ご退屈ですかな？」

お美代は彼の懐に顔を突っ込みそうになるくらい身を寄せて、囁《ささや》いた。

「黒い蒲団に目玉がいっぱい」

番頭は仰《の》け反《ぞ》った。あんまり大きく驚いたので、はずみで帳場格子に挟んで付けてある燭台《しょくだい》を吹っ飛ばしてしまったくらいだ。

「お、お、お嬢さん」

気づいて怪訝《けげん》そうに振り返る客たちや、手代さんたちの目をかわして、ごろごろ番頭はお美代を引き寄せた。

「ご覧になったんですか」

「ううん。見た人に聞いた」

「誰が見たんです？」

問うてから、五郎兵衛はあっという顔をした。「太七ですな。あの一家は早起きだ」

「あたりぃ」

これはしたり。ごろごろ番頭が分厚い掌で自分の額を打つと、いい音がした。

「あとで手前が寅蔵《とらぞう》と話しておきます」

寅蔵というのは棒手振りの、太七のおっとうである。

「お嬢さんも、二度とこのことは口にしちゃいけません。太七にもよくよく口止めしてくださいよ。あれは——太七が見たというものは、良くないものなんです」

「何がどう良くないの？」

ただの知りたがりではなく、お美代はちょっぴり心配になってきたのだった。番頭さんがこんなにあわてるのは珍しい。

「さわりがあるのね？　もしかして、たあ坊は病にかかったりするの？」

お美代の真剣さが伝わったのだろう。五郎兵衛はゆっくりとかぶりを振った。

「そういうことではございません」

眠たげな二重まぶたがまばたきをした。ごろごろ番頭は少し思案したらしい。お美代はアラと思った。番頭さんの顔って、あの狛犬さんと似てる。

「内緒ですよ」

「うん」

「不用意にあれに近づいたり、あれを見たりしますとな、手癖が悪くなるのです」

一度ぐらいなら心配ない。それでも、太七はもうそれについてしゃべらない方がいい、と言った。

「お嬢さんもです。お嬢さんの暮らしには、何のさわりも、変わりもございません。旦那様とおかみさんの言いつけを守って、いい子にしておればよろしい。今度のことは、手前ども大人にお任せください。そのうち収まります――いや、収めますからな」

お美代の頭をくりくりと撫《な》でて、五郎兵衛はごろつきっぽく笑った。

夜になって、あと二つ、驚くことが加わった。

ひとつは、蔵のまわりにかがり火が赤々と焚《た》かれたことである。蔵の張り番はただの張り番ではなく、寝ずの番なのだ。近江屋だけでは人手が足りなくなるわけである。

二つ目は、蔵が騒がしいことである。張り番が騒いでいるのではない。

三番蔵から、物音がする。夜になってまわりが静かになると、消しようがなくごまかしようもない、奇っ怪な音が響いてきたのだ。

扉はすべて閉じてあるのに、蔵の厚い壁を通して、その音は漏れ出てくる。

ぶつぶつぐずぐずと、誰かが呟いているような。

ぞろぞろわさわさと、何かが動いているような。

じっと聞いていると鳥肌が立ってくるようで、お美代は夜具をひっかぶっても、なかなか眠れなかった。赤ん坊の小一郎も同じなのか、ひどく夜泣きをした。それをなだめる香苗の子守歌が、夜気のなかに細く寂しく流れてゆく。

その背後にも、ずうっと——

ぶつぶつぐずぐず、ぞろぞろわさわさ。

二

一夜明けて、また手習所の帰り道である。

五郎兵衛の薬がよほど効いたのか、太七は人が変わったようにおとなしくなっていた。お美代の方から昨日の続きを持ちかけても、まったく食いついてこない。

「駄目、ダメ、ダメだ。おいら、その話をしちゃまずいんだ」

「寅蔵さんにも叱られた？」

「おっとうもおいらも、雁首《がんくび》揃えてごろごろ番頭に叱られたんだよ！」

わざと見たんじゃねえのにと、むくれるところはいつもの太七だ。

「番頭さんは、大人に任せておけば、ちゃんと収めるって」

「だろ？　任せろ任せろ。おいらはもう知らねえ。あんな気味悪いもの」

「気味悪かったんだね？　あのね、三番蔵から嫌らしい音がするんだよ」

「だから、もう言うなってのー」

駆けっくらのようにしてあの小さな八幡宮の前まで来て、お美代は思い出した。そうだ、今日こそ竹兄、いるかしら。

「昨日のあの訛り、竹兄だったもん」

狛犬の台座に手をあてて、そうっと本殿の方を窺ってみる。子供の影に驚いたのか、雀が数羽ぱっと飛び立った。

「竹兄はいねえよ。おまえ、聞き違いしたんだろ」

太七も気になって、あのあと確かめたのだという。

「竹兄は昨日、萬年湯の釜《かま》掃除で、朝から日暮れまでずうっと忙しかったって」

お美代はがっくりした。「竹兄ったら、またそんな仕事してるんだ」

「しょうがねえだろ。山登屋《やまとや》じゃ働けねえんだ。居候《いそうろう》なんだから、てめえの食《く》い扶持《ぶち》くらい、てめえで稼がなくっちゃ」

二人が竹兄と呼ぶのは、竹次郎《たけじろう》という若者である。同じ新黒門町にある町飛脚《まちびきゃく》の「山登屋」に住み込んでいて、本当は飛脚になるはずだったのだが、今はただの居候に成り下がっている。

十年ばかり前、今の山登屋の主人が、まだ自分も手甲脚絆《てっこうきゃはん》で走っているとき、奥羽《おうう》街道沿いの小さな宿場で、迷子だか捨て子だかを拾い、そのまま江戸まで連れてきた。それが竹次郎だ。ついでに言うと、この迷子だか捨て子だかは名前こそ言えたものの、生まれた場所も親の名前も、自分の歳《とし》さえ覚えていなかった。だから今でも竹次郎の歳ははっきりしない。二十歳ぐらいだろう。

さてこの竹次郎は、むやみに脚が速い。猿《ましら》のように速い。山登屋の主人もそれを見込んだからこそ拾って江戸まで連れてきたのだが、じっくり走らせてみると意外な弱点が見つかった。長く走れないのだ。せいぜい二、三町が限りで、すぐ息が切れる。それではと鍛えると、短い間での走りはさらに速くなるのだが、バテることに変わりはなかった。

これでは飛脚にはなれない。市中の使い走りがいいところだ。

山登屋の主人は冷酷な人ではないから、竹次郎の脚が見込み違いに終わっても、彼を追い出しはしなかった。山登屋に住まわせ、下働きをさせた。本人も物心ついてくると、いつまでもこんな半端な居候ではいかんと思うのか、生計《たつき》の道を求めてあれこれやってみるのだが、どれもそこそこ器用にこなし、小器用で終わる。それがかえって禍《わざわい》して、今ではご町内の便利屋になっている。

一方で、竹次郎は近所の子供たちには好かれている。いつも機嫌良く遊んでくれるし、手先が器用で竹とんぼなんかひょいひょいこしらえてくれるし、面白いからだ。痩《や》せているのに力持ちで、子供の二、三人を背負ってもびくともせず、持ち前の猿の走りを披露してくれる。もっとも、やっぱりすぐ息があがる。で、まったく竹兄はしょうがないよねと、懐かれているのである。

竹次郎の素性は知れないが、ひとつはっきりしていることは、どこか山深い郷《さと》の生まれだということだ。何となれば、お国訛りがもの凄《すご》かったのである。それも、各地を渡り走っているいろな言葉を知っている山登屋の人たちでさえ、一度や二度聞いただけではわからないほど珍しい訛りだった。

江戸で暮らして十年、さすがに流暢《りゅうちょう》な江戸弁でしゃべるようになった竹次郎だが、故郷《ふるさと》の言葉を忘れたわけではない。やって、やってと子供らがせがむと、お国訛りを聞かせてくれる。お美代も何度か耳にしたことがある。

そして、昨日このお社で聞こえてきたのは、間違いなく竹兄のお国訛りだったのだ。調子はいいのだけれどやたら濁っていて、何を言ってるのかわけわかんなかった。あのわけわかんなさは、間違えようがない。

それに、手習所帰りの子供たちを待ちかまえていて、ひょいとちょっかいをかけるなんて、いかにも竹兄のやりそうなことだ。

「竹兄ぃぃぃ〜」

お美代はすっかりそう思い込んでいるから、遠慮がない。

「いるんでしょ？　ねえ出てきてよ。こないだこしらえてくれたけん玉、あたし上手になったんだから」

だから竹兄じゃねえってよと、太七は後ろでベロを出している。

「うるせえって、神様が怒るぞ」

「そうだよ、竹兄。こんなところに隠れてると、神様が怒るよ」

と、また聞こえてきた。

――ぐでのおじょが、ほんでらわだいでどがじっどるど。

お美代はぴたりと口を閉じ、背筋を伸ばした。

今の、変だ。

耳に聞こえてきたんじゃない。腕を伝って、直《じか》に胸に届いた感じがした。

お美代はゆっくりと顔をめぐらせ、自分の右腕に目をやった。狛犬の台座に触っている腕に。

――ふんじごばってんだら、おだがだがのししだってるどっても、おじょがばばぐじるで、しだもがん。

お美代はさらにゆっくりと、右腕から目を上げて、狛犬を仰いだ。鳥の糞《ふん》の白いしみにまみれた、眠そうなその顔を。

――ん、おだ。

狛犬の目が、まばたいたように見えた。

――おだのほうでるがさいもがんなん、そんたけにいどて、ほいでこ。

またまた腕を伝わってきた、言葉というより、これは思念だ。そしてその思念のなかに、お美代にもたったひとつ聞き取れる言葉があった。

たけにい。

――ほいでこ、ほいでこ。

狛犬がうなずいているように見える。

意味はわからないけど、調子はわかる。

「お美代、何してんだよ」と、太七が焦《じ》れる。

お美代は半分口を開いたまま、そうっと差し出すように言ってみた。太七にではなく、狛犬に向かって。

「竹兄を連れてこいって言ってるの？」

狛犬がまばたきした。今度こそ、はっきりとお美代は見た。

――ん。

「おい、何だよぉ！」

あわてる太七の手をひっつかみ、彼を引きずるようにして山登屋まで突っ走ったそのときのお美代の脚は、竹兄並みに速かった。

「何だ何だ、みぃ坊、昼っから夢でも見たんじゃねえのか」

竹兄である。

今日もだらしない。昨日もだらしなかったろうし、明日もだらしないはずだ。髪はぼうぼうにのびて髷《まげ》が埋もれるほどだし、顔は薄汚れていて、あんなに器用なくせに帯の結び方は下手なので、いつもほどけかかっている。だから襟も緩んでいる。尻っぱしょりしてもすぐ着物がずり下がってくるので、しょっちゅう後ろに手を回して挟み直している。

これが竹兄である。ついでに言うと、半端仕事で駆けずり回っているので、太七よりも、寅蔵よりも陽に焼けている。

「山登屋にいてくれてよかったよ」

と、歎《なげ》くのは太七だ。お美代に引きずられ、膝に擦り傷をこしらえている。

「今日はうちの竈《かまど》掃除をしてたからな」

「だからそんな真っ白なんだね」

竹兄は頭から灰まみれなのである。

お美代は知ったこっちゃない。竹兄の手を取って、狛犬の台座へと引っ張ってゆく。

「ぴったりくっつけて。ほら、掌をちゃんとくっつけるの！」

そうしておいて、狛犬を見上げた。

「狛犬さん、竹兄を連れてきたよ。何か言って！　竹兄なら、狛犬さんの言ってることがわかるんだよね？」

竹兄と太七が目と目を合わせ、太七がこめかみのところで指をくるくる回しているのに気づいていたが、蹴っ飛ばすのは後にして、お美代はしっかりと竹兄の手を押さえた。

「狛犬さんに挨拶して。おいらが竹兄ですって。お国訛りで言うんだよ」

竹兄は空いた手で頭を掻《か》いてにやにやしながらも、

「おだがたけじろだんで」

声に出して、狛犬に言った。

「狛犬さん、お願い！」

お美代は目をつぶり、自分の手も狛犬の台座にぴたりとあてた。

——とどきんしゅまんぐれるだ、すったらめどけえだ。

お美代はぱっと目を開いた。見れば、竹兄も目を剝《む》いている。

「聞こえた？」

おう、と竹兄は唸った。

「何だ、こら」

狛犬を仰ぎ、ついで掌をさしのべて、その顔や頭をぺたぺた叩き始めた。竹兄は背が高いので、狛犬に届くのだ。

「へえ、おまえ登土岐《とどき》で採れたのか。そっか、登土岐さざれなんだな。懐かしいなあ、びっくりしたよ」

狛犬と話が通じたらしいが、今度は竹兄がわけのわからんことを言う。

「何言ってるの？　狛犬さん、何て言ったの？」

竹兄は顔いっぱいに笑って、お美代をひょいと抱き上げると、肩車した。

「ほら、近くで挨拶しなよ。この狛犬は、俺と同じ郷から来たんだ。登土岐って土地で、昔は石切場があってな。登土岐さざれっていう石が採れたんだよ」

それにしてもフンだらけだなあ、という。

「登土岐さざれは、青みがかったきれいな灰色なんだよ。うんと磨くと、ぎやまんみたいに光るんだ」

お美代は竹兄の肩の上でじたばたした。

「それはいいから、わかったから、狛犬さんは何て言ったの？」

太七も急いで寄ってくる。今さらのように狛犬に触れようとして、手が汚れているのに気づき、あわてて着物で擦《こす》った。

「う〜んとな、今のは、〈登土岐の者に会うのはえらく久しぶりだ〉って言ったんだ」

やっぱり。竹兄にはわかるんだ！

「あのね、狛犬さんはあたしにね、〈ふんじごばってる〉って言ったの」

「そいつは〈困ってる〉っていう意味だ」

「石でできた狛犬がしゃべるかよ」と、太七が小さく抗弁した。

「神様のお使いだから、しゃべったっておかしかねえだろうよ」と、竹兄は笑った。「どれどれ、そンで俺に何か用があるなら、聞かせてくんな」

竹兄は右の掌を広げて、狛犬の垂れた耳のところに押し当てた。彼の肩の上のお美代は、頭のてっぺんじゃ申し訳ないので、しっぽのそばに手をあてた。

脇では、太七が掌と右耳を台座にくっつけて息をひそめている。

――おじょがおうみやでふんじごばってんど、おだがめめにはできたで。そんだばばくちがんだじょ。てんさのいてかすもんもでなぐぢば、おだがだがのししだってる。

お美代にわかったのは〈おうみや〉だけである。うちのことだ！

竹兄はまた目を瞠《みは》り、そうか、と呟いた。

「あんた、いい神様のお使いなんだな」

それから急いで、「いんめ、よかみんみのはすばらだっじょ」と、狛犬に通じる言葉で言い直した。

今日は肩車のおかげで狛犬の顔が目の前にある。竹兄の言葉に、狛犬の口元がうっすらと笑うのを、お美代は間近に見た。

「狛犬さん、何て言ったの？」

せっつくお美代に、竹兄はひとつ息をしてから、教えてくれた。

「嬢ちゃんの近江屋が困っているのが聞こえてきた。それは〈ばくちがん〉というものだ。人の手で退治できる化け物ではないから、私が手助けしてやろう」

今度はお美代が目を瞠った。太七は鮒《ふな》みたいにぱっかりと口を開いた。

二人を放っておいて、竹兄はひとしきり熱心に狛犬とやりとりをかわして、

「さあて、どうするか」と、ぼうぼうの髪をかきむしった。

「こんな話、近江屋さんがすぐ信じてくれるもんかなあ」

信じてもらえた。

何より効いたのは、〈ばくちがん〉という不思議な言葉だった。

〈博打眼〉と書くという。

「神仏のお引き合わせというべきか……」

有り難いが不思議なこともあるものだと、善一は感じ入ったようにうなずいている。左隣には五郎兵衛がいて、お美代は太七と二人で竹兄を挟み、頭を三つ並べて座っていた。近江屋の奥である。

ついさっきまではお客さんたちで騒がしかったが、今は誰もいない。お美代と竹兄から話を聞いた善一が、今日は皆様には引き取っていただこうと、お開きにしたのだった。

「この話に身内以外の者を引き入れたと知れると、やかましいお人もいるからね」

狛犬が、その〈博打眼〉とやらを退治するため、竹兄に指示したという事柄は、難しいことではなかった。お美代が聞いてもいっぺんでわかった。

これからできるだけ急いで、犬張り子を五十四集めなさい。目笊を背負った犬張り子ならば、大きさは問わない。

但し、新品ではいけない。金で買い集めてはいけない。あちこちの家に飾られてあるのをもらい受けてくるのだ。その際、目笊が破れたり壊れたりしていたら、必ず取り替えるか修繕するように。

五十四の犬張り子が揃ったら、またお社に来なさい。次にどうするか教えてやろう――

犬張り子というのは狛犬を模した張り子で、白地か黒地の犬の形に、きれいな装飾がほどこされている。なかには大きいものもあるが、張り子だから軽い。玩具《おもちゃ》のような飾り物のような、愛らしいものだ。夜店でよく売っているくらいだから、値も安い。

この犬張り子、なかでも背中に目笊を背負ったものは、〈子供の魔除《まよ》け〉なのだと、善一はお美代と太七に教えてくれた。

「そういえば、うちにもひとつあるね」

小一郎が寝起きしている座敷の棚に飾ってある。頭からしっぽまで、五寸ほどのものだ。背中の目笊には、お手玉のひとつぐらいは入りそうだ。

「狛犬は神様のお使いだし、目笊は化け物に強い。二つ合わせて、いろいろな魔に魅入られ易い子供を護《まも》る縁起物になるんだよ」

「どうして目笊が化け物に強いんだ？」

お美代も不思議に思ったことを、太七が代わりに訊いてくれた。

「化け物というのは、たいていが一つ目だ。そして、己より目の数の多いものを恐れる。人の目は二つだけども、目笊には、もっとたくさんの目があるだろう？　目の数の分だけ、化け物より強いんだよ」

笊の目と人の目玉は違うような気がするけど――などとお美代は小理屈を考えたが、太七は素直に納得したらしい。へえ、などと感心している。

「けど、あのへんてこな蒲団は一つ目どころか、目玉がいっぱい」

言いかけて、太七はあわてて口をつぐんだ。ごろごろ番頭がおっかない顔をしている。

「こ、狛犬さんは、は、張り子になっても、一匹、二匹って数えるんだね」

などとごまかして、太七は竹兄の背中に隠れようとする。

「さて、竹次郎さん」

善一は座り直すと、丁重に手を揃えて竹兄に向き直った。竹兄の方は髪ぼうぼうで灰かぶりで帯がとけかかったままである。

「これから打ち明けることは、私ら近江屋一族の秘事なんだよ。こんな事情でもなければ、けっして外には漏らせない話なんだ。そこのところ、よく心得て聞いておくれ」

お美代も、太七もな。うなずきかけられて、お美代はしっかりと、太七はあやふやに、「はい」と返事をした。

「それでも、竹次郎さんを駆り出すからには、山登屋さんに挨拶なしというわけにいくまい。話が済んだら、私を一緒に山登屋さんへ連れていってください」

竹兄は「へい」と首をすくめた。少しへどもどしているようだ。

「俺はまるでかまいませんけど、そんなまっしぐらに信じこんじまって、近江屋さんは本当によろしいんですか。俺が寝ぼけてるのかもしれないですよ。担いでるのかもしれないですよ。神社の狛犬がしゃべるなんて、絵双紙にだってなさそうなバカ話だ」

「バカ話じゃないよ。あたしもはっきり聞いたもん。狛犬さんが笑うのも見たよ」

口を突っ込むお美代に、善一は笑いかけた。「きっとそうなんだろうな。父さんも見たかったが、今はそれより、狛犬さんのおっしゃるとおりにする方が先だ」

父さん、大真面目だ。お美代はちょっぴり怖くなった。

「何より、あのお社の狛犬さん——つまりあのお社の神様は、〈博打眼〉をご存じなんだ。あれの恐ろしさをよくご存じだからこそ、私らを助けてくださろうとしている。有り難いじゃないか。私にはそれだけで充分だ。信じるよ。信じるとも」

力のこもった言い様に、竹兄はさらに首をすくめた。

「悪いが、竹次郎さん」と、番頭さんが割り込んだ。「先にひとつだけ、お訊《たず》ねするよ」

「何ですか」

「あんた、自分が登土岐って土地の生まれだってこと、いつ思い出したんだね？」

今度は明らかに〈まずい〉という顔で、竹兄は肩をすぼめた。

「いつっていうか……」

「ずっと覚えていたのに、山登屋さんには黙っていたのかね」

「はあ」

縮こまる割にはあっさりとうなずいた。

「すンません。大将にはちゃんと謝ります」

山登屋では主人のことを、みんな大将と呼んでいる。

せん」

「そうしなさい。けじめだからね」

ぴしりと言い置いて、ごろごろ番頭は善一に頭を下げた。「話の腰を折って申し訳ございま

「いいんだ。ゴロさんは百も承知だろうが、私もこの話は、なかなかしにくいからね」

喉仏をごくりと上下させると、一度しか言わない、聞いて、用が済んだら忘れてほしい、そういう話だ――と、始めた。

「あの〈博打眼〉という化け物はね、太七が見たとおり、大きな蒲団のような恰好《かっこう》をしている。どす黒くて、人の血が濁ったような色合いで、そこにちょっきり五十個の目玉が生えているそうだ。人の目玉だよ」

自分の言うことから逃げだそうとするみたいに、善一は早口になった。

「何でも、五十人の人を生け贄《いにえ》に、その亡骸《なきがら》の血肉を吸った墓場の土をこね上げてこしらえるんだそうだ。詳しい作り方は、私も知らない。親父も祖父さんから聞いていなかった。そんな知恵は後代に伝えない方がいいからだろう」

「こしらえるって……化け物なのに」と、竹兄が顔をしかめる。

「化け物だが、人の手で作れるんだ。もちろん、術《じゅつ》や呪文《じゅもん》が要《い》るんだろうね。込み入った段取りも要るんだろう。私は何も知らないよ。知らなくて幸いだ」

実を言うと、まともに見たのも今度が初めてだ、という。

「十四のときに見たけれど、そのときはあれは、このくらいの」と、手で四角い形をつくって、

「文箱《ふばこ》みたいな箱に納まっていた。政吉兄さんが蓋《ふた》を取ってちらっと見せてくれたんだが、いくつもの目玉がぎろりと睨み返してきたんで、腰を抜かしそうになったもんだった」

政吉兄さんという名前が、また出てきた。

「五十人の人が素になって……」と、太七がぶつぶつ言う。指を折って、何か数えようとしている。「こしらえた化け物には、目玉が五十ついてる？　百個じゃなくって？　五十人いるなら、目玉は倍の百個だろ」

その勘定を、指でやろうとするのは無理がある。というか意味がない。

「片目をつぶすんだな」と、竹兄が言った。思わず口にしてしまったという感じで、あわてて口をつぐむ。灰まみれの顔が、灰のせいではなく白くなった。

「そうらしい」と、善一も白っちゃけた顔でうなずいた。「先に片目をつぶしておいて、身体の方を、あとで化け物の本体をこしらえるのに使うとき……ああ、みんな聞かせることはないな。ともかく、それぐらい酷《むご》いやり方でこしらえる化け物なんだよ」

そんな酷くて怖ろしい化け物が、なぜ作られるのか。どういう使い道があるというのか。

「博打眼と約定《やくじょう》を結んで、あれの主《ぬし》になるとね」

おそろしく博打に強くなるのだという。

「どんな大金を賭《か》けた博打にでも勝てるようになる。たとえ相手がいかさまを仕掛けてこようと、それをも見抜いて、ひっくり返して勝てるほど強くなるそうだ」

だから〈博打眼〉なのか。

「だが、そうやって勝って儲《もう》けた金はね、どんどん使ってしまわなくてはいけない。派手に使ってしまわなくてはいけない。そうでないと、主は博打眼の放つ悪気《あっけ》にやられて死んでしまう。博打眼が好むのは、人が博打に入れ込んで熱くなるときの気《き》と、もっと勝ちたいという欲と、負けた相手が悔しがるのを見たいという業《ごう》だからね。人のそういう悪い気持ちが、博打眼の餌になるんだよ。博打眼は、人の悪い気持ちに飢えている化け物なんだ」

派手に金を使うには、より大きな、より危ない博打を続けるのがいちばんだ。

「博打うちには酒や女も付きものだから、そっちの方にもどんどん蕩尽《とうじん》する。すると博打眼は喜んで、ますます勝てるようにしてくれるという仕組みだ」

そんな暮らしをしていては、主は他人の恨みを買うに決まっているが、

「博打に強くなるというのは、つまり飛び抜けて運が強くなるということでもあるから、主は博打眼との約定が活《い》きている限り、他人様《ひと》の手にかかって死ぬということはない。どんな災いからも逃れることができるそうだ」

そして博打をうち続ける。

「それでも人の寿命には限りがあるし、酒や女に浸って暮らしていたら、いずれは身体を損ねる羽目になるだろう。ぼろぼろになってしまうのさ。長生きはできないよ」

主の命が尽きてしまうと、博打眼は次に約定を結ぶ主を求める。

「次の主なんて、いるのかな」と、お美代は呟いた。「だいたい、そんなおっかない化け物、どうしてこしらえるの？」

不思議だろうと、善一は弱々しく笑った。

「お美代にも太七にもまだわからないだろうし、わからなくていいんだがね」

人が博打眼を求める心が、必ずしも悪い心であるとは限らない、という。

「貧しくて貧しくて、一銭もなくて、食べるものが買えない、病にかかっても薬も買えない。そんなふうだったら、私だって博打眼と約定を結ぶかもしれない。博打に必ず勝てるとなったら、ほかのどんな手段より手っ取り早く、金儲けができるからね」

自分一人ではなく、同じように飢えたり貧《ひん》したりしている人のために費やすならば、金の使い道に困ることも、すぐにはなかろう。

「なかなかそういう清い気持ちでばかりはいられませんでしょうが」

ごろごろ番頭が、久しぶりに、唸るように言った。

「それは確かに、金は使いようで生き金にも死に金にもなりますからな。だからこそ、博打眼をこしらえる者も、博打眼の主になろうとする者も、いるんでございますよ」

むしろそういう願望のもとに博打眼に触れる者の方が、根っからの博打好きよりも多いのではないか、と言った。

「飢え死にしかけてたら」と、竹兄が小声で言った。「俺も主になるかもしれない。上手《うま》く立ち回れば、一人の稼ぎで村のひとつぐらい、まるごと養えるでしょう」

善一と五郎兵衛が顔を見合わせ、それから申し合わせたように竹兄を見た。

「あんた」

「知っていなさるのかね」

「博打眼の生け贄に――素になるのは、飢えた人たちなんだよ」

竹兄は逃げるようにうつむいた。「まさか。ちょっと思ってみただけですよ」

善一は竹兄の顔から目を離さない。そのまま、小声で言った。「近江屋に伝わる博打眼も、その昔、ひどい凶作で、山の木の根っこさえも食い尽くしてしまい、とうとう人が人の死肉を喰《く》らわねばならないほどの大飢饉《だいききん》のなかで、こしらえられたものだそうですよ」

竹兄がじっと身を固くしているので、お美代は彼の腕に触った。竹兄はお美代を見て、やっとバツが悪そうに笑った。

「何だ、みぃ坊。おっかないのか？」

「おっかないより」お美代は小さく言った。「むつかしくって、よくわかんない」

人が人のしにくをくらうって、どういうことだ？

「わかんなきゃ、わかんないでいいよ」と、竹兄はお美代のほっぺたをつまんだ。

太七はと見れば、竹兄の背中に隠れている。

「今、近江屋に伝わる博打眼は――と言ったけれど」と、善一が続けた。「幸い、うちの博打眼は身内でこしらえたものじゃない。初代がどこかでもらったか、買い取ったか、騙《だま》されて押しつけられたか、ともかく他所《よそ》から来たものです」

近江屋は善一で五代目である。

「昔の話で、細かいことは私も知りません。身内の恥でもあるから、肝心要《かんじんかなめ》の決まり事以外は、永く伝えたくなくって、わざと曖昧《あいまい》にしてきたのかもしれないが」

初代はやり手の商人《あきんど》だったが、強欲な人でもあった。

「だから博打眼の主になったんだけども、飢えていたわけでもないらしい。運気を強めて、商売繁盛を願ったんですよ。博打に強くなりたかったわけじゃないんだけども、商売にも、博打に似たところがありますからね」

運が強ければ強いほど儲かる。

「けど、博打と商売は違いますよ」と、竹兄が口を挟んだ。「博打うちと商人も、根っから違うや」

竹兄の口のききようがざっかけないからか、五郎兵衛が怖い顔になる。善一は笑ってうなずいた。

「そうだよねえ。だからこそ、私は初代がその前の主に騙されて、これさえあれば商いで必ず儲かるよ、災い除けになるし、お店が大きくなるよとかなんとか言いくるめられてさ、博打眼を押しつけられたんじゃないかと思うんだ」

「ああ、そうか……」

しかも、欲が強いばっかりに、この初代は、さらにとんでもない間違いを重ねた。

「博打眼と約定を結ぶときに、この先、何人の主が代わっても、けっして近江屋から離れないという、追加の約定をしたんですよ」

つまり、主は近江屋の身内の者に限る。近江屋のなかで、代から代へと博打眼を受け渡してゆくという約定である。

「それほど、商いに勝ちたかったんだね」

善一は言って、ため息をついた。

「一途《いちず》に博打眼を目出度《めでた》いものだと思い込んで、他人にとられたくなかったんだ」

結果として、初代の店では次男が博打うちになって、賭場《とば》から賭場へと渡り歩く暮らしをし、酒毒にやられて三十になるやならずで死んでしまったという。

「バカですよ」竹兄は遠慮なしに言い捨てた。「浅はかだよ。相手は化け物なのに、約定の効き目をよく確かめもしないでよう」

むうと、ごろごろ番頭がまた睨む。

「化け物の方で、初代がそう思い込むように惑わしたのかもしれませんよ」

善一はもうひとつ息を吐いて、くたびれたように肩を落とした。

「こうしてうちの近江屋一族では、代々、博打眼の主を出してきた。つまり、一族に一人、必ず博打うちを出してきたということですよ。主になったら、否《いや》でも応でも堅気の暮らしを放り出して博打うちにならにゃ命が危ないし、逃げればほかの身内の者が危なくなる」

お店の繁盛は、実は博打眼とは関わりない。だから主となる博打うちは、いわば近江屋一族の犠牲というか、初代の軽率な約定のツケを背負うだけ、文字通りの貧乏籤《くじ》なのである。

「でも」

お美代はふいと言ってしまい、大人たちに注目されて赤くなった。

「どうした、お美代」

父さんの声音は優しい。それに励まされて、問いかけた。「その人が博打好きだったら、博打眼と仲良くなれるんじゃないの？　どっちにも都合がいいでしょう」

善一は手放しで嬉《うれ》しそうな顔をして、

「ねえ、この子はこうなんだよ」と、竹兄に言った。「聡《さと》いというかおしゃまというか」

竹兄は何か言おうとして、ごろごろ番頭の顔色を見て、黙った。

「お嬢さん、そうは問屋がおろさんのです」

五郎兵衛はいかつい顔をお美代に近づけ、重々しく言った。

「博打眼の主になって博打うちになると、もともと博打が好きな人でも、だんだんと博打が嫌いになるのですよ」

「どうして？」

「化け物に魂をとられて、じりじりと食い尽くされているようなものだからでしょう」

博打が嫌いになる。それでも勝ってしまう。勝って勝って勝ち続けて、嫌で嫌で仕方なくて、静かな暮らしをしたい、少し休みたいと願ってもかなわず、心が荒《すさ》んでゆくという。

やっぱり、むつかしいや。ふうんと言って、お美代は黙った。

さて、善一が十四のときである。当時の博打眼の主が、寿命が尽きて死んだ。寿命といっても三十五だった。

「博打眼の主は近江屋の身内で、できればまだ所帯を持っていないような若い男か、男の子でなくっちゃいけない。だからそういうときには、親戚や分家がみんなして集まって、籤を引くんです」

誰が次の主になるか、籤で決めるのだ。そうやって無理くりにでも決めないと、飢えた博打眼は勝手に人を選んで憑《つ》いてしまう。

「私の親父が、当たり籤を引きました」

善一は一人息子である。

「親父は頭を抱えて帰ってきて、三日は起き上がれなかった。すまん、すまんと、蒲団のなかで泣いていたよ」

ところが、そこに救い主が現れた。

「私のはとこにあたる人でね、政吉さんという人がいた」

やっと出てきた。政吉兄さんだ。

「どの近江屋の人なのかは、勘弁してくださいよ。やっぱり他所様には聞かれたくないことだからね。ともかくうちの身内で、歳は当時でもう、二十五、六になっていたかな」

政吉はえらい放蕩息子で、数年前に親から勘当され、家出したきりになっていた。

「その人がふらりと帰ってきて、事情を知ると、私の身の上を気の毒がってね」

――こんな子供におっつけちゃ、可哀相だ。

「どうせ俺は遊び人で、博打の味も知っている。賭場で向かうところ敵なしという暮らしは面白そうだし、どれ、俺が主になってやろうと、代わってくれたんですよ」

幸い、政吉には他に兄弟がいて、お店の跡継ぎの心配はない。彼の放蕩ぶりに呆れていた両親も、最初のうちは渋ったが、政吉の意志が強いので、反対しきれなくなった。

「博打眼と約定を結ぶには、あれの封じられている箱を開けて、指の血を一滴垂らしてね、今日から私が主だぞ、と言えばいい」

善一は父親と一緒に、政吉がその約定をかわす場に立ち会った。

「勘当されるくらいだから、そりゃ親不孝な息子だったんだろう。けども、私には優しい人だった」

善一の語りが湿り気を帯びた。

「親父も、畳に額をこすりつけていた。政吉さんには、恩着せがましいところはひとっつもなくって、私の頭にこう、手を置いてね」

——心配するな。俺は芯《しん》から放蕩者だ。化け物に負けやしねえよ。

「子供ながらに、私は胸が熱くなったよ。思わず、こう言ってしまった」

——この恩は一生忘れません。もしも政吉兄さんの身に何かあったら、そのときは籤引きなしで、私が次の主になります。

「親父には頭をはたかれた。政吉兄さんは笑っていた」

それは言葉限りの約束で、血を垂らしたわけではない。だが、博打眼はそのときのことを執念深く覚えていて、

「政吉兄さんが死んだら、私の所へ舞い込んできたというわけさ」

そして三番蔵に飛び込み、五十の目玉を光らせながら、ぶつぶつぞろぞろうごめいているのである。

ここで善一は、つと五郎兵衛を見返った。

「ゴロさんは知らなかったかね。親父も聞いていなかったんだろうか」

人相の悪い番頭は、小首をかしげる。「何をでございますか」

「昨日、深川万年町へ行ってきた」

善一の口調が、しめやかに翳《かげ》った。

「私はずっと、政吉兄さんと音信を絶やさないようにしてきたんだ」

政吉は風来坊の遊び人だから、それはなかなか困難なことではあったから、

「時にはこのゴロさんにも手間をかけさせたが、兄さんがどこにいて、今どんな暮らしをしているか、だいたいの様子をつかむように努めてきたんだよ。兄さんの方からうちへ来ることは一度もなかったけれど」

この数年、政吉は万年町の裏長屋に住み着いていた。博打には強いが、身体はすっかりやられていて、とりわけこの夏が過ぎたころからは、ほとんど寝たり起きたりの暮らしぶりになっていた。

「博打ができなければ、なおさら博打眼の悪気にあたる。兄さんは、これまでの誰よりも永いこと博打眼を引き受けてくれていたけれど、とうとう命が尽きかけていた」

そして政吉は、ひとつの決意を固めていた。

「自分の代で、近江屋の博打眼との約定を終わりにしようとしていたんだ」

昨日、訪ねてみると、驚くべきことがわかった。今月に入ってから、政吉は急に差配人に頼み込んで長屋を出ると、古い猪牙舟《ちょきぶね》を買い込んで、近くの堀割の端に浮かべ、そのなかで寝起きしていたというのである。

「兄さんは、その舟ごと焼け死んでいた」

舟に油をまき火をかけて、博打眼もろとも焼け死のうと試みたらしい。

「実は兄さんは、主になったときから、その腹づもりだったんだ。私には、こっそりそう教えてくれたよ」

――安心しな。おまえの番は回ってこねえよ。俺がきっちり、締めてやる。

「勘当者の、せめてもの親孝行、いや、身内孝行だと言っていた。だからてっきり、親父にも話しているとばかり思っていた」

そういう腹づもりのことは、手前は聞いておりませんと、五郎兵衛は重々しい口調で言った。

「先代も、ご存じでしたら、手前に教えてくださいましたでしょう」

「そうか……。じゃあ、兄さんと私だけの約束だったんだな」

善一の目の奥に、懐かしむような優しい光が宿って、すぐ消えた。

「だけども、相手は化け物だからね。博打眼の方が一枚上手《うわて》だったのさ」

燃え盛る猪牙から、博打眼はかるがると飛び去った。そして新黒門町へやって来た。次の約定の主のもとへ。さあ、次はおまえだと、悪気を放って知らせながら。

おまえでないなら、次は誰だ。約定を果たせ。次の主は誰だ。ぐずぐずしていると、こっちで勝手に憑くぞ。ぶつぶつざわざわ、あれはそう呟いているのだ。

人の手で退治できる化け物ではない。狛犬さんは、そう言った。

「兄さんの亡骸は、炭みたいに焼けていた。死ぬ前から骨と皮のようだったそうだ」

それでも生前の政吉は、こう言っていた。

——世間様に顔向けできねえ放蕩者には、博打眼との暮らしも、よろずに派手で面白可笑《おか》しくて、悪いことばっかりでもなかった。これは結局、そういう使い道しかねえ代物なんだね。化け物も、いいだけ人気《じんき》を喰らって満足したろう、と。

「怖い話で済まないね、お美代。もう少しだよ」

善一が泣き笑いのような顔をする。お美代は気丈にうなずいて、太七が竹兄の背中にもたれたまま、いつの間にか居眠りしていることに気がついた。涎《よだれ》まで出している。

バカなんだから。けど、この方がいいか。

「後始末のために、兄さんはかなりの金子《きんす》を差配さんに預けていたから、弔《とむら》いなんぞはみんなそれで済んだ」

残るは、博打眼ばかりである。

善一が口を閉じると、座敷に沈黙が落ちた。耳障りな沈黙だった。三番蔵が、今も騒いでいるからである。

「——母さんは」と、お美代は小さく訊いた。「こういう話、知ってたの？」

「少しだけ、な」と、善一はうなずく。「今度はすっかり、みんなに打ち明けなくっちゃいけないな。何ひとつ隠しちゃおけない」

どうしてかといったら、

「私は、あれを退治するからね」

三番蔵のある方へきっと目を向け、毅然《きぜん》として、善一は言った。

「いっときは、私もこの身が博打眼をひっかぶればいいじゃないかと思ったんだけどね。子供のころの話とはいえ、政吉兄さんの次になると言い出したのは私なんだから」

親戚筋の人びとを前に、善一がそう申し出ると、女房子供をどうするんだ早まるなと諫《いさ》めたり、ここはやっぱり仕来《しきた》りどおりに籤を引くべきだと意見する人もあれば、そうだそうだ善一がひっかぶればいいと押っつける人もいた。しかし、

「みんな本音は同じなんだ。何が何でも自分の倅《せがれ》や孫ばかりは逃れさせたいと、必死なんだよ。その騒ぎを見ていると、情けないやら辛《つら》いやらで」

竹兄が口をへの字にひん曲げた。「でも、旦那さんがひっかぶっちまったら、政吉さんって人の気持ちが無になっちまいますよ」

善一の竹兄へ向けるまなざしが、一段と和らいだ。

「うん」と、子供のようにうなずいた。「そうなんだよね。竹次郎さんの言うとおりだ。政吉兄さんの遺志を継ぐならば、化け物の言いなりになって主を出し続けるのは、もうやめなくちゃいかんのだよ。だいいち、私だけで済むとは限らんのだから。このままにしておけば、次は

小一郎の番かもしれない。そんなのは、もうまっぴら御免だ」

「へい、まっぴら御免ですよ」

竹兄は威勢良く声をあげ、五郎兵衛にぐりりと睨めつけられると、そそくさと亀の子に戻った。

「と、ともかく、目笊を背負った犬張り子を五十四、早く集めましょうよ、ね?」

三

近江屋の身内をすべてまわって、まず十八匹を集めることができた。

意外に少ない気がしたが、善一はこれでも上々だと言った。こういう縁起物は、無いところには無いものだから。

次にあてにできるのは、ご近所や得意先である。ただこれは、近江屋がなぜ犬張り子を欲しがるのか、説明するのが難しい。ものが縁起物であるだけに、理由を知りたがる向きもある。

近江屋さんが妙なことを始めてるよ——と噂になれば、なおさらだ。

「旦那様が、犬張り子をたくさん集めればいいことがあるという夢を見たことにいたしましょう」

と、言い出したのは五郎兵衛である。無難な言い訳だ、それで行こうという運びになった。

確かにこれは口上としても聞こえがよろしいのだが、へえ面白いね、いいですようちのを持ってお行きよと言ってくれる人びとばかりではないのが世間というところだ。

何だよ、そんなのは近江屋さんの勝手じゃないかと言う人がいる。ならばうちでも犬張り子を集めよう、と言う人もいる。近江屋の旦那が見た夢なのだから、効き目があるのは近江屋だけだとさらに言い訳をしても、かえって勘ぐられてしまう。

犬張り子を金で買い取ってはいけないという縛りがあるのが、さらに事を難しくした。自分のお店の商売繁盛のために、たかが犬張り子ひとつとはいえ、無料《ただ》で掠《かす》め取っていこうというのか近江屋は――と陰口をたたかれては、この先の商いに障りが出る。

「金は払っちゃいけないが、お礼にうちの商いものを差し上げるというなら、かまわないんじゃなかろうか」

竹次郎が急いで狛犬さんにお伺いを立てに走ると、

――すんだらがっちゃ。

好きなようにしろ、というご託宣である。

近江屋では醤油のほかに酢も灯油も扱っている。それらを一合の徳利に入れ、犬張り子をくれるという家には、好きなものを選んでもらって差し上げることにした。

これがまた世間の面白いところで、

「いいよ、礼なんか要らないよ」という家もある。「近江屋さんがやることなんだから、粋狂にしろ理由《わけ》があるんだろう」

善一は五郎兵衛に、しみじみ打ち明けたものである。

「ねえ、ゴロさん。これはいかにも神様のなさることらしいよね」

たった五十四の犬張り子でも、集めようと思えば世間の思惑の様々であることを思い知らされる。近江屋を信用してくれる人もいれば、詮索《せんさく》したり疑ったりする人もいる。

「私が助けるに値する人物であるかどうか、近江屋が、助けるに値するだけの正しい商いをしているお店であるかどうか、神様はこうやって見定めていなさるんだ」

嬉しいことに山登屋では、事情を聞いた大将自らが乗り出してくれた。

「先々のことを考えれば、市中では本当の理由を知られるわけにはいかないが、朱引《しゅびき》の外なら、のっぴきならない事情があってお店の浮沈がかかっている――ぐらいのことを言ってもかまわんでしょう」

かかっても二、三日で戻れるところへ走るうちの者たちに、出先で犬張り子を探させましょう。という次第で、山登屋の飛脚衆が手伝ってくれることになった。

竹兄も大いに働いた。

「あっちこっちで手間働きをして、その駄賃に犬張り子をもらってきますよ」

もともとが便利屋である。ほうぼうを回って歩いて、掃除に洗いもの、薪《まき》割り水汲《みずく》み子守に買い出し、どぶ浚《さら》いと、何でも引き受けて、駄賃の犬張り子を持ち帰ってきた。

折良く今年は戌年《いぬどし》だったから、理由を問われると、こう答える。

「年男で死んだ親父の供養になるから」

孝行者だと、さらに駄賃をくれる家もあったそうである。

こうしているあいだに、善一は（きちんと羽織を着込んで）何度かあの八幡様に足を運び、熱心に拝んだ。何かと顔が広くてその顔がきく山登屋の大将は、名前さえはっきりしないこのお社の由来がわからないかと、あちこちに訊き合わせて調べてくれた。

それによると、どうやら「兜八幡宮《かぶと》」というらしい。

「うんと昔、江戸の町ができるよりも昔だ、このあたりなんぞ草っぱらだったようなころですよ。合戦のあとに、あの神社のあたりに、兜がいくつか転がっていた。戦で命を落としたお侍さんたちの兜ですな」

首も一緒に落ちてなくってよかった。いや、首は敵方が手柄のしるしに持っていっちまうからね。

「それが夜になると鬼火みたいに青白く光るんで、土地の者たちが土に埋めて供養をしたそうです」

すると彼らの夢枕に鎧武者《よろいむしゃ》が何人も現れて礼を述べ、

——八幡神を奉じ、あの兜をご神体に社を建てれば、我らは末永くこの土地を守護しよう。

と約束してくれたので、そうした。それが由来であるそうな。

「なにしろ古い話なんで、禰宜《ねぎ》さんの家もいつの間にか絶えちまったらしい。名主さんでさえよく知らなくて、この昔話を聞かせてくれたのは、名主さんとこの爺《じい》やでした」

九十になる爺さんだそうである。

「それでもああして、荒《あば》ら屋みたいになっても残っていたのは、近所の人たちのお手柄ですな」

山登屋の大将がこの話をしに近江屋に来たとき、たまたまお美代は両親のそばにいた。

「あたしもたあ坊も、前を通るときはご挨拶してるもん」

山登屋の大将は優男《やさおとこ》で、ごろごろ番頭とは似ても似つかない顔立ちだが、目つきだけは五郎兵衛も裸足《はだし》で逃げ出すほどに鋭い。その目を細くして、笑った。

「そういう心がけがよかったんだろう」

「ねえ、大将」

「こらお美代、大将はいけないよ」

「かまいませんよ、何だね、お美代ちゃん」

「狛犬さんって、阿吽《あうん》ていうんでしょ」

「よく知ってるな。そうだね」

どっちが阿でどっちが吽だったかな？　などと首をひねる。

「あたしに話しかけてくれたのは、阿さんかな、吽さんかな」

ちょっと黙ってから、大将は言った。「まとめて〈阿吽さん〉でいいんじゃないか」

すんだらがっちゃ、である。

大事な話は途中から寝ていて聞き落とした太七だが、博打眼のことをみだりに触れ回らないという約束は守った。さらに、ほっとすることを教えてくれた。

「わりとみんな、気がついてないよ。あれが飛んできたとき見てたのは、うちのおっとうと兄ちゃんたちぐらいのもんだったみたいだ」

それはよかった。

「うちの差配さんが、近江屋さんは夜っぴて蔵のそばでかがり火なんか焚いて、泥棒にでも入られたのかって心配してた」

「じゃ、そういうことにしておこう」

博打眼がぶつぶつぶつぅぞうぞう騒ぐ様は、幸い、近所には悟られていないようだった。

少しずつ少しずつ、目笊をかぶった犬張り子が集まってきた。山登屋でいちばん古参の飛脚の辰《たつ》さんなど、一度に八つも持ち帰ってくれた。

「南総《なんそう》まで行ってきたんですがね」

手紙の届け先の村長《むらおさ》の家で、犬張り子のことを持ち出すと、

「村長の顔色がさあっと変わりましてね。ひょっとするとあんた、そりゃ博打眼を退治するために要るんじゃないかって言うんですよ。驚いたのなんのって」

村長は、博打眼を知っていた。子供のころに聞いた話だという。

「村のお寺の和尚《おしょう》さんが、命がけで退治したっていう話でした。そのときも苦労して犬張り子を集めたそうですよ」

子供は近づくな、あれに近づくと手癖が悪くなるという謂《いわ》れも、同じだった。

「ちょっと待ってなさい、あんたが草鞋《わらじ》の紐を締め直しているうちに、集められるだけ集めてやるってね、こうして八匹」

土地が土地だけに八犬士だね、と笑った。それを機会に近江屋では、犬張り子のことを〈犬士さん〉と呼ぶようになった。

犬士さんたちは、近江屋のお客様用の座敷に集まっている。お美代はときどき忍んでいって、大きさも古さも汚れ加減もとりどりの犬張り子が、そろって背中に目笊を伏せて、行儀良く整列している様を眺めた。わんわん、などと声をかけてみて、一人でこっそり笑ったりもした。

犬士さんたちは、みんなぱっちり目を見開いて、何か待ち受けているようにも見えた。不思議なことに、この座敷にいると、三番蔵の放つ不穏で嫌らしい気配が、まるで苦にならないのだった。

さて、こうして。

七日かかって、五十四の犬士さんたちが集まった。

善一と山登屋の大将は、また羽織を着込み、竹兄を連れて兜八幡へ走った。四半刻《しはんとき》（三十分）もかからずに帰ってくると、

「明日だ。明日やるぞ」

さあ人を集めねば、という。

「うちの身内だけで、男を二十五人、女を二十五人集める。男は算盤《そろばん》を、女は米を入れたすり鉢かどんぶりを持って、蔵に近い座敷に控えるんだ。障子も雨戸もすべて閉《た》てて、誰も外を見ちゃいかん」

兜八幡様のお社には、鳥居の後ろに、本殿を挟むようにして二つのかがり火を立てる。

「そちらは山登屋で手配しましょう。ついでに、私が見張りに立ちますよ」

大将は急いで帰っていった。

「真夜中、九ツ（午前零時）の鐘が鳴ったら、私が三番蔵の鍵《かぎ》を開ける」

鍵だけで、扉はそのままでいい。そして善一は座敷に駆け戻り、男衆たちに混じって算盤を構える。

「すると間もなく、阿吽さんがわん、わんと二度吼《ほ》えるそうだ。それが聞こえたら――」

男たちは算盤を振る。女たちは器のなかの米をとぐ。

「水でお米をとがなくていいの？」

すぐにも腕まくりしそうな勢いで、香苗が尋ねた。

「いいんだよ。肝心なのは、算盤を振る音と、米をとぐ音をたてることなんだそうだ。博打眼は、その音が苦手なんだ」

一心に振って、といで、音をたてる。何も考えてはいけない。念仏など要らない。心を真っ白にして、ただただ音をたてる。疲れても休んではいけない。これは博打眼との勝負なのだから、勝ちたいならば手を休めてはいけない。

「犬士さんたちはどうするの？」

そう、そいつが肝心要だ。

「犬士さんたちのいる座敷だけ、雨戸と障子を開けっ放しにしておくんだ。それと、真夜中になる前に、犬士さんたちの背中の目笊をひっくり返しておかなくちゃいかん」

普通、犬張り子の背中の目笊は伏せてある。それを上向けに直しておけ、というのだ。

「明日は半月ですよ」と、香苗がまだ明るい空を仰いだ。「月はどうでもいいのかしら。こういうおまじないみたいなことって、満月か新月か、どっちかにするものじゃないの」

「そんなことを言い出すなんて、おまえ、黄表紙《きびょうし》のお化け話をよく読んでるようだねえ」

善一に言われて、香苗は赤くなった。

「博打眼退治に、月明かりはどうでもいいそうだ。月夜でも闇夜でも、博打には関わりないからだろうかね」

ただ、雨が降ったら日延べをする。

「どうして？」

「雨が降ると、犬士さんたちが濡《ぬ》れちまうからだろう」

張り子だから、水には弱いわけだ。

阿吽さんの吼える声を合図に、算盤とお米で音をたて続けていると、やがてまた阿吽さんが、今度はわん！　とひとつ吼える。

「そうしたら、家中の明かりを灯《とも》して、戸を開けていいそうだ。できるだけ大勢の者たちで、そこで起こっていることを見届けた方がいいんだそうだ」

——ばったれがんが、ひがもすこんでながんじょ。

驚くだろうけれど、怖がることはない。阿吽さんは、そう言ったという。

その夜が、来た。

子供のお美代は、用がない。

近江屋の身内でない竹兄も用がないけれど、あんたがいてこそのこの仕儀だから、ぜひ立ち会ってくれと善一に請われて、お美代と一緒にいる。

事情は聞かされたが、そのためにかえって臆病風《おくびょうかぜ》に吹かれてしまった新どんが押入れで震えているので、竹兄は背中に小一郎をくくりつけていた。なかなか様になっている。

「俺、子守には慣れてるからな」

雨戸を閉てた座敷に、燭台をひとつだけ灯している。竹兄が上手にあやしてくれたので、小一郎はぐっすり眠っている。

お美代は胸がどきどきして、落ち着かない。立ったり座ったり、雨戸に近づいたり離れたり、忙しい。

「あと、どのくらい？」

「じきに始まるよ」

竹兄は眠たそうだ。「みぃ坊、眠くねえのか」

「寝てらんないもん」

「肝っ玉太いんだなあ」

「雨が降らなくてよかったね」

「そうだな。やるなら、早いにこしたことねえからな」

竹兄が大あくびをしたとき、真夜中の九ツを知らせる鐘が響いてきた。

お美代はぴたりと竹兄にはっついた。

すると。

「うおん、うおん！」

犬の吼え声が、二度。阿吽さんだ。

「腹の底にこたえるなあ」

竹兄は、すっかり亀の子の真似が上手くなってしまった。

「そら、始まるぞ」

お美代の耳にも聞こえてきた。二十五の算盤がじゃかじゃかと鳴る。二十五のすり鉢やどんぶりのなかのお米が、さらさらと鳴る。

「おきんさん、五十人分の賄いが大変だったって、この陽気で大汗かいてたけど」

鼻の下をこすりながら、竹兄は呟いた。

「これからの方が大変だ」

「どうして？」

「だって、どれくらい時がかかるかわかんねえぞ。ひと晩中、ああしていなくちゃならねえかもしれないんだ」

ずうっと算盤を振り、ずうっとお米をといでなくちゃならないのか。

じゃんじゃか、さらさら。じゃんじゃか、さらさら。いくつもの障子や廊下を隔てているのに、はっきり聞こえてくる。

息を殺して待つうちに、かたかたと別の音がし始めた。

「揺れてる」

家が揺れている。だから雨戸や障子が鳴っているのだ。

竹兄は手で燭台を押さえた。「博打眼が暴れだしたのかな」

お美代はさらに彼にはっついた。

「竹兄」

「何だ」

「あたし、ちょっと怖い」

「俺はうんと怖いから、やっぱりみぃ坊の方が肝っ玉が太《ふて》えな」

揺れは小刻みになったかと思うと、どすん、どすんと杭《くい》を打つようになり、ぱっと止《や》んで、またかたかたと始まる。

「怖かったら、寝ちまいな」

「寝らんないよ」

「じゃあ、目をつぶるだけでいいから」

どすん！　どすん！

「新どん、押入れでおもらししてないかな」

「見てみな」

押入れを開けてみると、新どんは蒲団のあいだに挟まって寝こけていた。涎まで出している。

バカなんだから。でも、この方がいいか。

「男の子って、しょうがないね」

「男もしょうがねえんだ。だから女がしっかりしねえとな」

しゃべる自分の声が震えている。竹兄も、ちょっぴり舌のまわりがおかしい。

「今の、お国訛りで言ってみて」

「おどんばせんがなってんで、あまごばがっつりせんでがっちょ」

お美代は笑おうと思ったのだけれど、笑えなかった。家はかたかた、ぴしぴしと揺れ続け、加えて、大勢の人が泣き叫ぶような声が聞こえ始めたのだ。

最初は、父さん母さんたちが叫びだしたのかと思って、心の臓が跳ねあがった。でも、すぐに違うとわかった。泣き叫ぶ声は、三番蔵の方から響いてくるのだ。

弱々しい。けっして鋭くはない。それでいて充分に忌《い》まわしい。

そして、ひどく悲しい。胸が苦しくなるほど悲しい。

もうひとつ、おかしなことに、お美代は急にお腹《なか》がへってきた。お腹がぐるぐるきゅうと鳴るのだ。今夜は夜更かしするからと、夕飯をたらふく食べたはずなのに。

小一郎が目を覚まし、泣き声をたてた。竹兄は立ち上がると、よしよしと手で尻を叩いて宥《なだ》める。

「赤ん坊にもわかるんだな」

その竹兄のお腹も鳴っている。

「竹兄、お腹へった」

「俺もだ」

変だなと、竹兄は短く言った。

お美代は立つこともできず、拳《こぶし》を胸の前で固めて、小さくなった。

そのときである。ふわりと、何か温かい気配が寄ってきた。ふさふさと心地よいものがお美代の背中を撫でて、くっついてくる。

わあ、大きなものだ。大きな生きものが、あたしの後ろにいて、身体をくっつけてくる。

阿吽さんだ。

何でわかったのか、自分でもわからない。このふさふさは犬の毛のふさふさだと、とっさに思うだけだった。

――ひがもすこんでながんじょ。

怖がることはない、と言ってる。

お美代はふうと息を吸い、ほうと大きく吐き出しながら、ふさふさして温かなものに寄りかかった。ふさふさして温かなものは、お美代の小さな背中をすっぽりと受け止めた。

「ねえ、竹兄」

竹兄は背中の小一郎を揺すりながら、静かに歩き回っている。

「阿吽さんが来たよ。ここにいるよ」

足を止め、目を寄せてお美代を見おろした。

「あ？」

「あたし、ずっと不思議だったんだけど」

「今度は何だ」

「竹兄は十年江戸にいて、お国訛りを忘れてないけど、江戸言葉も覚えたでしょ」

「ああ、覚えたよ」

「阿吽さんは、もっとずうっと昔から江戸にいるのに、どうしてお国訛りが抜けないの？　江戸言葉を覚えられないの？」

半分は竹兄に、半分はふさふさの阿吽さんに訊いたつもりだった。

竹兄は背中の小一郎を揺すりながら、

「石でできてるから」

「うん」

「頭が固いんだろう」

お美代はうふっと笑った。何かがぺろりと、お美代の頭のてっぺんを舐《な》めた。

「お」と、竹兄が目を丸くする。お美代のすぐそばで、片足をあげている。

「ホントだ。阿吽さんだな」

「ね？　ふさふさして気持ちいいでしょ。竹兄も座りなよ。阿吽さん、おっきいから、一緒によっかかっても平気だよ」

おそるおそるへっぴり腰ながら、竹兄はそうした。と、小一郎が急にご機嫌になって、誰かにあやしてもらっているみたいに声をたてて笑った。

「阿吽さん、赤ん坊をあやすのも上手いや」

並んで阿吽さんにもたれていると、ちっとも怖くなくて、寒くもなくて、心地よかった。じゃかじゃか、さらさら。じゃかじゃか、さらさら。かたかた、ぴしぴし。そういう物音が、子守歌のように耳に優しい。

いつの間にか、お美代はうとうとした。

「——でな」

「んん？」

竹兄が何か言ったので、お美代はぴくりと目を覚ました。

「なあに？」

「寝てたのか。悪かったな」

つまんない話なんだと、竹兄は言った。眠そうではないのに、目を細めていた。

「俺の故郷《くに》の登土岐は、山ばっかりで土地が痩せてて、田圃《たんぼ》がつくれなくてな」

お美代は黙って竹兄を見つめた。浅黒い顔は、燭台の明かりのなかで、いっそう暗く翳《かげ》って見えた。

「それでも石切場があるころはまだよかったんだけど、登土岐さざれを掘り尽くしちまうと、ほかには何にも採れねえんだ。俺が生まれてすぐに、大きな山津波があったし」

貧乏で、食うものさえ事欠く村だった――

「逃散、だったから」

「ちょうさん？」

「村の者《もん》たちが、みんなして逃げちまうことだよ」

だから俺、登土岐の生まれだってことは、言っちゃならなかったんだ。

「父ちゃんと母ちゃんに、きつく言い聞かされてた。登土岐の者だってわかったら、おまえも磔《はりつけ》にされるって」

「はりつけって、何で？　逃げるとそんな目にあわされるの？」

「わかんねえ」

竹兄はぐらぐらと首を振り、手で目を擦った。

「俺も子供だったから、教えてもらえなかったんだ。けどもあれはたぶん」

駆け込み訴えでもしようとしたんじゃねえかな――と、呟いた。

「けど、し損じちまったんで、みんなで逃げたんだ」

どっちみち、あのまんまじゃ飢え死にするだけだったから。

「博打眼も、腹がへってしょうがないようなところで、こしらえられる」

人が飢え死にするようなところで。

「だからあれも、腹がへった腹がへったって、泣いてるのかな」

竹兄とお美代のお腹が、ぐるぐるきゅうと鳴った。

「竹兄」

「うん」

「むつかしくて、わかんない」

竹兄は声をたてずにくっくと笑い、お美代のほっぺたをつまんだ。

「わかんなきゃ、わかんねえでいい」

ふうんとお美代がうなずいたとき、ふさふさした温かいものが、するりと離れた。

「うおん！」

ひときわ腹にこたえるような犬の吼え声が、どこからか大きく響きわたった。

じゃかじゃかが止んだ。さらさらも止んだ。竹兄がぎくりと固まってから、飛びつくようにして障子と雨戸を開け放った。お美代もあとに続き、蔵の方を見渡すことのできる廊下へと走った。

信じられない景色だった。

三番蔵の観音扉が、いつ開けたのか、誰が開けたのか、大きく開かれている。そのなかから、犬士さんたちが次々と出てくる。二列になって出てきて、庭を横切り、裏木戸の方へと歩いてゆく。

大きな犬士さんは、とことことこと。

小さな犬士さんは、ちょこちょこと。

みんな、やっぱりぱちりぱちりと目を瞠って。

裏木戸につくと、ぴょいと跳び上がって跳び越えて、通りへと出ていくのだった。

お美代はぽかんと口を開け、その口を両手で押さえた。

半月の明かりの下、犬士さんたちがてんでに背負っている目笊に、何か白くて丸いものが入っている。ひとつずつ入っている。

目玉だ。

バラバラにされた、博打眼の目玉だ。

バラバラに引き離されてもなお、その目玉はぐりぐり動いていた。

ぷうんと、かすかに生臭い匂いがした。目をこらしてよく見れば、犬士さんたちの口元は、みんな赤黒く汚れていた。まるで、何か生きものに噛《か》みついたばっかりのように。

近江屋に集まった人びとは縁側に詰めかけ、裏庭に降りて、ただ呆然《ぼうぜん》と犬士さんたちの行列を見送っていた。

父さんがいる。母さんがいる。母さんが手を合わせている。その手に父さんが手を重ね、二人はひしと抱き合った。

最後の犬士さんが木戸を跳び越えて出てゆくと、三番蔵のかがり火がすうと消えた。一陣の風が、あたりを吹き浄《きよ》めた。

あとには、開けっ放しになった蔵と、近江屋の人びとを照らして、半月が清《さや》かに輝いている。

「あああああ」

出し抜けに、善一が膝からくずおれた。

「腹が、へって、たまらない」

ほかの人たちも、一斉に座り込んだ。みんな、お腹がぺこぺこなのだった。

お美代は心の内で、阿吽さんの声を聞いた。

――ほう、あんじょあんじょ。

もう安心だ、という意味かな。

――まんだ、とっとにこで。

こっちは見当がつかなかった。あとで竹兄に訊いたら、

「また遊びにおいで」

と言われたのだった。


兜八幡で見張っていた山登屋の大将は、近江屋から出てきた犬士さんたちが、目笊のなかの目玉を背負ったまま、弧を描いて身軽に跳んでは、かがり火のなかに入ってゆくのを見たという。犬士さんが一匹跳び込むたびに、かがり火はぼっと燃え立ち、狭い境内が真昼のように明るくなったという。

その明かりが本殿の扉越しに奥まで差しかけ、大将は見たという。

うっすらと光る、いくつもの兜を。

みんなで大飯《おおめし》を喰らって腹を満たすと、夜明けを待って、善一はまた竹兄を連れ、阿吽さん

にお伺いを立てに行った。

「三番蔵はよく拭《ふ》き清めて、まる一日、盛り塩をしておけばいいそうだ」

博打眼と一緒に閉じこめられていた醬油は、樽《たる》ごと川に沈める。

「それと、向こう一年、うちの仏壇に、博打眼の素になった人たちの供養のために、毎日白飯《しろめし》をお供えするようにって」

言って、善一は喉《のど》を詰まらせた。

「あれも昔は、人だったんだからね」

博打眼は消えた。近江屋は約定から解き放たれ、災いは去った。

五十人の男女は、おおよそ一刻半（三時間）のあいだ、算盤を振り、米をといでいたのだった。おかげで、男衆はその後何日も腕が上がらず、五郎兵衛にいたっては腰まで痛めて寝込んでしまった。

「不覚でございます」

女衆は爪を割り、指先がささくれた。女衆がといでいた米のほとんどは、うっすらと血の色に染まっていた。近江屋の奥の二本柱の香苗とおきんはその手を取り合って泣き、指の傷が癒《い》えると、前にもましてよく笑うようになった。いろいろと厳しいのは、相変わらずである。

近江屋では、兜八幡の本殿を建て直したいと、名主さんに願い出た。山登屋も手伝ってくれるという。

「土地神様だから、近所の寄進も募りましょう。くどくど話さなくたって、きっと皆さん、賛成してくれますよ」

さらに善一は、これも縁だから竹次郎さん、うちで働かないかと持ちかけた。

「山登屋さんさえよろしければの話だが」

大将はよろしかったのだが、当の竹兄がうんと言わなかった。

「俺、便利屋でいる方が気楽でいいです」

「いつまでもそういうわけにはいかないよ。いずれ所帯だって持ちたいだろう」

「そンときは、そンときです」

何を生業《なりわい》にしても、博打うちだけにはならないからと、笑った。

お美代は竹兄に助《す》けてもらって、太七と兄ちゃんたちも駆りだして、まる二日かけて阿吽さんをぴかぴかに磨きたてた。なるほど竹兄の言うとおり、登土岐さざれはきれいな青灰色の石だった。あまりに古いものだから、もうぎやまんほどに輝くことはなかったけれど、通りを歩く人たちの目を惹《ひ》くには充分に、阿吽さんは美しくなった。

もうひとつ、お美代が兜八幡を通りかかり、ぺこりと挨拶をするとき、そばに居合わせた人の耳を惹きつけることがある。

おはようございますとか、行ってきますとか、ただいまというのは、誰が聞いてもわかる。

だがお美代は、それに加えて大きな声で、こう言うのである。

「あうんさ、けもおだらへいらなぐって、がんじぃずんまっておらんじょ」

登土岐訛りで、

——阿吽さん、今日もわたしらつつがなく、楽しく暮らしております。
というほどの、意味である。

討債鬼《とうさいき》

一

軒先から「たまご、たまご」の声がする。ゆで卵売りが来ているのだ。

その声に、青野利一郎《あおのりいちろう》は大事なことを思い出した。つい昨日、三月《やよい》の晦日《みそか》に、月の家賃と束脩《そくしゅう》を届けに師匠を訪ねた折、四月《うづき》八日には必ずあひるの卵を届けると約束したのである。江戸市中ではこの日に限って、鶏卵と一緒にあひるの卵を売る。これを食すと中風にならぬという謂《いわ》れがあるのだ。

利一郎の師匠、加登新左衛門《かどしんざえもん》は先年の二月に中風を患った。幸いにも軽く済み、命に別状はなかったけれど、中風は悪くすると一度で済まぬ病だ。次は重たいのに見舞われるかもしれない。以来、新左衛門は中風封じに効くということなら片っ端から試みているのであった。

利一郎が、新左衛門からこの手習所《てならいじょ》「深考塾《じんこうじゅく》」を引き継いで、じきに半年が経つ。本所《ほんじょ》御竹蔵にほど近い亀沢町《かめざわちょう》の一角で、小さな二階家の階下《した》が手習所、階上《うえ》が利一郎の住まいになっている。竈《かまど》のある勝手口から外に出ればそこは二ツ目長屋という裏長屋で、つい先ほど、本日の手習いを終えてどっと外へ飛び出していった子供たちの何人かはここから来ている。

今の深考塾には、ざっと五十人ばかりの町家の子供たちが学んでいるが、その境遇はさまざまで、裕福な商人《あきんど》の子もいれば、その日暮らしの長屋の子もいる。女の子は十人足らず、皆、利一郎が塾を引き継いでからの習子《ならいこ》だ。師匠の新左衛門は齢《よわい》六十一の老人であったし、見た目はさらに老けていて、痩《や》せさらばえてもおり、悪口の得意な子供たちには「骸骨《がいこつ》先生」などと呼ばれて、女の子たちには遠巻きにされていたのだ。

それに江戸では、女師匠の手習所が珍しくないから、女の子たちは好んでそちらへ通う。利一郎が江戸に居着いて大いに驚いたことのひとつである。国許《くにもと》の那須請林藩《なすじょうりん》では、習字算盤《そろばん》、読書に算術、礼法まで、学問所の師を女人が務めるなど、前例もなければ試みられたことさえなかった。

日々五十人からの子供たちを相手にする暮らしは戦場《いくさば》さながらで、新左衛門の歳の半分にも満たず、〈若先生〉と呼ばれている利一郎であっても、気力と体力を費やすこと甚だしい。だいぶ慣れてはきたものの、落ち着いて考え事をしようとか、じっくりと書をひもとこうという余裕は未《いま》だに持てない。それどころか、目先の忙《せわ》しさに、さっき思いついたことをもう忘れているというくらいで、だから近ごろでは、何か用事を思いついたら、すぐどこかに書き留めておく癖がついた。今も、ちょうど子供たちの習字に朱を入れようとしていた筆を取り、ちょっと迷ってから、左手の甲に「あひる」と書いた。あとで暦の端にでも書き写しておけばいい。

長々と吐き出されるため息の音がした。

利一郎のため息ではない。子供らが使う長机のひとつを挟んで、来客がいるのだ。

本所松坂町《まつざかちょう》の紙問屋「大之字屋《だいのじや》」の番頭、久八《きゅうはち》である。

大之字屋の一人息子で、十歳になる信太郎《しんたろう》は、七つのときから深考塾で学んでいる。出来がよく、年少の子たちの面倒見もいいので、頃合《ころあい》をはかって塾の番頭の一人にしようかと、これも先日新左衛門と話し合ったばかりだった。

手習所の〈番頭〉とは、習子のなかから選ばれて、師匠の助手を務める子供のことである。新左衛門は、信太郎が自分と同じ番頭になれば、久八は大いに鼻を高くして喜ぶだろうと言っていた。かなりの商家の子供でも、近所のことなのだし、十《とお》にもなれば深考塾へは一人で通わせるのが新左衛門のやり方だったが、大之字屋では、一粒種のこととあって心配でたまらないのか、たまに（えらくぺこぺこしながら）久八が送り迎えをすることがあった。なので、新左衛門とも利一郎とも知り合っている。

今日はその久八が、信太郎が帰っていったのと入れ違いに訪ねてきたのである。折り入ってお話がございますというのでこうして上げ、向き合って座っているのだけれど、一向に久八が話を切り出さず、見合いの席の若い娘のようにうつむいてため息ばかりついているので、つい心が外へ漂ってしまった利一郎であった。

筆を置いて、そっと久八を窺《うかが》い見る。

「よほど切り出しにくい話と見えますが」

久八はうなだれて指をいじっている。

「久八さん？」

番頭の歳は五十一、堅太りで、くっきりとした顔立ちである。忙しい働き者らしく、いつもは何でも打てば響くようなのだが、今日は少々様子が違う。

「――若先生」

「はい」

久八は目を伏せたまま、大之字屋の名入りの半纏《はんてん》の襟に触れて、小声で言った。

「いえ青野様」

言い直して、やっと面を上げる。真っ向に見たその白目は血走っていた。手前は昨夜、いやことによるとこの数夜、満足に寝ておりませんという白目だ。こうしてみると面窶《おもやつ》れもしているようではないか。

さすがに、利一郎もちょっと身構えた。

「どうしました」

「青野様は、その」

と、久八は片方の掌《てのひら》で利一郎の身体の左側を指した。

「お腰のもので、人を斬ったことはおありでしょうか」

利一郎は目を瞠《みは》った。

請林藩一万石、家臣二百二十人のうちの一人として用達下役《ようたししたやく》を拝命していた頃は藩の道場に通い、那須不影流《ふえい》の免許皆伝も許された身の上だ。ただしこれには裏がある。字面は勇ましいが、那須不影流は請林藩で三十年ほど前に生まれた新しい流派で、家臣のたいていは免許皆伝に至る。この〈たいていは〉がまたミソで、一家の嫡子ならば免状がもらえるのである。

利一郎は早くに父を亡くし、叔父《おじ》の後見を経て元服と同時に亡父のお役を引き継ぎ青野家の当主となった一人子の跡取りだったので、真面目に道場通いをしてひととおりの型を覚えたことで、免許皆伝となった。

であるからして、今の久八の問いかけが、

――腕に覚えがおありですか。

という意味合いならば、

――ある。

と答えれば嘘になり、

――ない。

と答えれば不影流免許皆伝の底が知れる。

――あるようなないような。

解釈次第の腕前なのである。

「なぜ、そんなことをお尋ねになるのです」

逆に問うてみると、久八は血走った目をしばたたいた。

「いえ、青野様はお武家様ですから、一度や二度は人を斬ったことがおありではないかと思ったんです。罪人を成敗するとか」

「それは私のお役目ではございませんでした」

「じゃ、一揆《いっき》を鎮圧するとか」

物騒なことを言う。

請林藩はけっして内訌《ないこう》のない藩ではなかったし、利一郎の主家だった門間《もんま》家の末期では、その苛烈《かれつ》な治政に、いつ一揆や蜂起《ほうき》が起こってもおかしくないほど、領内の空気は荒《すさ》んでいた。

昨年八月、門間家三代目当主右衛門守《えもんのかみ》信英《のぶひで》が享年三十四歳で江戸藩邸に頓死《とんし》し、嗣子なしは絶つの御定めにより門間家が改易《かいえき》となったことで、請林の地の人びとは救われたといってもいい。信英死去の報が国許に届くと、領民たちは餅《もち》をついて祝ったという。

「内乱とか、家中《かちゅう》のどなたかがお殿様に楯突《たてつ》くとかいう騒動があって戦ったとか」

久八は大真面目である。

「あのまま信英公の治世が続いていたならば、そういうこともあり得たかもしれません。しかし、既《すんで》のところで助かりました」

言ってしまって、利一郎はふと気づいた。

——既のところと言うならば。

己にも思い当たる節があるのだ。が、それはここで口に出すべき話ではない。

はあ、寸止めでと、久八はまた長いため息を吐き出した。

「私は合戦に出たことがありませんし、道場以外の場所で刀を振るったこともありません。ですからこれは」と、利一郎は腰の刀の柄《つか》に触れてみせた。「お飾りです」

とりたてて武張った気風でもない小藩でも、請林藩では武家と領民たちのあいだに厳然たる身分の差があった。武士の魂を指してお飾りだなどと言い放ったら、家臣ならそれだけで蟄居《ちっきょ》閉門間違いなしだったろうし、領民なら首が飛んだろう。

利一郎が江戸へ出てきて大いに驚いたことのもうひとつに、町民たちが、ほとんど武家との身分の差を気にしていないということがある。無論、気にしなければならない場面や立場を心得て使い分けているのだろうけれど、少なくとも深考塾の若先生として世間に交じってきた限りでは、利一郎は、武士であるというだけで畏《おそ》れられたことも、仰がれたこともない。

それは意外に気楽なことでもあった。自然、利一郎の方もざっかけなくなってきた。

そういえば加登新左衛門は、老骨の身にこの重さは堪《こた》えてならんと、十年も前に竹光《たけみつ》に替えてしまったと、けろりと話していたことがある。

——習子たちには、拳固《げんこ》の方が効くわい。

骸骨先生は厳しい師匠だったのである。

「それじゃあ、青野様にお頼みするわけには参りませんな」

呟《つぶや》いて、久八はまたため息をついたが、その憂い顔には、奇妙なことに、安堵《あんど》したような気抜けの色が混じってきた。

「若先生にお頼みできないとなると、こんなことは他の誰にもお頼みできませんから、別の手を考えなくっちゃなりません」

ぶつぶつと、ほとんど独り言である。その目には、うっすらと涙がにじんでいる。

「いったい、どうしたんですか。人を斬る話なんて、久八さんらしくもありませんよ」

軽く尋ねてみたものの、利一郎の心底を不穏な雲がよぎった。久八は大之字屋の通い番頭で、お店《たな》のそばの貸家に妻子と一緒に暮らしている。もしや、彼らに何かあったのだろうか。

「そもそも、無体な話なんです」

久八は、とうとうぽろりと流れ落ちた涙を手で拭《ぬぐ》うと、洟《はな》をすすった。

「こんなこと、お天道様だってお許しになりゃしません。たっても、旦那《だんな》様はすっかりその気になっておられて、この久八めに算段をつけろと」

旦那様というなら、大之字屋の主人、宗吾郎《そうごろう》のことだろう。

「大之字屋さんが、どんな無体なことを久八さんにやれと言っているんです？」

久八はわっと顔を覆った。

「坊ちゃんを――」

「信太郎を？」

「殺せというのです。命を絶てというのです。あれが生きておっては大之字屋のためにならん、と」


五日前の昼過ぎのことだったそうである。

大之字屋の店先を、一人の僧形《そうぎょう》の男が通りかかった。破《や》れ衣の裾《すそ》を引きずり、くたびれた脚《きゃ》絆《はん》と草鞋《わらじ》は泥にまみれている。背中にはくくり枕ほどの大きさの荷物、首からは古ぼけた大念珠をぶらさげていた。いかにも修行の長旅の途上にある——という身なりだが、青々と剃《そ》り上げた頭と、ぐりりと瞠ったどんぐり眼《まなこ》には精悍《せいかん》な気が漲《みなぎ》っていた。

僧形の男は大之字屋の前で足を止めると、店の表に正対し、空を睨《にら》み据えた。大之字屋の看板を睨んでいるようにも見えたし、大之字屋の奥を見透かそうとする目つきのようにも見えた。そのまま動かない。

やがて、それに気づいた女中が久八を呼びに来た。気味悪そうに首をすくめている。

「あのお坊さん、さっきからずっとうちの前で仁王立ちしたまんまなんです」

久八は表に出ていって、僧形の男に丁寧に声をかけた。女中が怯《おび》えるのも無理はない、剣呑《けんのん》な表情を浮かべている。久八が呼びかけても、最初のうちはまったく応じず、ただただ炯々《けいけい》と眼を光らせているばかりであったが、

「おまえはこの店《たな》の奉公人か」

店の奥を見据えたままそう尋ねてきた。腹の底から湧いて出るような、太い声だった。

「はい、左様でございますが」

「この店には、子供がおろう」

九つか、十か。男の子であろうなと、さらに言う。

「跡取りの一人子だろう。違うか」

久八は返事をしなかった。迂闊《うかつ》に答えていいことではない。すると僧形の男は、いきなりむ

んずと久八の襟髪を取り、

「答えよ。この店の先行きと、主《あるじ》の命にもかかわる大事じゃ！」

男の迫力に圧《お》されたものの、久八は屈しなかった。子供がいたらどうだというのですと言い返してやった。何だこいつは。新手の騙《かた》りか。偽坊主ではあるまいか。

「いかん、それはいかん！」

久八がよろめくほどに強く突き放しておいて、僧形の男は唸《うな》り声をあげた。

「その子は〈討債鬼《とうさいき》〉じゃ。この家には討債鬼が憑《つ》いておる。主の命と身上《しんしょう》が惜しくば、すぐにも手を打たねば間に合わんぞ！」

久八が呆気《あっけ》にとられているうちに、通るぞと勝手に言い放ち、僧形の男は大之字屋の奥へとずんずん上がり込んでしまった。そして半日も経たぬわずかなあいだに、ぺろりと大之字屋宗吾郎を取り込んでしまった――というわけなのである。

「討債鬼とは何です？」

利一郎の問いかけに、泣いたせいでもっと赤くなった目をしょぼつかせて、久八は説明した。

「人が、生きていたころ誰かに何かを貸していて――多くの場合は銭金《ぜにかね》ですけども――それを返してもらえず恨みを抱いたまま死んでしまうと、その妄執のために亡者になる。そういう亡者は借り主の子供に生まれ変わって、病がちになって高い薬礼を使わせたり、放蕩三昧《ほうとうざんまい》をして身上を蕩尽したりして、貸していたと同じだけの金を費やさせて、恨みを晴らすというんです。それを〈とうさいき〉と呼ぶんだそうでございますよ」

久八に字を書かせてみて、利一郎もようやく呑《の》み込めた。〈討〉には強く何かを求めるという意があり、〈債〉は負債であり、鬼は亡者の念が化すモノのことである。

「退治するには、当の子供を殺すしか手がない。これは鬼であり亡者であり真《まこと》の人の子供ではないのだから、こちらも心を鬼にしてやり遂げなければ大之字屋は滅ぶし、旦那様は取り殺されてしまうというんです」

僧形の男は行然坊《ぎょうねんぼう》と名乗り、これまで各地を遍歴し修行を重ね、仏法を説くかたわら民草《たみくさ》を害する幾多の魔を退けてきたことを得々と語ったそうだ。宗吾郎は一途《いちず》に信じ込んでしまった。あとはもうまっしぐらで、

「大之字屋を守るには、どうしても信太郎を殺すしか術《すべ》がないならば仕方がない。ただ、私にはとてもできない。だいいち、私らで手をくだしたところで、なにしろ素人のことだから、首尾よく行くまい。こういうことはやはり、命のやりとりに慣れているお武家様におすがりするのがいい――と」

それで、青野利一郎に白羽の矢が立ったのだった。

「久八、おまえ行って頼んでこい、何としても青野様にお聞き入れいただくんだと、矢の催促でございまして」

それでも久八は抵抗し、一日、また一日と引き延ばしてきたものだから、眠れずに目が真っ赤になってしまったのだった。

今も身を揉《も》んで煩悶《はんもん》する久八には悪いが、利一郎は吹き出してしまった。

「莫迦《ばか》らしい」

思わず言って、さらに笑った。

「通りがかりの素性も知れぬ坊さんの言いがかりを、何で真に受けるんでしょう。大之字屋さんは、そんな迂闊なお人なのですか」

久八は気を悪くしたふうはなく、しかし利一郎の笑いに元気づくわけでもなかった。

「旦那様には、思い当たる節があるのです」

利一郎も笑いを止めた。

「討債鬼になりかねぬ仇《かたき》をお持ちだということですか？」

うなずいて、久八は暗い目になる。

「若先生はご存じなくて当然でございますが、旦那様は本来、大之字屋の跡取りになる立場ではございませんでした」

宗吾郎は次男で、二つ年上の宗治郎《そうじろう》という兄がいたのだ。気が合わないのか性が合わないのか、子供のころから、倶《とも》に天を戴《いただ》かずというほど仲の悪い兄弟だった。

「もう十三年前になりますが、先代が亡くなられましたとき、跡目争いになりまして」

軍記物で聞くような激しい諍《いさか》いと戦いを繰り返した挙げ句、軍配は宗吾郎に上がった。ただ、きっちり勝負がついたというわけではない。宗治郎が病に倒れて死んでしまったのである。

行然坊は、そうした大之字屋の過去を暴いた。宗吾郎の顔を見るなり、おぬしは血を分けた兄弟と争い、これを滅ぼしたことがあろう！　当家の身代はおぬしが掠《かす》め取ったものであろう！　と喝破したのだそうである。

「たとえ、あの坊主の語るほかの手柄話と自慢話は笑い飛ばせても、これぱっかりはいけませんでした。旦那様は一撃で参ってしまわれたんです」

「実際、掠め取ったのですか」と、利一郎は率直に訊《き》いた。

「はあ……」

久八は言いにくそうに口元をすぼめる。

「宗治郎様の病は、宗吾郎様が一服盛ったせいではないかという噂が……あのころはございました」

今になってそれを言い立てられ、当人が真っ青になって慌てるところを見ると、あながち噂ばかりではなかったのだろうと、久八は言いにくそうな口元のまま言いにくいことを言ってのけた。

大之字屋では先代のおかみも既に亡い。宗治郎は独り身のまま死んだ。奉公人たちは、そのころはまだ成り立ての手代だった久八一人を残して、みんな出替わってしまった。事情を知っているのは、久八だけということになる。

「奉公人たちは、宗吾郎様のやり方に恐れをなしたのだと思います」

「なぜ、久八さんは残ったんです？」

手前は先代に拾っていただいた恩がございますと、久八は神妙に言うのだった。

「孤児《みなしご》だった手前を、先代が引き取って育ててくださったんですよ」

主人という以上に親代わりだった。

「それに先代は、いまわの際に手前を枕頭《ちんとう》にお呼びになり、倅《せがれ》たちを頼む、大之字屋を頼むと、何度も何度もおっしゃいました」

何かというと角突き合ってばかりいる二人の倅に、先代も心を痛めていたのだ。

「手前なら心安いということもあったのでしょう。先代に仕えていた番頭は宗治郎様びいきで、手前の目から見ても、宗吾郎様に意地悪なところがございました」

跡目争いに勝った宗吾郎は、まず真っ先にその番頭を大之字屋から叩《たた》き出したという。

懐手をして、利一郎はゆっくりとうなずいた。だんだん得心がいってきたのだ。

行然坊とやらの説く〈討債鬼〉の話を丸呑みにするとしても、大之字屋の場合には、解《げ》せないことがいくつかあった。まずひとつには、大之字屋はまっとうな紙問屋であって、そこそこ繁盛もしている。誰かに金を貸すことはあっても、その逆は少なかろうと思えることだ。ましてや貸し主が恨みに思うほどの額を、宗吾郎が踏み倒したまま知らん顔をしているというのは考えにくい。

仮にそうであったとしても、そして信太郎が本当にその金の分を費やさせようとしている討債鬼であるにしても、いずれ大した額ではなかろうから、費やして返済すればいいのだ。それで大之字屋が滅ぶわけもなかろうと、利一郎は思ったのだ。

が、事が跡目争いに絡み、大之字屋の身代が丸ごとかかっているとなれば、話は別である。さらにもうひとつの解せないこと、行然坊が、〈主の命にもかかわる〉と騒ぎ立てていることも、宗吾郎が兄の命をとっているとなれば、すっきりと解る。大之字屋の討債鬼が取り立てようとしているのは、ただ金ばかりではないからだ。

――しかし。

だからこそ、行然坊は大いに怪しい。道端を通りかかっただけで、そんなことまで見抜けるものだろうか。むしろ、何らかの伝手《つて》を使って事前に宗吾郎の後ろ暗い過去をつかみ、それを梃子《てこ》にして大之字屋に揺さぶりをかけようという企みを隠していると見る方が、よほど自然だ。

利一郎は、三つ目の解せないことを口に出して問いかけた。「お内儀は、どうしておられるのですか」

宗吾郎の妻、信太郎の母親で大之字屋のお内儀の吉乃《よしの》という人は身弱《みじやく》で、ここ一年ばかりは寝たり起きたりの暮らしをしている。信太郎を産んだときも大変な難産で、死にかけたそうである。

母親想いの信太郎は、母さんのために うんと学問をして、大人になったら医者になるのだと話している。彼の口から母親の話題が出ない日はない。聡《さと》い子供だから、子供なりに、病弱の母親が大之字屋の日々の営みから切り離され、ひっそりと籠《こ》もっていることに哀れを覚えているのだろう。

しかも吉乃は、数年前から、宗吾郎とは名ばかりの夫婦になっているらしい。これはさすがに信太郎からではなく、新左衛門から聞いた話だ。習子に厳しい師匠は、地獄耳でもある。

「おかみさんは」

久八はぐっと詰まり、またべそをかいた。

「この騒ぎが始まって以来、泣き暮らしておられます」

「宗吾郎さんは、信太郎が討債鬼だなどという与太話《よたばなし》を、お内儀に打ち明けてしまったのですね？」

大人げないにもほどがある。

久八は拳固で目を拭った。「はい。それどころか、おまえが私に仇《あだ》をなす鬼子を産んだのだと、おかみさんをがみがみと責め立てまして」

輪をかけて大人げない。

「信太郎はこのことを――」

久八はべそをかいたまま奥歯を食いしばった。「それだけは坊ちゃんのお耳に入れてはならんと、固く伏せてあります」

両親の仲が冷えており、時に父親が母親に荒い声を出すことにも、信太郎は慣れている。行然坊の存在も、「おかみさんの病を治してくださる有り難いお坊様です」という久八の説明を、素直に受け入れているようだという。

久八の忠義は見上げたものだが、信太郎は聡い。そもそも子供は、家のなかのことには大人より聡いものだろう。何かしら察知しているかもしれない。

可哀相に。

利一郎は懐手を解くと、両手を膝頭《ひざがしら》の上に置き、しゃんと背中を伸ばした。

「わかりました」

気張った声を出した。

「私が引き受けましょう」

凜々《りり》しく言い放ったが、その手の甲に〈あひる〉と書いてあるのが情けない。

「引き受けるって、何を」

「ですから、討債鬼をです」

「坊ちゃんを斬るおつもりですか！」

この人でなし！　とばかりに飛びかかってきそうになる久八を、利一郎は慌てて押し戻した。

「落ち着いてください。私が信太郎を斬るわけがありません」

「だ、だけど」

「私が引き受けたということにして、すぐにでも信太郎をこちらに寄越してください」

「若先生が坊ちゃんを？」

「まずは信太郎を宗吾郎さんから引き離さないことには、何が起こるか知れません」

周章狼狽《ろうばい》の挙げ句、宗吾郎が自ら信太郎を手にかけるようなことがあっては、目もあてられない。

「今夕、私が大之字屋へ赴きます。詳しい言い訳はそのときでもいい。私が何とでもほらを吹きましょう。久八さんは、ともかく信太郎を連れ出してください」

なるほどと、久八は立ち直った。

「行然坊とやらは、その後も大之字屋に出入りしているのですか？」

「毎日のように姿を見せております。旦那様が下にも置かぬ扱いをしておられますし、坊主の方も、討債鬼が討たれるまでは、大之字屋から目を離せぬとか言いくさりまして」

だろうと思った。

「ならば行然坊にも、討債鬼は然《しか》るべき討っ手のもとに預けたとお話しください。始末がつくまでは、相手を油断させておかねばなりませんから、久八さんもここは我慢のしどころですよ。せいぜい畏れ入ったふりをして、宗吾郎さんに調子を合わせていてください」

かしこまりましたと、久八はにわかに元気づいた。

「でも若先生、始末って、どうなさるおつもりなんで？」

利一郎は〈あひる〉の手で鼻の下をぐいとこすった。

「それは、これから考えます」

二

利一郎に深考塾を預けて以来、加登新左衛門は妻の初音《はつね》と二人、向島《むこうじま》は小梅《こうめ》村に引っ込んで、のんびりと暮らしている。住まいは、かつてここの地主が隠居所としていたところを借り受けたものだ。

武家屋敷と寺院を除けば、あとは広々と田畑の広がる土地である。村の名のとおり、春先には梅がそこここで咲き乱れる。桜は数が少ないが、加登邸への目印となる見事な古木が一本あって、今日も利一郎はその下を急ぎ足で通り抜けた。

桜は既に葉桜《はざくら》である。利一郎は、戸口で初音に、

「初音殿、〈鬼〉はいつの季語でございますか」と、いきなり問うた。

「鬼は節分ですね」

「ならば、習子の家に時節外れの鬼が出ました。これを退ける方策を、お師匠に指南していただかねばなりません」

こうして利一郎は、師匠夫妻に大之字屋の一件を語った。

「何を血相変えて馳《は》せ参じたかと思えば」

加登新左衛門は文机《ふづくえ》に片肘《かたひじ》をつき、その手の甲に顎《あご》を載せて、ちんまりと丸まっている。骸骨先生の書斎である。そばに初音が座している。夫妻の後ろには山のように書が積まれている。中風のせいで、新左衛門は右手がうまく動かなくなった。だが頭と目はまだまだしっかりしており、日々もりもりと書を読む。

「ま、それは騙りじゃの」

鼻先でふんと笑って、言った。

「しかし討債鬼を持ち出すとは、なかなか味のある騙りじゃ」

「お師匠はご存じでしたか」

骸骨先生は背中側の書物の山へちらっと目をやった。

「討債鬼という言葉は唐渡《から》りでな。〈鬼《き》索債《さくさい》〉ともいう。法話のなかでよく語られる、因果応報のたとえ話のひとつじゃ」

たとえばこんな話だと、新左衛門は続けた。

「行基《ぎょうき》という高僧が、難波《なにわ》の地で仏法を説き歩いていたころのことだ。聴衆のなかに子供を抱いた女がおって、その子が泣き騒いで法話の妨げになる。女が宥《なだ》めても泣きやまぬ。その子は十歳にもなろうというのに足が立たず、いつも泣いてばかりおって、食い物をむさぼるという」

女は毎日法話を聴きにくる。その膝で、子供は毎日泣き叫ぶ。とうとう上人《しょうにん》は女に、その子を近くの川に投げ捨てよと命ずる。女にはできない。しかし行基はさらに女を責めて、女も諦《あきら》めてそれに従った。

すると子供は水の上に浮かび、目を見開き手足を揉んで悔しがり、こう叫んだ。

——無念だ！　あと三年はおまえから取り立ててやろうと思ったのに。

「上人は女に、おまえは前世で人にものを借りて返さなかったために、貸し主がおまえの子に生まれ変わって負債を取り立てようとしていたのだ、と教えてやった」

同じ筋書きである。

「そうすると、必ずしも借りたものと取り立てられるものの多寡が等しいとは限らないのですね……」

「何を理詰めで考えておる」

法話じゃ法話じゃと、骸骨先生はしわしわ笑った。

「煩悩に苦しむ衆生《しゅじょう》に、仏法の有り難い教えを説き広めようと考案された、解りやすく面白いお話だよ」

事実ではない、と言い切る。

「行然坊とやらは、大之字屋の身代を狙っているか、主人から金を引き出そうとしているか、いずれにしろ欲にかられた騙りであることに間違いはあるまい。それとも利一郎、おまえは何ぞ、この話に信を置くところがあるのか？」

「ありません。信太郎はよい子です」

「ならば四の五の迷うことはない。騙りの鬼こそ退治するべし」

「どうすればよろしいでしょう」

造作もない——と、新左衛門は言う。

「利一郎、女じゃ。女を探せ」

「は？」

「大之字屋のご主人には、女がいるのだろうということですよ」と、初音が助けてくれた。

「宗吾郎という人は、昔お兄さんを陥れて身代を横取りしたことを、うかうか他人にしゃべるほどの阿呆《あほう》ではありますまい。ならば、それを知っている者は宗吾郎さんと昵懇《じっこん》の間柄にあるはずです」

「女じゃ」新左衛門は言い切る。「お内儀とは名ばかりの夫婦となって永い。我慢も切れようというものよ」

自身も女っ気がなくなって久しい利一郎は、ちょっとへどもどした。

「その女が行然坊を手引きしている。おそらく一味なのだろうし、ほかにも仲間がおるかもしれぬ。なにしろ獲物が大之字屋の身代だからの」

これはやはりお店乗っ取りの企みだと、新左衛門は言っているのである。

「信太郎を除いてしまおうというのも――」

「跡取りじゃからの。討債鬼を持ち出せば、一石二鳥で真っ先に片付けることができる。この企みが上手《うま》く運べば、次は宗吾郎が危ないぞ」

利一郎ははっとした。「お内儀は？　吉乃さんはどうでしょう」

「籠《かご》の鳥じゃ。どうにでも料理できる」

「では、助け出さなくては」

利一郎は師匠夫妻のにまにま笑いに気がついた。

「いえ、その」

吉乃は家に引きこもりがちで、ほとんど外に出ることがない。ただ一度だけ、利一郎が深考塾の新しい師匠になったお披露目をした際に、信太郎と手をつないで来たことがある。

お披露目といっても、習子たちとその親を集めて挨拶《あいさつ》しただけのことだったが、利一郎はひどくあがってしまい、大汗をかいた。それでもおろおろと泳いだ目の隅に、吉乃の清楚《せいそ》な美貌《びぼう》はくっきりと焼きついた。信太郎と睦《むつ》まじげな様子も、信太郎が病弱の母を労《いたわ》る仕草も、眩《まぶ》しく映った。

そんなことまで、中風あがりの老師匠は見抜いていて、かつ覚えているのである。

「まあ、おぬしも江戸の水に馴染《なじ》んできたころだし、このあたりでひと花咲かせるのも悪くはなかろう」

まだにやつきながら、骸骨先生は言った。

「けっしてそんなつもりでは――」

「信太郎を呼び寄せたのはお手柄じゃ。ゆくゆくの下稽古《したげいこ》のつもりで、しばらく一緒に暮らしてごらん。あの子は手がかからんし」

「いえ、ですからそんな」

「探すべき女はどこにいると思います？」と、初音が割り込んだ。この老夫婦は、こういうところでは実に呼吸《いき》が合う。

「どこって――どこでしょう」

「まあ、頼りない。大之字屋さんの内にいるに決まってるじゃありませんか」

利一郎は目を剝《む》いた。「それはないでしょう。宗吾郎さんが、そんな大っぴらに女を家に引き入れるなんて」

「女中だとかお内儀の世話係だとか、いくらでも言い訳はつけられます」

ぴしりと言われた。

「手引きする者が遠くに離れているわけはありませんよ。久八に訊いてごらんなさい。近ごろ大之字屋に入り込んだ女がいるに違いありません。久八も人が好いから、それとこれとを結びつけて考えることができないんでしょう」

質《ただ》せば、きっと当たりがあるはずだという。

「宗吾郎さんが、己の昔の罪をそんな女に打ち明けるでしょうか」

「女の色香に迷い、性根を蕩《とろ》かされているのであろうよ」

宗吾郎の胸の内にも、兄を倒したことは暗い存念となって凝っているのだろう。それも一緒に蕩かされて、でろでろと口から溢《あふ》れ出たのだろう——という。

「女の方に、最初から大之字屋をたらしこんでやろうという意志があれば、どんなことでも引き出せようよ」

だいたいが大之字屋は阿呆じゃと、新左衛門は厳しく言った。

「後ろめたさに急《せ》かされて、我が子が討債鬼だなどと信じ込んでしまうところまでは、まだ勘弁のしようがある。しかしその先が阿呆じゃ。おぬしに信太郎を斬らせて無事に済むと、本気で思っているんだろうかの」

切り捨て御免は武士の権限だが、これとてきちんとした理由がなければ認められない。闇雲に斬れば辻斬《つじぎ》りで、御定法《ごじょうほう》で罰せられる。太平の世なのである。ましてや相手が頑是《がんぜ》無い子供だ。〈これは怨霊《おんりょう》の生まれ変わりでございますからやむを得ませんでした〉などという言い訳が、お白州《しらす》で通用するわけがない。

「確かに軽率の極みでございますね」

それほど己の過去が怖ろしいか。

「もしも利一郎さんが信太郎を斬ったなら、その亡骸《なきがら》も、行然坊とやらが内々に片付けるとかいう話になっているんじゃありませんかしら」と、初音が言う。

坊主がついているのだ。しかも親と手を組んでいるのだ。いくらでも隠しようがある。

「おまえ、怖ろしいことを考えるの」

なぜか嬉《うれ》しそうに言うと、新左衛門は利一郎に目を据えた。

「ならば儂《わし》も怖ろしいことを言おう。久八の話だけでは要領を得んが、大之字屋とておぬしに、何の見返りもなしに刀を振るえと頼んでいるわけがない。仕官先を探してやろう、あるいは百両払おう、二百両を積もうと言ってくるぞ。おぬし、どうする？」

「断ります。金で人の命が買えましょうか」

「買える」と、骸骨先生は言った。しわくちゃの顔の笑みが、一瞬消えた。

「買えるのじゃ。しかし、おぬしは買わん。肝心なのはそこじゃ。言いくるめられるなよ、利一郎」

はい――と、利一郎は畳に手をついた。

「もうひとつ肝心なことがある」

新左衛門は顔の前で指を立てた。

「行然坊を追え。そやつは大之字屋に居着いておるわけではないのだろう？　ならばどこかに根城があるはずじゃ。そこには一味が溜《た》まっているかもしれんし、女もそこで行然坊と会っているかもしれん」

事を仕掛け始めた以上、騙る側にも内密の打ち合わせが必要だろうから。

「なるほど。私が跡を尾《つ》けましょう」

新左衛門はむっとした。「おぬしがそんなことをしとったら、深考塾がお留守になろう。評判が落ちる。習子が減る。いかんいかん」

師匠は意外とがっちりしているのだ。

「江戸の手習所は競争が激しいのじゃ。おぬし、まだわかっておらんの」

「しかし、他にあてがありません」

「久八を使え」

「それでは行然坊に気取《けど》られます」

すると、何を思いついたのか、老師匠は顔いっぱいに喜色を浮かべた。

「うちの習子たちのなかに、こういういたずらなら喜んで手伝おうというのがおるではないか」

驚くより、利一郎は呆《あき》れた。「お師匠、こんな物騒な話に、子供らを巻き込めとおっしゃるのですか?」

「巻き込まれるほど深い事情を教えることはない。案ずるな、上手くやるよ。おぬしなんぞより、よっぽど頼もしい小童《こわっぱ》どもぞ」

そうだな――と、手を擦《こす》り合わせながらいそいそと、

「金太《きんた》と捨松《すてまつ》と良介《よしすけ》がいい。おぬしを手伝い手柄を立てたなら、向こう一年『名頭字尽《ながしらじづくし》』を学ばんでよろしいと、骸骨師匠が許してやる。そう言えば、大喜びで働くじゃろう」

「どっちにしろ、何年も『名頭字尽』ばっかり諳《そら》んじてて進まない三人ですからね」

初音が笑い、さらに問うた。

「ところで利一郎さん、その手の〈あひる〉は何のおまじないですか」


利一郎が深考塾へ帰ると、久八と信太郎が待っていた。久八は風呂敷《ふろしき》包みを膝に置き、信太郎が彼に『商売往来』を読みあげてみせているところだった。

利一郎の顔を見た途端、信太郎はぱっと向き直って手を揃え、頭を下げた。

「若先生、大之字屋信太郎が参りました。今日からよろしくお願いいたします」

久八が目を細めている。

「若先生の身の回りのお世話をすることも学問のうちです。大勢いる習子たちのなかで、おいら──わたしを真っ先に選んでくださって、ありがとうございます」

利一郎は「うん」とか「ううん」とかいう声を出した。久八が目配せしてくる。そういうことにしましたからよろしく、と。

「あいわかった。よろしく頼む」

利一郎の声が裏返りかかった。

「しっかり務めなさい。そのかわり、ここにいるあいだは起きているときすべてが学問の時間だ。わからないこと、知りたいことがあったらいつでも言いなさい。文具も好きなように使ってよろしい」

「はい!」

信太郎は座ったまま、今にも飛び跳ねそうにしてはしゃいでいる。

「母さん――母にも、よく若先生のお役に立つんですよと言いつかってきました」

信太郎に風呂敷包みを持たせて階上へやり、利一郎は久八とひそひそ語らった。

「お店のなかでございますから、おかみさんにも詳しいことはお話しできませんでした。けども、若先生が乗り出してくだすっただけで、安堵しておられます」

利一郎もほっとした。と同時に身が引き締まった。吉乃の信頼を得た。これに応《こた》えぬわけにはいかない。

「行然坊は居合わせたのですか」

「おりました」うなずいて、久八はちょっと顔をしかめる。「手前は、引き留められることを覚悟しておりました。いざとなったら坊ちゃんをおぶって逃げ出すくらいのつもりでおりましたが」

怪しい坊主はまったく引き留めず、悠然たる口ぶりで、

――大之字屋には御仏《みほとけ》の加護がある。早々によろしき討っ手が見出《みいだ》されたはその証《あかし》、重畳《ちょうじょう》、重畳。

などと言ったそうである。むしろ手強《てごわ》かったのは宗吾郎で、久八の袖《そで》をつかむようにして、

本当か、本当に深考塾の若先生は信太郎を成敗してくださるのか、きっとしてくださると約束したのかと、浅ましいほど念を押したという。

子の親とも思えぬふるまいだ。

「私はこのまま大之字屋に赴きます。行然坊の顔も見てみたいですし、宗吾郎さんに、私に預けた以上は、以後信太郎には手出し無用ということを、きっちり言い聞かせておかなくてはなりません」

「かしこまりました。坊ちゃんとお帰りをお待ちしております」

大之字屋のある松坂町三丁目は、勇んで行くほどの距離ではない。短いあいだに、利一郎は忙しく考えた。小梅村で、新左衛門からいろいろと知恵をつけてもらってきたものの、つるつると弁舌爽《さわ》やかに言い並べることができなければ、先に行然坊の術にかかっている宗吾郎を、さらに煙《けむ》にまくのは難しい。

大之字屋の外見《そとみ》に変わった様子はなかった。瓦屋根《かわらやね》の上に暗雲が垂れ込めているわけでもなく、春の夕暮れの灯《あか》りに、そろそろ表戸を閉じようという紙問屋は、何事もなく平穏に照らされていた。

当然のことなのだが、それはそれでむかっ腹が立つ。

利一郎はすぐ奥に通され、大之字屋宗吾郎が羽織を着て出てきた。歳は四十路にかかったところ、優男《やさおとこ》だが、信太郎とは似ていない。

初めて顔を合わせることでもあり、莫迦丁寧な挨拶の応酬があったけれど、すぐ行き詰まった。利一郎は間を置かず問いかけた。

「行然坊殿は、今こちらに？」

宗吾郎はなぜか身を縮めた。「いえ、若先生と入れ替わりにお帰りになったところでございます」

「私が信太郎を預かり置くことについて、ご異存はないのでしょうか」

「お武家様にお預かりいただくならば、これほど安心なことはないとの仰せでした」

宗吾郎の表情の動きはせせこましい。目がきょときょとしているのは性質《たち》なのか、今の状況のせいなのか。

「実は拙者、討債鬼に相まみえることは此度《こたび》が初めてではございません」

利一郎は打って出た。

「もう五年は昔になりますが、我が請林藩の番所に同じような訴えが出されたことがありました」

もちろんホラである。が、宗吾郎は身を乗り出すようにして大きくうなずいた。

「久八から聞いております。若先生にはご経験がおありだと」

何と。久八の奴、そんな嘘をついたなら、先に言っておいてくれなくては困る。

「左様、経験がござる」

言っておいて、また忙しく考えた。

「その折には、拙者は仕置きをいたしました用人の下役を務めておりました故、委細をこの目で見ております」

そうでしたかと、宗吾郎はすがるような目になる。

「幸い、件《くだん》の討債鬼の——私の生地あたりではこれを鬼索債と申しますが——命を絶つことなく、親子共に救済することがかないました。かの行基上人が鬼索債封じに使われました鬼祓《ばら》いの儀を古式に則《のっと》り仕《つかまつ》りまして、首尾良く退治に至ったのでござる」

右から左、聞いたことをまぜこぜにして口から出任せである。それでも宗吾郎は感じ入っている。ははあ、と畏れ入る。

「ただ、遺憾ながらかの儀式の詳細は入り組んでおります。ひとつの手違いがあってもならんことでございますから、先ほど急ぎ国許に文を送り、当時の文書《もんじょ》を取り寄せる手配をいたしました。請林藩は江戸市中から両三日の道程《みちのり》。暫時お待ち願います」

これでよし。利一郎はせいぜい落ち着き払って口を閉じた。

と、宗吾郎が下から掬《すく》うような目をした。「失礼ではございますが」

「何でしょう」

「若先生の主家の門間様はお取りつぶしになってございましょう。お国許に、五年前の文書が残っておりましょうか」

嫌なことを訊く。利一郎だって知るものか。

「ございます。門間家に替わって請林藩を治める生田《いくた》家の文庫に収められているのです。これは一家の歴史ではなく、藩の歴史でございますから」

「若先生はそこに伝手《つて》をお持ちで」

「はい」

だったら何で江戸で浪人暮らしをしているのだと言いたげな色が宗吾郎の顔を横切り、すぐ消えた。消えてくれてよかった。

「文書が届き、儀式の次第が判ればすぐにも信太郎を救ってやりたいと思いますが、この儀式は日を選びます。なかでも月齢が肝心ですので、まず最短でも次の新月をお待ちいただく運びになりましょう」

昨日が新月だった。次の新月まで待たせれば、さらに二十日ほどは余裕をかせげる。

「行然坊殿にもその旨をお伝えください。御坊が大之字屋の表を通りかかり、討債鬼の内にあるのを喝破してくださったのは、大之字屋にとってはこれ以上ない幸いでありました。ご主人も、御仏の加護に厚く感謝なさることです」

それはもう——と、宗吾郎はまた目をきょとつかせた。

「若先生にも篤《あつ》く御礼をいたします」

「そのお志は無用」

それより少しは信太郎を想ってやれと、むかりとした。

「この青野利一郎、若輩者ながら縁あって信太郎の師匠となりました。習子の危急に、持てる知恵と力を振り絞って対峙《たいじ》する覚悟でござる」

万事お任せをと、めったに使うことのない胆力を使い切って、利一郎は言い放った。

三

それから数日、利一郎は大いに働いた。

習子たちとの日課をこなしているあいだにも、小梅村からは立て続けに使いが来る。みんな書物を持ってくる。新左衛門が、こちらの企《たくら》みの足しになるから読めというのである。

一方で信太郎との二人暮らしに恰好《かっこう》をつけていかねばならない。もっとも、これは存外易しかった。新左衛門の言うとおり、信太郎は手のかかる子ではなかった。身の回りのことは自分でできるし、さすがに炊事は無理でも、掃除や片付けは教えればすぐに覚えた。

何より、毎夕二人で湯に行くのが楽しい。

久八もまめに顔を出してくれる。ついでに米や野菜や魚を買い込んできて、飯の支度を調えてくれることもあった。

宗吾郎は姿を見せない。半ばは覚悟していたから肩すかしのようだったのは、行然坊もまったく現れないということだった。

——何を考えている？

跡取りの信太郎を片付けてしまいたい行然坊（とその一味）としては、信太郎を大之字屋から逃がしてしまったのは失策のはずである。討債鬼を祓った経験があるという利一郎の出現も椿事《ちんじ》であったろう。なのに、まったく動きを見せないのはどういうことか。こっそり様子を窺うくらいの工夫はしてもよさそうなものだ。

まったく動きがないと、利一郎が断言できるには根拠があった。はしこい目玉が見張っているからである。

結局、利一郎は件の三人組を雇ったのだ。金太と捨松と良介である。学問はてんで苦手だが、元気といたずらッ気なら売るほど持っているこの三人組には、深い事情など教える必要がなかった。仔細《しさい》あって、大之字屋に出入りしている旅の修行僧の動向が気になる、おまえたちで見張ってはくれないかと水を向けただけで乗ってきた。ましてや、しっかりやり遂げてくれたら『名頭字尽』を免除するとなればもう、

「引き受けた！」

「おう、おいらたちに任しとけ！」

「若先生、大船に乗った気でいなよ！」

てなものである。

「おまえたち、念には及ばないがこのことを信太郎に言っては——」

「言うわけねえよ。信坊はともかく、いいだちだ」

利一郎も薄々気づいてはいたけれど、この三人は苦手な習字や算盤を信太郎に習ったり、信太郎に代わってやってもらったりしているのである。

三人組の張り切りようには実《じつ》があった。それは利一郎にもわかった。師匠は、やはり習子たちを見る目がある。

「何か知ンねえけど、その坊さんをやっつけねえと信坊が困るんだろ？　だったらやっつけてやるよ」

「いや、やっつけてはいかんのだ。動きを見張って、居所を突き止めるだけでいい」

おまえたちも無理をしてはいけない。相手は大人で、得体の知れぬ人物だ。危ない橋を渡ってはいけない。

「ンな若先生、いくじねえなあ」

「そんなんだから嫁さんも来ねえし、仕官の口もめっからねえんだよ」

「危ない橋って、どんな橋だ？　はし渡るべからずって、真ん中を渡りゃいいんだろ」

こういう頓知話だけは覚えている。挙げ句に三人して斜《しゃ》な目をして、こんなことまで言った。

「若先生さあ」

「これ、ホントに大之字屋のためかぁ」

「若先生が悩んでンじゃねえの？」

「私が何で旅の坊主に悩むんだ」

若先生も男だからなあと、三人で互いを突っつき合って笑う。

「手ぇ出しちゃいけねえ女に手ぇ出したとかいうんじゃねえの？」

「江戸には破戒坊主が多いんだよ」

「ぶっとい紐《ひも》がくっついた女に食いついちゃったんじゃねえの、若先生」

これだから浅黄裏《あさぎうら》は困るよと笑い合い、

「あ、違った、若先生はもう浅黄裏じゃねえもんな」

「ろーにんだ、ろーにん」

ぐうの音も出ない利一郎を尻目《しりめ》に、軽やかに事にとりかかった三人組であった。ま、待ってなよ、若先生。

さて、もうひとつの気がかりは、新左衛門と初音が示唆した〈女〉である。

ところがこちらは案に相違した。老練な師匠夫婦にも読み違いはあるらしい。久八に尋ねても、少なくとも彼の目の届くところには、宗吾郎と昵懇の女の影は見あたらないのである。

「こっそり囲っているかもしれませんが」

「久八さんの目を盗んで、そんなことができますか？」

できますともと、久八は妙に力んだ。

「商家の主人というものは、その家のなかでは御天下様でございます。殿様と同じでございますからね、やろうと思えば好きなことができます。手前のような番頭の力などたかが知れております」

久八には知る由もなかろうが、殿様と同じというのは、利一郎にはとてもよく通じる喩《たと》えであった。

「ただ普通は、おかみさんの力も強いものなのです。時と場合によっては主人より強い。でも手前どもでは」

力みが抜けて、久八は急にしょげた。

「それに旦那様は、もしも女をつくったとするならば、おかみさんにはけっして知られないようにすることでしょう」

それはお店の者たちの目と耳からも押し隠す、ということである。

「なぜです？」

利一郎は素直に不思議に思ったから尋ねた。夫婦仲は既に冷え切っている。今さら悋気《りんき》もなかろう。

「そういうご夫婦なのでございますよ」

久八は、またぞろ言いにくそうな口ぶりで言いにくいことを言う。

「何と申しますかね……他所《よそ》に女をこしらえたら、それは旦那様にとっては負けになるというか」

よくわからない。

「お内儀のご様子はいかがです」

「落ち着いておられますよ。でも、やっぱり坊ちゃんのお顔を見たいようです」

大之字屋では、毎日母の病床に通っていた信太郎なのだ。

「信太郎をお内儀の見舞いに遣《や》りましょう。見舞いぐらいなら大丈夫ですよ」

利一郎自身も、吉乃に会って励ましてやりたいが、さすがにそれは無理だろう。大義名分がないし、宗吾郎が許すまい。

「実はおかみさんは、最初に討債鬼のことを聞かされた折には、あの弱ったお身体で寝床から跳ね起きて、旦那様につかみかかったんでございますよ」

　──信太郎を殺すというのなら、まずわたしを殺してください。あの子を産んだのはこのわたしです！

　それを突き倒して、そうだ己が鬼子を産んだのだと責め返したのが宗吾郎である。

「着の身着のままでかまわない、わたしと信太郎をこの家から追い出してくれ、ともおっしゃいました。大之字屋から遠く離れれば、討債鬼とて害はないでしょうと、泣いて泣いて旦那様にすがりついておられました」

　宗吾郎はそれさえ撥《は》ねつけた。本人は吉乃が憎く、信太郎が憎いと思っているのだろうけれど、本心はただ怖いだけだろうと、利一郎は思う。憎いものと怖いものは、容易にすり替わる。

「立ち入ったことをお訊《たず》ねしますが」

　聞きづらいので、利一郎は下を向いて言った。「宗吾郎さんと吉乃さんは、ずっと夫婦仲が悪いままなのですか。睦まじい時もあったのではありませんか」

　返事がない。見ると、久八もうつむいている。そのまま、ぼそぼそと言い出した。

「おかみさんは、商家の出ではございません。元赤坂の井崎《いざき》様という御家人《ごけにん》のご息女でした」

　それがどういう縁か大之字屋宗治郎と知り合って、恋仲になった。

「ですから、本当は宗治郎様に嫁がれるはずの方だったのです」

　井崎家は例によって貧乏御家人で、娘が商家のお内儀になることに、反対する向きはなかった。むしろ、これで食いつなげると、諸手《もろて》をあげて賛成していたそうだ。

「宗治郎様が亡くなったとき、手前どもは、おかみさんとの縁組みも消えたと思っておりました。でも――」

兄が得ようとしていたものは端から端までかっさらってくれようという気になっていた宗吾郎は、吉乃を娶《めと》ることにした。その美貌に惹《ひ》かれたということも、もちろんある。

「井崎家は、否とは言わなかったのですか」

「旦那様がかなりのお金を積みましたので」

貧は苦しい。家族のためを思えば、吉乃には選択の余地はなかったのだと、利一郎は悟った。

それは、彼自身の骨に食い込む酷《むご》い思い出にもつながった。

「そんな事情ですから、最初《はな》から気持ちが通い合うお二人ではございません。それでも旦那様は、おかみさんの心まで我がものにしたいと思った時期があったようですが」

久八は続けた。幸い、利一郎の顔色には気づいていない。

「それが、今ではかえって、意地のようなものに凝り固まってしまっているように、手前には思えます」

「さ、先ほどの」

利一郎は思わずつっかえた。宗吾郎が女をつくっても、吉乃には隠すだろうという件だ。

「それで得心がいきました。ほかに女を持てば、〈負け〉になるという」

宗吾郎が張り合っているのは吉乃ではなく、亡兄の宗治郎の方ではないのか。

久八はうなだれる。

「左様でございますなあ……。旦那様も負けん気がお強い」

といういうより執念深い。

「いっそ去り状を出しておかみさんを大之字屋から解き放って差し上げればいいのにと、手前は何度か思いました」

しかし、吉乃にはもう帰る実家《さと》がない。井崎家は吉乃の弟の代になり、嫁が内を仕切っている。夫婦には跡継ぎもいる。一度金で売り払った姉のことなど、迎えてはくれぬだろうという。吉乃も、あてにはしていない。だから吉乃が夫に「信太郎と一緒に追い出してくれ」とすがったときは、母子二人で野垂れ死にするのを覚悟の上だったのである。

利一郎の口から、言葉がこぼれ出た。

「討債鬼が憑いているというのなら、宗吾郎さんの方ではありませんか」

久八が目を上げて、まばたきする。

「旦那様が――」

「兄上が得ようとしていたものに、まだ飢《かっ》えている。大之字屋の身代も、主人の座も得たけれど、お内儀の心だけは未だに奪い取れない。だから残心が煮えたぎり、いつまでも手放せないのでしょう」

取り立てをやめないのだ。喰《く》らい尽くそうとしているのだ。

人の身の内の鬼が。

「祓い落とせますか、若先生」

利一郎は黙していた。討債鬼を祓ったことがあるというのは出任せだが、彼にも、請林藩家臣一同にもいかんともすることができなかった、別の〈鬼〉なら知っている。それを思い出していた。

かつて利一郎は、幼なじみの許嫁《いいなずけ》を、その鬼に奪われたことがある。

那須請林藩の歴史は古い。立藩は関ヶ原の役後に遡《さかのぼ》るが、何度かの藩主移封《いほう》を経て、門間家がこの地に入ったのは五十年ほど前のことである。請林藩初代藩主としての門間家当主信克《のぶかつ》、その嫡子信毅《のぶかた》は共に善政を布《し》き、名君の誉れ高かった。見るべき産物のない請林の地で、領民たちが飢えることなく、かの天明《てんめい》の大飢饉《ききん》をも何とかしのぐことができたのは、この初代と二代の藩主の英明に拠《よ》るところが大きい。

ところが、信毅の嗣子にして三代目当主の信英は、祖父や父とはまったく違っていた。

十年前、信毅の病死により二十五歳で藩主となったこの人は、幼少のころから性、佞姦《ねいかん》であった。獰猛《どうもう》でもあった。齢十四の折に側役の些細《ささい》な失態を咎《とが》めて自ら手討ちにしたことがあるが、これは実は衆道《しゅどう》の揉め事が原因で、要するに色深かったのである。

藩の長となり、己の気に染む取り巻きを多く取り立て、目の上のたんこぶの家付家老どもを脅迫と奸計《かんけい》によって黙らせてしまうと、あとはもう好き放題だった。さらにいけなかったのは信英が大酒飲みで、しばしば酒に呑まれる性質《たち》であったことだ。信毅死後も大穏公《たいおんこう》として藩政を後見する立場にあった祖父の信克は、

――あれは酒狂である。

と見抜いていた。当初は信英を三代目当主に据えることにも反対で、信毅が側室とのあいだにもうけた当時十二歳の男子を嗣子にと、幕閣にも働きかけたのだが、認められなかった。信英はこれを深く恨み、藩主の座に就くと父の側室と共にこの男子をも寺に追いやり、後には逆意ありとの罪状をでっち上げて誅殺《ちゅうさつ》してしまった。大穏公の隠居料も、勝手不如意の口実をたてに大きく削り取ったので、日々の暮らしにも詰まる羽目となった大穏公は、公を慕う周囲の領民たちの持ち寄るもので食いつなぐような有様で、貧窮と不面目のうちに逝去した。

信英は、祖父の葬儀を執り行うことにさえ費用を惜しんだ。手入れが行き届かず、傷みの激しかった隠居所を壊す手間を厭《いと》い、番頭《ばんがしら》を集めて戦さながらに火をかけて燃やし、それを近くの丘に床几《しょうぎ》を据えて見物した。火を好んだのもこの人物の性《さが》で、暴政を見かねて直言に及んだ請林の古刹《こさつ》の僧を、寺に押し込めて焼き殺したこともある。

信英自身は贅沢《ぜいたく》三昧だった。江戸藩邸での放蕩遊尽が甚だしかったばかりか、門間家の居が陣屋であることを大いに嫌い、築城を望んで幾度となく老中に申請に及んでは、その根回しにも湯水のように金を使った。戦のない世に認められるはずのない申請だから、これは無駄金である。

年貢の取り立ては苛烈を極めた。先代の治世では五公五民の決まりだったのが、信英が跡をとってすぐに六公四民になり、門間家改易の昨年には七公三民、その上に何かと徴収が乗せられたので、実質は八公二民に近かった。領民たちは飢え死にするか、強いて逆らって捕らわれ処刑されるか、二つにひとつを選ぶしかなかった。

信英は女色にも耽《ふけ》った。さすがに江戸藩邸では控えていたが、領地ではあたりを憚《はばか》るところがなかった。まさしく御天下様だからである。

正室には縁戚《えんせき》の姫を迎えたが、夫婦とは名ばかりで見向きもしなかった。彼は女という女を好み、その好みの向くところは気まぐれで、身分の上下は問わなかった。卑しい酌婦や踊り念仏の巫女《みこ》を側室としてはべらせることがある一方で、容色に惹かれて家臣の妻や娘を無理矢理むしり取ることもあった。

これらの事を父や叔父から耳にしつつ、利一郎は育った。父も叔父も己が忠義を捧《ささ》げるべき主君の愚昧《ぐまい》と放埒《ほうらつ》を、利一郎に聞かせたくて聞かせたわけではない。家中に、この現状を打破しようという動きがあったし、父も叔父もそれには呼応していたから、利一郎にも心構えをさせておこうと思ったのだ。

それでも、青野の家はまだ気楽な方だった。

用達という役付は、家老のすぐ下でかなり重い役職になる。が、それに〈下役〉と付くと急に軽くなり、父は存命のころ、この軽みこそが身上の、我らは藩政のための使い走りだとよく言っていた。

下役を設けたのは初代信克である。ひとつには請林の産業振興策を担わせるためであり、ひとつには山地の多い請林の隅々まで目を届かせて、領民の暮らしの底上げを図るためでもあった。

父と利一郎はこのなかでも、農村を回って無学の農民たちに読み書きを教え、近隣の他藩で試みられている農作物の新しい育て方を試みたり、新しい種を作り上げたりすることを主な役目として働いていた。読み書きは農閑期に、作物にかかわる工夫は農繁期にすることになる。自然、領内のあちこちを巡り歩く日々が多くなり、陣屋はもちろん、江戸藩邸で起こっている出来事からは離れていられたのだ。

そのかわり、農民たちの貧の苦しみは目の当たりにした。それに対する己の無力も痛感した。同役の朋輩《ほうばい》たちと密《ひそ》かに集い、この暴政の一部でも翻すことはできないかと語り合っても、主君と家臣の隔てと、己の首を守ることに汲々《きゅうきゅう》とする腑《ふ》抜けた重臣どもと、主《あるじ》に輪をかけて狡猾《こうかつ》残忍な信英の取り巻きどもの前では蟷螂《とうろう》の斧《おの》に過ぎない。

——君、君たらざれば。

家臣が守るべきは御家であり、領地と領民であろう。しかし、この建前を貫き通すための強《きょう》靭《じん》な鉾《ほこ》を、利一郎たちは欠いていた。

生きることは、そのまま忍従することである。それが、利一郎が成年に達してからの故郷の理《ことわり》であった。

堪え忍んでいれば、いつかは道が開けよう。殿も正気に立ち返られるかもしれない。あるいは、あの乱脈な暮らしぶりが殿の生気を削り、我らに、藩主の首をすげ替える好機がもたらされるかもしれない。折に触れて互いに励まし合い、支え合っていたのだが——

利一郎の上にも、思いがけず主君信英の魔手がのびてきた。六年前の早春、利一郎二十歳のときである。

利一郎の許嫁は、名を美緒《みお》という。父と親しい相役の息女で、幼いころから兄妹のように育った。二人を妻合《めあ》わせようという話も、角張って取り決めたのではない。まず親たちがそのつもりだった。それぞれ一人子だったので、美緒が青野家に嫁せば生家は絶えることになるが、家がひとつになるのだからかまわぬと、美緒の両親は決めていた。

当人たちにも異存はなかった。利一郎は物心ついて以来、いずれは美緒を嫁にとるのだと思っていたし、美緒も自分の親と同じように、青野の両親にも親しんで育った。

その美緒が、信英の目にとまったのである。

奥へさし出せという下命に、美緒の両親は青くなった。他の事柄にも増して、女についての信英の下命は絶対である。欲しいと思う女は必ず奪う。たとえば領内のある庄屋《しょうや》の妻を召し出した際には、夫の命がけの抗弁に、彼を殺し三人の子供を水牢《みずろう》に放り込んで、その命と引き替えだと妻に迫った。そうして女を手に入れると、子供は始末してしまった。

このとき利一郎の父は既に亡かった。青野家の当主として、利一郎は、主命に従うか抗《あらが》って美緒を守るか、決断を迫られた。

門間信英は、文字通り女を喰らう。喰らって飽きれば食べ滓《かす》のように吐き出して顧みない。召し出された女たちで、健やかに永らえている者は少なく、命はあっても生き人形のように心を失ってしまう。陣屋の奥の信英の閨《ねや》からは、しばしば女の泣き声や悲鳴が漏れ聞こえ、そばに仕える小姓が気に病んでお役を退いたことさえあった。

彼の暴虐は、そこにこそ剝き出しになっていた。家中では、それを知らぬ者などいなかった。

——美緒を隠そう。

どこぞへ逃がして匿《かくま》おう。殿は気まぐれだ。熱が冷めれば、別の女に目が向いて、美緒への執心が解けることもあり得る。どこに匿ってもらおう、誰に預けようかと、心当たりの農家のことなど考えているうちに、青野の家を美緒が訪ねてきた。

「わたくしは奥へ上がります」

思い詰めたふうもなく、ただ白い頰をいっそう白くして、相対した利一郎にそう打ち明けた。

利一郎は惑乱した。何を言う、ほかに手がないわけではない、私に思案があると言い募るのを、美緒は優しく止めた。

「わたくしが参らなければ、両親の命が奪われます。わたくしを逃がしたとなれば、利一郎様もご無事では済みますまい」

それは嫌ですと、美緒は言った。

「わたくしは大丈夫です。利一郎様も、お気を強く持ってください」

とっさに、利一郎は美緒の手をつかんだ。逃げよう、と言った。その場から雲を霞《かすみ》と逃げ去るつもりだったのだ。行き先などどこでもいい。

その手を、美緒はきっぱりと退けた。

「利一郎様らしくもありません。お母様のことをお忘れですか」

青野家は利一郎と母の二人きりなのである。

言葉に詰まる利一郎に、美緒は微笑みかけた。片手をあげて、髪に挿した柘植《つげ》の櫛《くし》に触れてみせた。

「これを、お守りにいただいて参ります」

いつか、利一郎が領内を巡っている折に、自ら柘植の枝を落として持ち帰り、櫛に削って美緒に与えたものだった。簡素な、塗りも飾りもない櫛である。

「わたくしは、これで利一郎様とのご縁が切れたとは思いません」

生きていてくださいと、美緒は言った。生きてさえおれば、またお目にかかれます。

こうして、美緒は奥へ上がった。

二月《ふたつき》の後、美緒が死んだという報《しら》せが来た。

そのころ、請林藩では流行《はやり》風邪が猛威をふるっていた。美緒もそれにかかり、手当ての甲斐《かい》もなかったという。

亡骸は勝手に荼毘《だび》にふされ、帰ってきたのは骨壺《こつつぼ》だった。両親に亡骸を見せぬための見え透いた策だと、利一郎は思った。

猥《みだ》らな仕置きに耐えかねて自害したという噂があったからだ。殿に虐《いじ》め殺されたのだという噂もあった。

傷心の美緒の両親は、むざむざ娘を死なせてしまった自責の念に、みるみる弱り果てた。彼らこそまさしく流行風邪で、美緒の後を追うように逝《い》った。

利一郎は木の洞《うろ》のような男になった。

身体の奥に、ぽっかりと穴があいている。そこには病葉《わくらば》が溜まっている。かつて利一郎の心であったものの残骸《ざんがい》だ。日々の務めこそ果たしていたが、利一郎は抜け殻だった。父を送ったときにも涙を見せなかった母が、袖で顔を隠して泣いている。それに気づいても、慰めることとさえできなかった。

美緒の死から四年後、その母も逝った。利一郎はまったくの独り身となった。

逐電しようか——と、また思った。

もう、この地に利一郎を引き留めるものは何もない。どこへ行こうと、浪々の身に落ちようと、ここよりはましだ。

生きていてください。

美緒はそう言った。利一郎を生かすために、暴龍の顎《あぎと》のような陣屋の奥へと上がっていったのだ。しかし、今のこの身が生きていると言えようか。

いっそ、自分も懐かしい人たちの後を追おうか。利一郎はもう、藩の変革を待つことにも疲れていた。決起や蜂起の噂が立っては、実行に移される前に尻すぼみになるかひねり潰《つぶ》されることが、幾度も続いていた。

そんなことばかり思っていたせいだろう、晩秋のある日、利一郎は巡視先の山で迷った。朋輩も供もおらず、徒歩《かち》で分け入った山筋で、どうやら道を間違えたらしい。

歩いても歩いても、見覚えのない場所ばかりが続く。道も人の道から獣道《けものみち》へと変わった。利一郎に焦る気持ちはなかった。むしろ心は静かだった。このまま行き着くところまで行こう、里へ帰れずともかまわない、と思っていた。

彷徨《さまよ》うように歩み続けていると、開けた場所へ出た。周囲を森に囲まれ、そこだけ下草が薄くなっている。

利一郎は立ちすくんだ。

あたり一面が、石仏で埋め尽くされている。

手頃な石を二つ積み重ね、そこに顔を刻んで描いただけの、素朴で不器用なつくりの石仏だ。それが数えきれぬほど並んでいた。秋の落ち葉を身に纏《まと》い、あるいはそれに埋もれかけ、鳥の鳴き交わす声だけが響く山中に、静かに集っていた。

——これは。

うんと古びたものはない。皆、ここ七、八年かそこらでつくられ、据えられた石仏たちだ。

——この藩の人びとだ。

信英公に殺された人びとだ。

残された者たちが、死者を弔《いた》みその魂を慰めるために密かに刻み、ここに積み上げてきた石仏だ。咎めを恐れ、山中深く隠して。

——このなかに、美緒もいる。

きっと美緒の顔もあるはずだ。利一郎は落ち葉を蹴《け》り、狂ったようになって、石仏たちのあいだを探し回った。地べたを手でかき、這《は》うようにして、美緒の名を呼びながら探し回った。

石仏たちは、あの日の美緒のように優しく微笑んでいた。

やがて利一郎はその場にへたりこんだ。美緒を失ってから初めて、男泣きに泣いた。逃げまい――と決めたのは、そのときだ。私はまだここにいる。この石仏たちを残して、己だけ逃げ去ることなどできるものか。

いつかきっと、この仏たちを陽のあたる場所に出してやれる、その日まで。


先年七月末、利一郎は初めて、主君の江戸参勤交代に従った。

用達下役は、本来参勤交代に供する役柄ではない。だが、信英の浪費とうち続く不作で、請林藩の内証はかつてないほどに窮し、参勤交代の支度にさえ事欠くようになっていた。供揃えのために金で中間《ちゅうげん》たちを雇い入れることもできず、出府が遅れた上に、とうとう軽輩の家臣が駆りだされることになったのである。

そういう役回りだったから、行列が江戸に着いたらすぐにも国許へとって返すはずだった。江戸藩邸に暮らす藩士の数が多ければ、それだけ費えも増えるからだ。

ところが、利一郎が帰り支度を整えるよりも早く、殿が急死した。下城し、裃《かみしも》を脱いだところでにわかに喀血《かっけつ》、一昼夜を悶絶《もんぜつ》して死んだのだ。

家臣たちは驚き呆れた。それでも急ぎ国許に使者を出し、跡目の相談にとりかかったが、門間信英にはまだ嫡子がいなかった。女という女を喰らっていたのに、喰らってしまうが故に己の胤《たね》を残せずにいたのだ。

幕閣の裁定は速かった。暴君の枷《かせ》が外れ、我にかえった門間家重臣らの働きかけはことごとく退けられた。あるいは、国許での信英の狂乱ぶりが聞こえていたのかもしれない。門間家は嗣子なしとして改易となった。

利一郎は主家を失った。

すぐには信じられなかった。己が禄《ろく》を失い、身分を失い、一介の浪人になったということよりも、門間信英がかくも呆気《あっけ》なく死んだことが信じられなかったのだ。

誰が誅したわけでもない。病死だ。あまりの急死に、いっとき暗殺説が流れたせいか、大目付差し向けの検視が行われたから、それははっきりしていた。

天罰、仏罰だと言う者もいた。それならば、なぜもっと早く下されなかったのかと、利一郎は思った。安堵よりも喜びよりも、空しさばかりが胸の洞《うろ》を吹き抜けた。

上役や朋輩たちは、国許に家族を残している。身軽な利一郎は進んで江戸に残り、藩邸の始末を手伝った。売れるものは少しでも高く売り、家臣たちで分け合って、今後の暮らしの足しにしなくてはならない。

その折に、江戸で門間家出入りだったという呉服商と知り合った。信英は江戸の側室たちを贅沢に着飾らせていた。領民たちから搾り取った血の金が、女の着物に替わっていたのである。

利一郎の働きぶりに、この呉服屋の主人は気に入るところがあったらしい。あるとき、端的に訊いてきた。

「青野様はこれからどうなさるおつもりですか」

「今はまだ考えてもおりません」

呉服屋の主人は、福々しい頬をちょっと緩ませて、それなら、と言い出した。

「手習所の師匠など、やってみるお気持ちはございませんか」

主人は加登新左衛門と知己の間柄で、中風で右手がきかなくなった新左衛門が、手習所を引き継いでくれる者を探していることを知っていたのだった。親しくなるにつれ、利一郎はこの主人に、国許での役目のことなども話していたから、うってつけだと見込まれたのだろう。

「失礼ですが、このご時世、次の仕官先など見つかるものではございませんよ。手習所の師匠なら、お武家様の生業《なりわい》としても、けっして恥ずかしいものではございませんし」

利一郎も食っていかねばならない。これがいい話であることはわかる。が、故郷に帰りたい、帰らねばならぬという気持ちもある。強い躊躇《ためら》いが顔に出た。

江戸の世慣れた商人《あきんど》は聞き出し上手である。門間家に深く食い込み、あらかたの事情を知っている主人には、今さら藩の恥部を隠す必要もなかった。いつしか、利一郎は石仏のことまですっかり打ち明けていた。

「ならばなおのこと、金子《きんす》が要りますな」

然るべき寺に供養を頼むにしても、先立つものが必要だという。

「請林藩には、既に生田家が入ることが決まったそうではございませんか。青野様が空手《からて》で、旧藩主の家臣を名乗って願い上げたとしても、山のなかの仏様になどかまってはくださいますまい」

江戸でお稼ぎなさい、という。

「深考塾は習子が多くて、儲《もう》かりますよ」

　可愛い子供は世の宝ですなどと、とってつけたような美句を添えて、呉服屋の主人は利一郎の背中を押した。

　ほとんどさらわれるようにして、利一郎は加登新左衛門に会った。話はするする進んだ。初音が利一郎の朴訥《ぼくとつ》な田舎者ぶりを買ってくれたことが大きかったらしい。

　こうして、利一郎の今が決まった。深考塾が彼の居る場所となった。

　諸事あって一度あわただしく国許に帰ったが、両親と美緒たちの位牌《いはい》を菩提寺《ぼだいじ》に託して、石仏たちのもとへは参らなかった。遠く山を仰ぎ、待っていてくれよと願っただけである。

　実際のところ、深考塾の若先生はさほど儲かるわけではない。束脩は新左衛門と折半、家賃は別、習子たちに与える文具の代金は利一郎持ちで、これが毎月ばかにならない額になるから、一人暮らしでつましくしても、大した金は残らない。

　ただ、居心地はいい。

　故郷の景色は、このごろでは夢のなかに出てくる。なぜか美緒は現れない。見るのはあの石仏の群ればかりだ。

　それでも、石仏たちの微笑みは、利一郎の涙を誘うものではなくなっている。石仏たちとともに微笑み、請林の山の風を頬に感じて、夢から覚める。

四

利一郎がようやく行然坊の顔を見ることができたのは、四月七日のことだった。

それまでに、最初に宗吾郎にホラを吹き込みにいったのを除いて三度、利一郎は大之字屋を訪ねている。そのうち二度は信太郎を伴い、利一郎が宗吾郎と話しているあいだに、信太郎は吉乃の病床を見舞った。利一郎は彼に手習い帳を持たせて、今何を習っているか、母上に教えてさしあげろと言って聞かせた。

宗吾郎とは話すことなどない。国許から文書は届きましたか、いや、まだでござる。信太郎はおとなしくしておりますか。下手な女中より役に立ち、拙者は大いに助かっておりますなどと言い合うくらいだ。

それでもしつこく訪ねたのは、行然坊に会いたかったからだ。お店乗っ取りの首謀者だか手下だか知らないが、どんな男なのか。どんな口調で語るのか。どんなもっともらしい騙りを並べるのか。宗吾郎をひと呑みにしてしまったというその手管《てくだ》を知りたいのだ。

しかし、利一郎が訪ねると、なぜか行然坊はいないのだった。さっき帰った、今日はまだおいでてでないなどと、宗吾郎は言う。

三度目のときはさすがに不審で、いったん大之字屋を離れてから、信太郎を先にやっておいて回れ右をし、勝手口から女中に声をかけ、久八を呼んでもらった。

すると、行然坊なら今も奥にいるという。

「旦那様とご一緒です」

「私はお目にかかれませんでした」

利一郎以上に久八も訝《いぶか》しげになった。

「何で若先生から隠れるんでしょうね」

行然坊の方は、利一郎が宗吾郎の座敷にいるのを、物陰からこっそり覗《のぞ》いていたことがあるという。

「毎日、行然坊は何をしてるんです?」

「酒を飲んでいます」

機嫌良く、宗吾郎と話しているそうだ。

このままその場へ踏み込んでみようかとも思ったけれど、思い直した。何かおかしな臭いがする。もう少し様子を見てみよう。

利一郎は、うっかり深考塾の前を通り過ぎてしまいそうになるほど考え込んで帰った。

そんな次第だったから、その七日、八ツ（午後二時）の鐘を聞いて習子たちが散っていったあと、いたずら三人組が得意満面で寄ってきたときには嬉しかった。

「首尾はどうだ?」

「上手くいってるに決まってンじゃんか」

上手くいったではなく、いってる、である。聞けば金太と捨松と良介は、毎夕、大之字屋から引き揚げてゆく行然坊の跡を尾け、彼の居所を突き止めただけではなかった。すっかり顔見知りになっているというのである。そのために六日かかったのだ。尾行だけなら二日で足りたという。それでもいっぺんは見失ったのが悔しいという。

「何でそんなことまでやらかしたんだ」

「だって、習ったよ」

敵を知り、己を知らば百戦危うからず。

「私は教えていないぞ。おまえたちのような町場の子供に、兵法は要らん」

「わかってねえなあ、若先生」

五目並べをするんだって、勝とうと思ったら敵の懐に入らなくっちゃと、三人のなかでもいちばん口の達者な捨松が言った。

行然坊は、深川一色町《いっしきちょう》の木賃宿を根城にしているという。そのあたりは材木商の多いところだから、各地から集まる商人たちが泊まる宿もあるのだ。

「けっこう前から住み着いてるみたいだよ」

「米、持ってて」

「いいおっちゃんなんだよ。泥鰌《どじょう》捕りが上手いし」

「泥鰌捕り?」

「うん。あのへんの堀には、泥鰌がいっぱいいるからさ。端から捕まえて、蒲焼《かばや》きにして食うんだよ。おいらたちもおっちゃんに教えてもらったんだ。旨《うま》いよぉ」

昼間は大之字屋に奢《おご》らせているくせに、宿では自ら捕った泥鰌を食っている？

「泥鰌は滋養もあるからさ」と、洟たらしの金太が言う。「だからおっちゃん、妹にも食わせてやるんだって。それで、おいらたちにも泥鰌捕りを手伝ってくれっていってさ」

「行然坊には妹がいるのか」

「うん」小柄な良介が、両手で腹がふくれるような恰好をしてみせた。「孕《はら》んでるんだって。あと二月《ふたつき》もすれば生まれてくるんだってさ」

利一郎は声を呑んだ。妹？　孕んでいる？

初音の言っていた〈女〉ではないのか。

「その妹は見かけたか？」

「ううん、来たことねえ」

どっか他所《よそ》に住んでるみたいだよ、という。

「ぐちゃぐちゃ言ってるより、若先生、行った方が早いよ。今日もおっちゃんと泥鰌捕りをする約束だからね。泥鰌は、暗くなると動きが鈍くなるからさ」

三人組は、首尾良く行然坊の跡を尾けて根城を確かめると、翌日は手作りの釣り竿《ざお》を持って出かけていったのだそうだ。先回りして、行然坊の宿の近くの堀割で糸を垂れていると、

――なんだおまえら、子供がこんなところで夕釣りでもあるまいよ。

何が釣れる？　と、向こうの方から声をかけてきたという。そして、小骨ばっかりの小魚なんか釣るな、泥鰌を捕れ泥鰌を――という運びになったのだ。その間のやりとりを口々に再現

する三人組の話を聞いているうちに、利一郎は混乱してきた。

行然坊という男、子供好きらしい。

しかも子供に好かれる気質《たち》でもあるらしい。師匠の威光を着ている利一郎でさえ、手なずけるのに苦労した――いや、未だ手なずけているとは言い難いこの三人組と、短いあいだに意気投合して、おっちゃんなどと呼ばれているのだ。

「昨日なんか大漁だったからさ」

「おっちゃんが泥鰌をみんなさばいて焼いてくれて」

「うちで父ちゃん母ちゃんに食わせろって、持たせてくれたよ」

その同じ男が、一方では信太郎を討債鬼と呼び、命を絶てと言っているのだ。

そのくせ、討債鬼を祓ったことがあるという（ホラを吹いた）利一郎のことは避けている。敢《あ》えて対決しようとしないのは明らかだ。信太郎を取り返しに来ることもなく、取り返せと宗吾郎を焚《た》きつけることもなく、毎日大之字屋に通って、無料酒《ただざけ》を飲んでいる。

わからなくなってきてしまった。


信太郎を隣家に預けておいて、利一郎は暮六ッ（午後六時）から件の木賃宿のそばに潜んでいた。

潜むというのもおこがましいか。三人組に倣って釣り竿を持ち、堀端で糸を垂れていたのである。一人でそんなことをしていると、通りかかった近所の者たちが、ご浪人様、そこじゃ何にも釣れないよ、蛤町《はまぐりちょう》まで行って貝を拾った方がまだ腹の足しになるよ、などと言ってくる。遠慮がない。俺はよほど食い詰めて見えるらしいと、利一郎もがっくりした。師匠に頼んで、分け前を増やしてもらった方がいいかもしれない。

それでも辛抱強く糸を垂れていると、陽が西の空に傾いたころ、背中の方から聞き覚えのある騒々しい声が近づいてきた。金太と捨松と良介である。

横目で窺うと、三人の後ろに、身の丈が子供らの倍はあろうという大男がくっついて歩いていた。前になり後ろになり、男を取り巻いている三人に、話しかけたり言い返したり、こちらもにぎやかだ。

坊主頭にどんぐり眼、破れ衣と大念珠。

行然坊である。

三人組とは、互いに知らん顔をしていようと言い合わせてある。そして今日は行然坊から、できるだけ彼の妹のことを聞き出してくれとも頼んである。

利一郎は黙然と釣り糸を睨んでいた。

と、金太が甲高い声を出した。「あれえ、今日は新客だよ」

「おっちゃん、釣りの人がいる」

「何も釣れやしねえよってば」

こらこらと、行然坊がたしなめる。久八の言ったとおりの野太い声だった。

「お武家様に失礼なことを申すでない」

「だってろーにんだよ、ろーにん」

「痩せてらぁ。食ってねえんじゃないの」

こいつら、調子に乗ってないか。

「ごろーにんさまぁ、泥鰌を捕って食わせてやろうか」

「違うよ、食わせてさしあげましょうか」

利一郎は振り返り、行然坊に会釈した。大男は礼を返し、

「子供らのことです、お許しください」と頭をかいた。「わしらはこのごろ、この堀で泥鰌を捕っておりますもので」

「泥鰌ならどこにもいるでしょう」と、利一郎は言った。三人組を見る行然坊の目に険はなく、顔ぜんたいが笑っている。

頑健そのものの身体つきだ。意外に若い。利一郎と、十歳は違わないのではないか。今日も大之字屋できこしめしてきたはずだが、酒気を漂わせてはいなかった。

「どこにでもおりますが、長屋がひしめいている堀割の泥鰌は、垂れ流しの汚水を飲んでおるので臭くて食えません。ここらは水が澄んでおる」

泥鰌も旨いのです、という。

「左様でござるか。良いことを教えていただきました」

利一郎は釣り竿を上げた。

「その泥鰌捕り、拙者も見物してよろしいか」

「おう、どうぞどうぞ」

行然坊の泥鰌捕りの腕は抜群だった。掬うのではなく、まさに捕るのだ。水面の浅いところすれすれまで顔を近づけて、木の棒でちょっと突いてかきまわし、泥鰌の動き回るのを逃さず器用に摑《つか》み取る。鰓《えら》のところに指をかけ、ぬるぬるする頭をきゅっとしめて、宿から持ち出してきた笊《ざる》に、次々と投げ入れてゆく。

だから、長くはかからなかった。行然坊は、子供らの帰り道を案じているから、なおさら手早いのだと、利一郎は知った。

子供らの方も手早かった。ああだこうだと混ぜっ返したり笑ったりしながら、行然坊を手伝いつつ、彼から話を聞き出してゆく。おっちゃんはどこから来たの？　おっちゃんの妹は変わりねえの？　赤子は元気に育ってる？　おっちゃんは妹想いだねえ。赤子が生まれるの、楽しみかい？

行然坊は答えたりはぐらかしたりしている。自分からはほとんど口を開かなかった。

「けど、赤子のおとっちゃんはどうしてるんだ？」と、捨松が言い出した。「おっちゃんが泥鰌捕って食わさなくちゃならねえなんて、おかしくねえか？」

「うちにもおとっちゃんはいねえぞ。おとっちゃんのいねえ家だってあるんだ」と、良介がすかさず言い返した。こんな台詞《せりふ》まで打ち合わせ済みだったとすると、空恐ろしい。

するると行然坊が泥鰌をひねる手を止めた。

「良介、おまえは父《てて》なしッ子か」

良介は悪びれず「うん」と答えた。

「そうか。おまえのおっかさんは立派な女だな。おまえを一人で育てている」

「すぐひっぱたくから、怖いよ」

行然坊は、月が姿を現し、星がまたたき始めた夕空を仰いで笑った。

「おまえが悪さをするからだ」

ほかの二人も、そうだそうだと手を打って笑った。

「父なしッ子を恥じることなどない。立派な大人になればいい」

そして手のなかで身をくねらせている泥鰌を見ると、ひねるのをやめて、そっと指を開いた。

「もう笊がいっぱいじゃ。こいつは今日の放生会《ほうじょうえ》にしてやろう」

水に投げ込まれた泥鰌は、たちまち潜って逃げていった。

「あ〜あ、もったいない」

「まるまる肥えてたよ、あいつ」

「おまえたち、意地汚いぞ」

重そうな笊を小脇に抱えると、行然坊は利一郎に向き直った。

「わしはこれからこの泥鰌どもをさばきますが、お武家様、それもご覧になりますか」

お目の穢《けが》れになりますぞ、という。

「御坊こそ、仏道に帰依《きえ》するお身柄でしょう」

「なあに、愚僧はこのとおりの破戒坊主にございます」

吼《ほ》えるように短く笑い、

「どちらにお住まいかな。泥鰌の蒲焼きを、この子らに届けさせましょう」

「それには及びません。お気持ちだけいただきます」

深く一礼し、三人組を引き連れて木賃宿へと戻ってゆく行然坊の大きな背中を、利一郎はまばたきもせずに見送った。


翌日の八日、利一郎は信太郎を連れ、小梅村に向かった。新左衛門に届けるあひるの卵は、綿でくるんで小笊に入れて、大事そうに信太郎が捧げ持っている。お師匠に届け物だと言ったら、ぜひともわたしに持たせてくださいとせがんだのだ。

せがむというならば、この道々、利一郎は初めて信太郎に訊いてみた。この半月ばかりのあいだに、何かが欲しいとか、買ってくださいとせがんで、お父上にひどく叱られたことはないか、と。

信太郎はちょっと考えた。「貸本屋さんが来たときに、読み本を借りてくださいとねだって叱られました」

そして恥ずかしそうに目を伏せると、

「もうせん、母さん――母のところへ行ったとき」

「母さんでかまわないよ」

吉乃から菓子をもらって食べたら、叱られたそうだ。その菓子は到来物で、吉乃が、信太郎が来たらあげようと取り分けておいたものだったらしい。

大之字屋宗吾郎の頭には鬆《す》がたったままであるようだ。貸本代や、他所からもらった菓子さえ惜しむのは、吝嗇《りんしょく》のせいではなかろう。信太郎が何か欲しいと望むことが、すべて彼が討債鬼である証《あかし》だという思い込みになっているのだ。

この思い込みを解くには、別のまじないが必要だ。それも輪をかけて強力なものでなければ通じないだろうし、いったん解けたとしても、宗吾郎のなかに亡兄への後ろめたさがある限り、いつまた蘇《よみがえ》らないとも限らない。

「なあ、信太郎」

「はい」

信太郎は卵の笊を両手に、そろそろと歩いている。

「先生はこれからおかしなことを訊く。おかしなことだから、嫌なら答えなくてもいい」

「はい、わかりました若先生」

「おまえは、お父上が好きか」

信太郎は卵の笊に目を落とした。

「はい」

「お母上が好きか」

今度はすぐ答えた。「はい」

「それでは」利一郎はひと呼吸を挟んだ。「お父上とお母上と、お二人に健やかで幸せになっていただくために、どちらかと別れ別れになって暮らすことを、おまえは辛抱できるだろうか」

かなり歩くまで、信太郎は返事を寄越さなかった。

「はい」という小さな声が聞こえた。

「そうか」と、利一郎は言った。

それからまたしばらく歩いて、信太郎が不意に立ち止まった。田圃《たんぼ》を一枚越えた、向こうの畦道《あぜみち》を見やっている。

「若先生」

お地蔵様です、という。

通い慣れた道だから、利一郎も知っていた。畦道の交差するところにまだ若い梅の木が一本あり、その下に小さな地蔵堂があるのだ。堂といっても柱と屋根だけで、鎮座している地蔵はこちら側から見ると背中を向けている。

「お参りしてもよろしいですか？」

利一郎はこの地蔵堂に立ち寄ったことはない。彼が参らねばならぬ石仏は、故郷にこそあるからだ。

それでも今は、信太郎のあどけない顔に負けた。さして回り道になるわけでもない。一緒に地蔵堂へと近づいた。

身の丈三尺ほどの石地蔵である。茶碗《ちゃわん》の水と、雑穀混じりの乾いた握り飯がひとつ供えてある。畦道には菜の花が咲いていた。

信太郎はあひるの卵を利一郎に預けて、地蔵仏の前にしゃがみこみ、念入りに拝んだ。

「何をお願いしたのだね」

「母さんの病が早くよくなりますように」

お地蔵様を見ると、お願いしているのです、という。

「町にはいっぱいお稲荷《いなり》さんがあるけど、商いの神様だから病には効きませんって、久八さんが」

だから地蔵仏を見ると拝んでいるのだ。

新左衛門が貸してくれた仏教説話の書物のおかげで、利一郎もにわか知識を身につけている。

「地蔵仏は多くの御仏のなかでもとりわけ慈悲深く、地獄に堕《お》ちるような悪人でも、たった一度通りすがりに拝礼したというだけで救ってくださる。その折には自ら地獄に降りてゆかれるので、御足が焼けてしまうそうだよ」

へえ……と目を瞠り、信太郎はしげしげと石地蔵の足元を見た。

「そしたら、今度来るときは、お地蔵様に履物をお供えします」

また、あひるの卵を捧げ直して道へと戻る信太郎と離れ、利一郎はしばし、田圃のなかの小柄な地蔵に向き合って動けなかった。

地蔵仏は微笑んでいた。

立ち寄ってみてよかったと思った。信太郎がこの地蔵仏に気づいたのは、本当にあの子に御加護があるからなのかもしれない。

――お護《まも》りくだされ。

念じて、利一郎は腹を決めた。

五

企てを打ち明けると、新左衛門は、

「無理をするな」と言った。

「これはいかんと思ったら、逃げろ」

師匠の心配は有り難かったが、利一郎に不安はなかった。確かに相手の方が図体《ずうたい》は大きいが、利一郎とて二本差しだ。錆《さ》びついているとはいえ、不影流免許皆伝だ。

そもそも、命のやりとりにはなるまい。

一昨日と同じあの堀端で、今度は手ぶらで行然坊の帰りを待った。三人組にはお役御免を言い渡したので、今日は一人だろう。

図抜けて大柄の破戒僧は、先に利一郎を見つけたはずである。が、足を速める様子もなく、ゆったりと歩んできた。

顔が見える距離に近づいたとき、利一郎は一礼した。

行然坊も礼を返すと、かすかな笑みを浮かべて言った。「一昨日もお会いしましたな」

行然坊のぐりぐり眼は陰になり、瞳《ひとみ》の色が見えない。

野太いはずの声が、やわらいだ。

「手習所〈深考塾〉の青野利一郎先生とお見受けいたしますが」

利一郎は、はいと応じた。

「やっぱり、そうですよなあ」

行然坊は、いたずらが露見《ばれ》たときの件の三人組とそっくりの笑い方をした。

「お顔を存じ上げているつもりでしたが、先日は今ひとつ確信がありませんでした」

というより、利一郎の腹が読めぬので知らん顔を通していたのだろう。

「お話があります」

「おありでしょう、おありでしょう」

いっそさばさばと明るい表情になる。

「宿では、かえって相客の耳を憚ります。ここでよろしいか」

二人は並んで堀端に腰をおろした。

しばらく、間合いをはかるような沈黙があった。それから行然坊が言い出した。

「ここの泥鰌どもは、あらかたわしとあのガキめらで食ってしまいました」

江戸の泥鰌は育ちが早い、という。

「わしの生まれた村では、四月も末にならんと泥鰌は太りませんでした」

あの見事だが変わった泥鰌捕りの技も、彼の村独特のものだという。

北の国です――

「今も飢饉続きのようですが、あれは昨日今日の話ではない。わしが幼いころから、北の百姓どもは飢えてばかりおりました」

だからわしは寺へ逃げました。

「寺なら食えると踏んだのです。しかし、修行があんまり厳しいのでな。得度《とくど》する前にまた逃げ出してしもうた。以来、坊主のなりだけこしらえて世渡りしてきた」

それでも巡り歩いた各地では、行然坊のいい加減な読経《どきょう》でも有り難がる人びとがいた。そんなものにでもすがりたいほど苦しみ、貧しさに喘《あえ》ぐ人びとがいた。

「そのあなたの法力で、大之字屋の討債鬼を祓うことはできませんか」

行然坊は大きな身体を縮めた。

「先生もお人が悪い。もう、嘘の皮は破れておるでしょう」

「でたらめなんですね」

大きくうなずき、そのまま頭を垂れて、申し訳ないと大男は言った。

「わしには大勢の兄弟姉妹がおりましたが、みんな先に逝ってしまいました。病や飢えのせいです。しまいには村ごと逃散《ちょうさん》で、一人だけ残った末の妹が、江戸におりましてな」

どうにかこうにか、食いつないでいた。

「富岡八幡《とみがおかはちまん》の門前町で、茶屋の仲居をしておりました。もっとも、給仕だけが仕事ではない」

身も売っていたという意味だろう。

妹の名をおかねという。

「わしもおかねに巡り合ったのは、たまたまです。互いに消息は知らなかった。声をかけられても、恥ずかしながら、わしにはすぐに妹とわからなんだほどでした」

おかねの境遇を知り、哀れに思っても、行然坊にはどうしてやることもできない。

――でも兄さん、あたしも損な目ばっかり出してるわけじゃないんだよ。

おかねは、このごろ良い客を引き当てた、という。

「わしが言うのも何ですが、妹はちっと器量がよい。それで男が――できたのですな」

大之字屋宗吾郎である。二年前の、ちょうど今頃の季節のことだったという。

「それからほどなく、おかねは大之字屋の囲い者になりました。根岸《ねぎし》に家を借りてもらいましてな」

行然坊も、ときどきそこに顔を出すようになった。

「しかし先生、誓って申しますが、わしは妹にたかったことはない。そんなことをしなくても、わし一人ぐらい何とでも食っていかれましたし、食えなくなれば行き倒れるまででござる」

おかねは幸せそうだったという。

「しかし――ですな」

囲われ者になって間もなく、おかねは孕んだ。そのときは宗吾郎に脅され、頼まれ、赤子を水にして諦めた。

「去年の秋に、また孕みまして」

今度は産みたいと、おかねは願った。

宗吾郎は許さない。産婆が、今度おろしたらおかねの命にかかわると言っているのに、それでもおろせと迫る。産むなら勝手に産むがいい。私は面倒をみない。おまえとも縁切りだ。

切羽詰まったおかねは、行然坊に泣きついてきた。

「赤子を産みたい。ちゃんとお内儀として大之字屋に迎えてもらいたい、兄さん何とかしてくれとせがむのです」

大之字屋には既にお内儀がおり、信太郎がいる。おかねもそれは承知の上である。

「おなごの嫉妬《しっと》というものは怖ろしいですな。仏法の多くが、女人ばかりは救い難しと断じるのも無理はないと思いましたぞ」

おかねは吉乃と信太郎を追い出したいのだ。おかねにとっては、二人はただの邪魔者、おかねと赤子の幸せの前に立ちふさがる、忌々《いまいま》しい壁に過ぎないのだった。

「わしは勝手に故郷を離れ、家族を見捨てて放浪し、気ままにしていた男です」

そのあいだに家族はばたばたと死んだ。行然坊は誰も看取っていない。おかねは、たった一人残った妹だ。行然坊は悩んだ。妹を見捨てることはできない。どんな我儘《わがまま》でも、できるならかなえてやりたいと思ってしまう。

だいたい、妻子ある身でおかねに手を出した宗吾郎が悪いのだ。

「おかねも二十八です。まっとうな暮らしへと浮き上がるなら、これが最後の機会でしょう」

しんみり呟き、大きな鼻の脇をほりほり搔《か》いて、

「それで、わしも無い知恵を絞る羽目になったわけでして」

宗吾郎が宗治郎から大之字屋を掠め取った経緯《いきさつ》は、案の定、宗吾郎自身がおかねに、酔った勢いであらかたぶちまけていたのだった。さすがに兄に毒を盛ったとまでは言わなかったが、己が兄より一枚も二枚も上手であったことを自慢し、俺の方が大之字屋の主人にふさわしかったのだ、次男だというだけで跡を継げないのはおかしいのだと強弁して、少しも憚るところがなかったという。

宗吾郎よりもおかねよりも、はるかに世間を知り、人の裏表を知っている行然坊は、その自慢話のなかに怯懦《きょうだ》を読み取った。女を相手に威張る男に、真の度胸者はいない。

つけ込むならそこだと思った。

「討債鬼のことは、寺にいたころに知ったのですか」

聞きかじりですと、また恥じ入る。

「効きましたなあ」

目を丸くして嘆息するので、利一郎も笑ってしまった。

「いやはや、あそこまで効くとは、わしも思わなんだ」

いっぺん脅しつければ、宗吾郎は信太郎と吉乃をひとまとめに、手切れ金ぐらいは包んで、大之字屋から追い出すだろうと踏んでいたのだという。

先生もそう思いませんかなと、力んでいる。己の播《ま》いた種であることを忘れている。

「お内儀も泣いて訴えておった。わしはもらい泣きしそうになって、堪《こら》えるのにひと苦労でした」

「しかし、信太郎を殺せといったのはあなたですよ」

「いやいや先生、それは違う」

大男の偽坊主は汗をかいた。

「一度たりとも、殺せとは申しておらなんだ。わしはただ、除けと申しただけでござる」

久八から聞いた限りでは、殺せも除けも一緒の凄《すさ》まじい迫り方だったようだけれど。

「それはお約束というものです。旅の僧がある家の前を通りかかって、凶事が起こることを告げる。それを防ぐためには犠牲が必要だと説く。ねえ？」

何が「ねえ？」だ。

「だいいち、親が我が子を手にかけられるわけがないと思っておりました」

「手にかけられないから、かわりに、私にやらせようとしているんですよ」

行然坊はぐりぐり眼で利一郎を見た。陽は落ちきって、今夜は上弦の月が昇っている。

「先生も、厄介な見込まれ方をしたものですなあ」

「あなたのせいです」

「まっこと申し訳ない」

そんな場合ではないのに、一緒に吹き出してしまった。

行然坊は言う。「あんな男のことです。兄貴だって、本当に殺したのかどうか大いに怪しい。たまたま間が悪く病で死んだのを、自分のせいだと思い込んでいるだけじゃないでしょうかなあ」

　ひとつ屋根の下の骨肉の争いが楽しいわけはなく、互いに疲れてもいたろう。宗治郎が若死にしたのは、その苦に押し潰されたせいということもあり得る。死んでしまえと呪っている相手がころりと死んだら、すわ呪いが通じたのかと、途端に怖くなるということもあるだろう。

「確かに、わかりませんね」

　毒殺の噂は、死んだ宗治郎よりも、生き残った宗吾郎の方を毒したのかもしれない。

「そういえば」

　さざ波さえ立たない水面に目をやって、行然坊は続けた。

「お内儀のことにしたって同じでしてな」

　宗吾郎は以前、名ばかりのおかみさんが大之字屋でふんぞり返っているのに、あたしはずっと囲われ者じゃ嫌だとおかねが拗《す》ねたときに、こう言ったことがあるそうだ。

　――私は自分じゃ吉乃と別れることができないんだ。執着が切れないんだよ。どうしても大之字屋のお内儀になりたいというのなら、おまえが吉乃を追い出しておくれ。

　月の光を浴びながら、利一郎はかすかな寒気を覚えた。執着が切れないんだよ。

　行然坊は、首の大念珠をいじりながら、また嘆息した。

「先生が信太郎を引き取ってくださったときには、正直、腰が抜けそうになるほど安堵いたしました」

　あの子は出来物じゃ、という。

「先に信太郎に会っておったなら、口から出任せでも、あの子が鬼だなどとは申せませんでした。そんな胆力は、わしにはない」

討債鬼を祓った経験があるという武士に対峙するだけの胆力もなかった。

「本物を祓った御仁ならば、お若い方であろうと、わしの偽坊主ぶりなど直ちに喝破するだろうと思いましてな。先生とは顔を合わさぬように、逃げ隠れしておったのです」

そして宗吾郎にべったりくっついて、

「何とか穏便に、お内儀と信太郎を追い出すという落としどころへ持っていこうと、わしなりに苦心惨憺《さんたん》しておったのですよ。もちろん相応の金を渡して、ですから追い出すのではありませんな。お引き取り願うというか、諦めていただくというか」

言い回しに気を遣っている。

利一郎は、もうまったく憎む気になれなくなった。この鬼は、躍り出たはいいが引っ込みがつかなくなって、弱り切っている。

「先生にも、お力添えを願えませんかな」

あの日の久八に似た、真摯《しんし》なんだか腰が引けてるんだかわからない頼み方で、同じように大真面目だ。

「今さら、わしがすべては嘘でしたと白状したところで、宗吾郎さんの思い込みは解けませんぞ。いささか薬が効きすぎた」

「私もそう思います。あなたは騙りが上手すぎました」

行然坊は打たれた犬のようになった。

「ですから、その上手い騙りを、もう一度演じていただきます。今度という今度は、失敗もやり過ぎも許されませんよ」

行然坊の大きな顔が月光に輝いた。

「どうしますかな？」

「私に考えがあります」と、利一郎は言った。

六

国許から文書が届きましたと言ってやると、大之字屋宗吾郎は何とも奇妙な顔をした。今にも笑い出しそうなのだが、怯《おび》えてもいる。脇の下を剃刀《かみそり》でくすぐられているとでも喩えようか。

「次の新月の丑《うし》三ツに、儀式を執り行って信太郎の討債鬼を祓います」

今日の大之字屋の奥座敷には、行然坊もいる。宗吾郎の傍らに座し、大鯰《おおなまず》のように悠然としていた。

「愚僧も先ほど、青野様から儀式の次第をお伺いしましてな」と、宗吾郎に言った。

「これを〈安寮鬼鎮《あんりようきちん》の儀〉と申します。鬼に然るべき場所に安らけく収まってもらい、その怒りを鎮めるという意味でございます」

こういう出任せはお手の物である。

「大之字屋の庭の丑寅《うしとら》の方角に祭壇を設け、護摩を焚き、愚僧が読経をいたします。鬼が経の力に圧され、信太郎の内から引きずり出されようとするところを捕らえて、青野様に斬っていただく」

「斬るんですか？」

宗吾郎の目が底光りした。

「斬るのは鬼のみ。信太郎は無事です」

「討債鬼は信太郎のなかに潜んでおる。それを断ち切るのでござるよ」

宗吾郎の肩が落ちた。安堵したのか落胆したのか、見極めにくい。安堵と思いたい利一郎と行然坊は目配せをし合った。

「斬って、鬼が鎮まりますか」

これもまた、どういう念押しなのかわかりにくい。

「鬼は亡者の魂が化したものにござる。剣を以て浄《きよ》めることで成仏いたす」と、利一郎は言った。「しかし、この鬼は討債鬼でございますから、ほかにも必要な仕儀がござる。それを大之字屋さんにお願いしたい」

何でもしますと、宗吾郎は言った。覚悟はあるらしい。

「まず、信太郎はあなたの子ではなくなる。お内儀の吉乃殿もあなたの妻ではなくなる。二人とは縁を切っていただきます」

吉乃殿は——と、利一郎は宗吾郎を見据えた。

「本来、兄上の宗治郎殿に嫁すべき女人でござったそうですね」

宗吾郎は卑屈な感じに目を伏せた。

「ならば信太郎も、本来は宗治郎殿のお子であるべきが筋。この二人は、討債鬼があなたに返済を求めている債《さい》なのです」

はい、と小声で、宗吾郎は承知した。利一郎と行然坊はまた目と目を合わせた。

「さらに大之字屋の身代です」

「そ、それぱかりは」

金と主人の座は、妻子より大切であるらしい。宗吾郎の目の色が変わった。

「何も有り金を出せと申してはおりません。鬼は亡者。亡者に現世の金銭は使い道がござらん。代わりのものが要る」

行然坊が乗り出す。「鬼神は奇数を好むものでな。特にこの儀式では、三の数に重きを置きます」

過去三年分の大之字屋の大福帳を祭壇で焚きあげますると、偽坊主は言った。

宗吾郎は狼狽《うろた》えている。「しかし行然坊様、大福帳というものは、商家にとっては大切なものなんでございます。焼いて灰にしてしまうというのは」

すかさず、利一郎は割り込んだ。「ですから写しを作るのです」

「写し？」

「大福帳を私に貸し出してください。深考塾の習子たちに、手分けして写させましょう。あの子らにも良い勉学の機会になります」

「そんな……子供に……」

「大切に扱うよう、私がしっかり監督いたします」

唐《もろこし》では死者が討債鬼になるのを防ぐため、弔いの折に紙幣に模した紙切れを焚く。大福帳を焼くというのは、その逸話から発想したことだった。

「これで宗治郎殿は、大之字屋の身代を取り返したことになります。私は今からすぐにでも取りかかりましょう。祭壇の設置と儀式に必要な品々の調達は、行然坊殿にお任せいたす」

「心得た」と、偽坊主は受けた。

「そうそう——」

立ち上がりながら、利一郎は言い足した。

「次の新月に間に合うように、三年分の大福帳を大事に写し取るのは、習字上手の習子たちを総出にしても大仕事です。子供らには、家に帰って昼食《ちゅうじき》をとる暇《いとま》もありますまい。ここはひとつ大之字屋さんに、差し入れをお願いできませんか」

さしいれ？　と、宗吾郎は間抜けな声を出して繰り返した。

「握り飯で結構です」

「子供らは菓子も喜ぶでしょうな」

しかつめらしい顔をして、行然坊が言った。

それから毎日、深考塾の習子たちは、この風変わりな手習いに励んだ。

差し入れは久八が運んできてくれた。握り飯ばかりか卵焼きや煮物などもお重に詰めて持ってくる。お八つには団子やあんこ玉が来る。日ごろ、昼飯といったら蒸《ふ》かし芋がせいぜいのいたずら三人組など、先頭をきって大いに喜び、どしどし食った。

利一郎は信太郎にもこの作業を手伝わせた。どうせでっちあげの式次第なのだから、習字の上手な信太郎を使わぬのはもったいない。彼は他の習子たちの世話も焼きながら、とりたてて不思議がるふうもなく励んでくれた。

信太郎には、いよいよ当夜になるまでは、詳しいことは伏せてある。だからある夕べ、湯屋の帰りに彼は珍しく口を尖《とが》らせて、こんなことを言った。

「大福帳を写すのは、ゆくゆく商人になる習子だけでよろしいのではありませんか。わたしは医者になりたいのです。いえ、なるのです。医学書を写してはいけませんか」

利一郎は穏やかに問い返した。「おまえは大之字屋の跡取りではないのかな」

「お店はどなたかに差し上げます。久八さんがいいと思います。今まで、身を粉にして大之字屋に尽くしてくれた人ですから、ああいう人こそ主《あるじ》になるべきです」

利一郎は微笑んだ。「久八さんも喜ぶだろう。しかし、医学書はさすがのおまえにもまだ早いよ」

事の次第を報せると、面白がったのだろう、新左衛門が初音を供に小梅村から出てきた。久々の骸骨先生の登場に、習子たちは大いにびびった。

「おまえたち、若先生に甘やかされておったの。儂が気合いを入れ直してくれるわ」

子供らには気の毒だったが、この隙に、利一郎は吉乃にあてて文をしたためた。これから何が起こるか事前に知らせておけば、少しは吉乃も気が楽になるだろうと思ったのだ。

見舞いに行く信太郎の手習い帳に挟み込み、

「こっそりお母上に読んでいただくのだぞ。お母上が読み終えたら、また持って帰るのだ。大之字屋に置いてきてはいけない」

その日、深考塾に帰ってきた信太郎は、母さんは今日は何だか変でしたと言った。

「とても嬉しそうなのに、涙ぐんでいたのです。若先生、あの文は何ですか？」

利一郎は答えなかったが、翌日集まった習子たちのあいだに、若先生が信坊のおっかさんに付け文をしたという噂が広がっているのには仰天した。信太郎が何気なく、おそらくはいたずら三人組にでも漏らし、あいつらが尾ひれをつけて広めたに決まっている。

「浅黄裏も隅におけないねえ」

「浅黄裏じゃねえよ、ろーにんだよ」

若いのうと、新左衛門にまで笑われる始末だった。


新月の日の朝に、支度は調った。

この日は深考塾を休みにして、利一郎は信太郎と向き合った。

「今夜、大之字屋で大切な儀式をする」

おまえのための儀式だ——というと、信太郎のすべすべとした頰がちょっと強張った。

「おまえの身の内には、お母上を悩ませている病と同じ病が潜んでいる。今はまだ頭をもたげていないが、もうすぐ表に顕《あらわ》れてくるだろう。だからその前に、おまえが病に苦しむ前に祓うのだ」

「あの、ずっとうちにいるお坊様が祓ってくださるのですか？」

信太郎はまだ無邪気に久八の言ったことを信じている。

「そうだ。私も手伝う。難しい儀式ではないし、恐れることは何もない。お父上とお母上も見ていてくださる。できるな？」

この子にしては珍しく逡巡《しゅんじゅん》してから、信太郎は健気《けなげ》にはいと答えた。

この「はい」は、利一郎の胸を突いた。さらに言おうとしている事が事だったからだ。

「信太郎、もう少し近くに寄りなさい」

信太郎は寄ってきて座り直した。

「お母上とおまえのこの病は」

行然坊のように上手く騙れるだろうか。

「祓うことができる。できるが、まったく退治してしまうことはできない。だからお母上も永く苦しんでおられる」

信太郎はまじろぎもせずに聞いている。

「なぜならこの病は、大之字屋という家の病であるからだ。おまえとお母上は、大之字屋にいる限り、祓っても祓ってもこの病から逃れることができぬ」

だから今夜限り――

「お母上は、おまえを連れて大之字屋を出る覚悟をなさった」

信太郎は目を伏せている。まばたきしている。涙をこらえているのかと思ったが、違った。つぶらな目が利一郎を仰ぐと、尋ねた。

「父さんは、大之字屋にいても大丈夫なのでしょうか」

冷たくされても、忌まれても、この子には宗吾郎が父親なのだ。利一郎はますます胸苦しくなったが、ぐっと堪えた。

「お父上は大之字屋の当主だ。大之字屋を見捨てて離れては、奉公人たちが困る。それにお父上には、行然坊殿がついておられる」

信太郎はまたひとしきりまばたきをした。

「いつかわたしが、医者になったら」

その瞳には光があった。

「父さんの病も治してあげられますよね？」

利一郎は強くうなずいた。

「この前、大先生のところへ伺ったとき、若先生がおっしゃったのは、このことでございますね」

よくわかりました、と言った。涙はない。

むしろ利一郎の方が危なかった。騙りは難しい。ことに子供が相手では。

「時刻が来たら身を清め、白装束――白い着物に着替えなさい。久八さんがすべて手順を心得ているから、言われたとおりにするのだよ。夜中まで起きていることになるから、今日は少し昼寝しておくといい」

大丈夫ですと信太郎は言ったが、遊びに行こうと誘いに来た三人組を断ったところを見ると、やっぱり沈んでいるのだ。

髪結い床に出かけた帰り道、大箱を背負った貸本屋に行き合ったので、利一郎が医学書はあるかと尋ねると、

「そんな難しいもの――」

と首を捻《ひね》りつつも、疱瘡《ほうそう》や麻疹《はしか》の防ぎ方、かかったときの手当てについて記した手引き書を出してきた。それを借りて帰り、信太郎に与えた。

しばらくしてから覗いてみると、信太郎は書物の上に伏して居眠りしていた。

貸本の墨に、滲《にじ》んでいるところがある。涎《よだれ》ではない。信太郎は泣いていたのだ。

行然坊はまたやりすぎた。

大之字屋の裏庭には、仰《の》け反《ぞ》るほど立派な祭壇が据えられていた。木の香もかぐわしい。

「いくらかかりました？」

こそこそ尋ねると、知らんという。

「右から左に宗吾郎さんが払ってくれましたのでな」

行然坊の身なりも変わっていた。立派な袈裟《けさ》だ。古ぼけた大念珠がみすぼらしい。

「これはわしの法力の素なので、このままでいいと申しました」

利一郎は髪結い床で月代《さかやき》を剃り上げ、髷《まげ》を整えてきた。ところが、行然坊が用意してくれた白装束の、袴《はかま》の丈が足りない。くるぶしが剝き出しになってしまう。

「まあ、足さばきがよくてよろしかろう」

行然坊はバツが悪そうに笑った。

儀式の時刻には、大之字屋は雨戸を閉《た》て回し、奉公人たちにはけっして庭へ出ぬこと、外を覗かぬことと言い聞かせてある。祭壇を前に、白布で覆った長腰掛けに居並ぶのは、宗吾郎、吉乃と信太郎、久八に加えて、（こんな面白いものを見逃すわけにはいかんと）見届け役を買って出た新左衛門と初音だ。

行然坊は祭壇の前に立つと、護摩を焚いた。これも焚きすぎというくらいに焚いた。裏庭にはむっとする熱気が立ちこめている。

祭壇の前には、深考塾の習子たちが写した三年分の大福帳が積み上げられている。その脇に、二通の書状もある。宗吾郎が書いたものだ。ひとつは吉乃への三行半《みくだりはん》、ひとつは信太郎への親子の縁切り状だ。

大念珠をまさぐりながら、行然坊が読経を始めた。やがて身体が動き出し、祭壇の前を行きつ戻りつ、時折大きな声を張り上げては、護摩の炎に御幣のようなものを投げ入れる。パッと火の粉が舞う。

丈の足りぬ白装束の利一郎は、一同からさらに離れた物陰に座していた。くるぶしが寒いと、余計なことを思う。行然坊の読経にはときどき大般若経《だいはんにゃきょう》が混じるが、他の大半は初めて聴く経文で、あるいはこれも適当なでっちあげなのかもしれなかった。

それでも、呑まれてしまいそうな迫力があった。

ひときわ高く声を張りあげて、行然坊がぴたりと止まった。祭壇に一礼、二礼すると、振り返って信太郎を呼び寄せた。

吉乃は信太郎の肩を抱いていた。久八に手を引かれてここに出てきたときにも幽霊のようだったが、今はさらに血の気が抜けて、ほとんど信太郎につかまっているようだ。

子は母に笑いかけると、気丈にその手をはずして、自ら進み出た。

宗吾郎は魅入られたように祭壇を見つめていて、母子の方には目もくれなかった。

久八は拳《こぶし》を握って涙をこらえている。

「これへ」

行然坊は一歩退いて、信太郎を祭壇の正面に正座させた。裏庭とはいえ地べたに座るのだ。寒かろう——と思っていたら、子供はくしゃみをした。

再び行然坊の読経が始まる。今度はさらに激しく動きながら、まず三行半を、それから親子の縁切り状を、そして大福帳の写しを次から次へと炎のなかに投げ込んだ。

赤々と燃える火に、大之字屋の軒先まで照らし出される。

「青野様」

行然坊に促され、利一郎は信太郎の背後に立った。

読経に合わせる呼吸は決めてある。祭壇に近づくと、炎が顔を焙《あぶ》るようだ。神妙に頭を垂れている信太郎の白装束の肩に、灰が舞い散っている。

「——怨敵調伏《おんてきちょうぶく》、臨、兵、闘、者、皆、陣、列、在、前！」

呼吸が来た。利一郎は剣を抜くと、一度青眼につけてから、今一度「臨、兵」と唱え直す行然坊の声に合わせて、信太郎の背後の空《くう》を、縦、横に斬り裂いた。

刀身に映る炎は赤い。見守る吉乃と久八は、本当に利一郎が信太郎の首を刎《は》ねてしまうのではないかと思ったろう。ぎりぎりの間合いで剣をふるうことに、利一郎の額と手にも汗が浮いた。

「かぁっ！」

何を仕込んでおいたのか、行然坊の大喝と同時に護摩が高く燃えあがった。

利一郎は剣を収めた。

途端に、護摩の火がすうっと消えた。

闇の中に行然坊の声が響いた。

「——討債鬼は退きましてござる」

行然坊が一礼して、蠟燭《ろうそく》を灯《とも》した。

誰かが声をあげて泣き出した。久八である。手放しでおいおい泣いている。

その隣で、吉乃は静かに座っていた。信太郎を見つめていた。淡い蠟燭の灯に、利一郎は見てとった。

窶《やつ》れた白い顔で、吉乃は微笑んでいた。あの日の美緒のように。あの石仏たちのように。小梅村の地蔵仏のように。

「信太郎」

いらっしゃいと、吉乃が立ち上がって手を広げた。信太郎はまろぶようにして飛んでいき、ひしと母親と抱き合った。

「む」と、新左衛門が声をあげた。

「利一郎さん！」と、初音が叫ぶ。

宗吾郎の身体が傾いたかと思うと、支える間もなくどっと崩れ落ちた。


吉乃と信太郎は、とりあえず久八の家に移る。母子を送り届け、行然坊と利一郎は久八の給仕で、大之字屋の台所の隅を借り、行然坊が言うにはお浄めの、久八が言うにはお祝いの一献を傾けた。

「宗吾郎さんは大丈夫ですか」

またも薬が効きすぎたのだ。失神していた。

「赤子のような寝息をたてておられます。心配ございません」

行然坊と二人で寝所まで運んでゆくとき、宗吾郎の身体にまったく力がないことに、利一郎は気づいた。土左衛門でも運んでいるかのようだった。

思い出したように泣いては手でこするので、久八は目のまわりも鼻の下も真っ赤になっている。行然坊は、酒で顔を赤くしている。

「ありがとうございました。どれほどお礼を申し上げても追いつきません」

「いやいや、己が播いた種を刈っただけのこと。なあ、先生」

一緒にされては困る。

「旦那様からも申しつかっておりますが、お礼は充分に包ませていただきます」

久八の言葉を、利一郎より先に、行然坊は手を振って制した。

「わしは金子などいただけません。その金は、お内儀と信太郎のものじゃ」

「私もです」

「それでもお手間をおかけしましたから」

利一郎は行然坊の鼻先に指を突きつけた。

「この人は騙りの偽坊主ですよ。それでは盗人《ぬすっと》に追い銭というものでしょう」

そうそう、と合いの手を入れてから、行然坊は歎《なげ》いてみせた。「先生、偽坊主はいいが、盗人はひどい」

宗吾郎は、吉乃と信太郎にも金を包んで持たせたという。久八が思っていたより多額だったそうだ。

「旦那様も、悪人ではないんです」

やっとかばいだてできる、という口調だ。

「おかねさんのことも、こうなった以上は悪いようにはしないと思いますよ」

利一郎が驚くと、行然坊は首をすくめた。

「久八さんには、わしの口からすべて白状しました。この上、この人まで担ぎ通すのは、わしも後生《ごしょう》が悪い」

おかねの味方になっていただきたいし、という。

「偽坊主の後生ですか」

「はい。これでもまだ地獄は怖い」

短い酒宴の帰りがけ、利一郎は厠《かわや》を借りに立った。用を足して台所へ戻ろうとすると、裏庭に人影がさしている。

宗吾郎だった。

いつ目を覚ましたのだろう。手燭《てしょく》をかかげ、火の消えた祭壇に向かって突っ立っていた。寝間着姿である。

声をかけようかと迷い、やめた。今夜の宗吾郎には、一人で考えたいこと、思うことが山ほどあるはずだ。

そっと立ち去ろうとしたとき、妙なことに気がついた。

手燭の明かりに、宗吾郎の足元には影が落ちている。その影が、妙に大きいのだ。

しかも動いている。

今夜は風がない。蠟燭の炎の揺れはかすかだ。なのに、宗吾郎の影はうごめいている。まさにうごめいているという動きだ。何かが彼の影のなかにうずくまっており、今にも湧いて出ようというかのようだ。

思わず身構えて、利一郎は刀の柄に手をかけた。

宗吾郎は気づかない。が、影の方は利一郎の殺気に気づいた。

出し抜けに、影がぬうっと立ち上がった。宗吾郎の身体よりふた回りも大きくなったかと思うと、人の形を成して、身をくねらせ、踊るように跳ねるように、利一郎の方へと飛びかかってくる。

抜き打ちに斬り伏せるつもりで、利一郎は刀の鯉口《こいぐち》を切った。あるかなきかの音がした。

大きな影は、ひらりと動きを止めた。

利一郎と睨み合う。

と、それは笑った。

けらけらと笑い声をあげたかと思うと、ひゅっとすぼまってもとの大きさに戻り、宗吾郎の、ただの影になった。

宗吾郎は何も気づかない。

——討債鬼だ。

あれこそが討債鬼だ。冷や水を浴びたように、利一郎は悟った。真実、討債鬼はいる。大之字屋宗吾郎のなかに巣くっているのだ。

行然坊の読経や利一郎の剣で、祓えるような業ではなかった。

吉乃と信太郎は、二ツ目長屋に住みついた。

「塾に近いですから、今までどおりに若先生のお手伝いをすることができます」

湯屋にも一緒に参りましょうとねだる。それはいいのだが、そんならおいらたちもと、件の三人組がくっついてくるのには困った。湯のなかでも暴れ放題なので、利一郎は叱ったり相客たちに詫びたりしているうちにのぼせてしまうのだ。

吉乃の具合に変わりはないが、顔はずいぶんと明るくなった。病のもとは、本当に大之字屋にこもっていることにあったのかもしれない。そういえばあの三人組が、まだ利一郎の付け文うんぬんを騒ぐので、根も葉もない風聞を言いふらした罰に、『名頭字尽』のお復習《さら》いを命じてやった。

「骸骨先生がいいって言ったんだろ!」

「おまえたちの師匠は私だ」

まだまだ、飼い慣らすにはほど遠い。

信太郎は、ときどき、うちの前に泥鰌の蒲焼きが置いてあるのですが、あれはいただいてしまっていいのでしょうかと不思議がっている。

「地蔵仏からの賜りものだろう。お母上にさしあげなさい」

大之字屋にも、今のところ目立った変化はない。久八は元気だ。よく二ツ目長屋に来るし、深考塾にも顔を出す。宗吾郎もつつがなく、あの夜の失神が後に障ったということもないという。寂しそうでもあり、肩の荷を降ろしたようにも見えると、久八は言う。

ただ、利一郎が目にしたものは、まだ、彼のなかにいるはずである。

ずいぶんと迷い、躊躇った挙げ句に、利一郎は行然坊を訪ね、彼にだけ、己の見たものについて打ち明けた。

偽坊主は、太い腕を組んで唸《うな》った。生き残りの泥鰌が怯えて逃げ出しそうな唸り声だった。利一郎にはもう、添える言葉も知恵もなかった。

翌日、彼の方から深考塾にやって来た。

「おかねと話してみました」

大之字屋の旦那には、本当に鬼が憑いていなさるぞ。そんな男と一緒になって、おまえは幸せになれるだろうか、と。

「妹御は何と申されましたか」

「妹御などという上等なものではありませんが」と、行然坊は苦笑いした。「なかなか肝の据わったことを申しましてな」

——旦那の鬼なら、あたしと赤ん坊で、今度こそ祓い落としてみせるから。

すぐには二の句が継げなかったが、やがて利一郎は言った。

「たくましい」

まったくですと、行然坊もかっかと笑った。

「いざとなれば、愚僧がまた法力を使うまで」

この男も変わらない。いや、懲りていない。

市中ではそろそろ躑躅《つつじ》が咲き始める。信太郎と一緒に、また小梅村を訪ねよう。師匠に借りた書物を返さなくてはならないし、信太郎の先々のためには、これから何を学ぶべきか教えてもらおう。

そのときには忘れずに、あの地蔵様に草鞋《わらじ》を持っていこうと、利一郎は思う。

参考文献

『奇談の時代』百目鬼恭三郎著（朝日新聞）
『江戸の怪異譚』堤邦彦著（ぺりかん社）

ばんば憑《つ》き

軒を打つ雨の音が、少しばかり優しくなったようだ。

ようよう雨脚が衰えたか――と、ぼんやり眺めていた『諸国温泉効能鑑《しょこくおんせんこうのうかがみ》』から目を上げると、格子窓をわずかにずらして表をのぞいたお志津《しづ》が、声をあげた。

「あら、霙《みぞれ》だわ」

言葉と一緒に吐き出した息が白い。たちまち吹き込んでくる寒気から逃げるように窓を閉めようとするのを、佐一郎《さいちろう》はそっと寄っていって妻の手を押さえ、首を伸ばして外へ目をやった。

なるほど雨音がやわらいだのは、雪が混じり始めたからだった。窓の欄干へと手を伸ばしてみると、細かな氷の粒が掌《てのひら》に落ちてくる。

「すっかり雪になるのかしら」

さも憂鬱《ゆううつ》そうにため息をついて、お志津は彼の背中に寄り添う。

「江戸のお天気もこんな具合だったら、天神様《てんじん》の梅もおじゃんだわね」

佐一郎はすぐには答えず、降ってくる霙を受け止めていた。見上げれば雲は厚い。軒のすぐ上にまで、灰色に垂れ込めている。

雨が降り始めたのは、一昨日の暮七ツ（午後四時）ごろだったろう。佐一郎たちはちょうど、この戸塚《とつか》宿にさしかかったところだった。霧雨のような弱い雨ながら、そのままずっと降り続き、昨日の宵になっていったんは止んだ。それが今朝は明六ツ（午前六時）すぎからまた降り出して、雨粒も大きくなり、もう昼食《ちゅうじき》も済んだというのに、いっこうに止む気配を見せない。

「雲が動いていないから、雨もこのあたりに居座ってるんだろう」

佐一郎が窓を閉めようとせず、かえって肩まで外に身を乗り出すようにしたものだから、お志津は彼の背から離れて、座敷の火鉢に取りついた。

「江戸は十里半の先だからね。天気は違っているかもしれないよ」

夫婦が逗留《とうりゅう》するこの座敷は、宿の正面の二階にある。宿の出入口は茶屋も兼ねており、広い土間に大きな湯釜《ゆがま》が二つ据えてあって、いつも湯を沸かしている。今もそこからひとかたまりの白い湯気が立ちのぼってきて、佐一郎の鼻先をふわりと温め、すぐに消えた。

つい先ほどは、出入口の方からにぎやかな人声が聞こえていた。また泊まり客が入ったのだろう。雨のせいで不意の客が増えたのか、だんだんと混み合ってきている。並びの座敷や廊下の人声も騒がしい。

「寒くってかなわないわ。閉めてちょうだいよ」

お志津の声が尖《とが》ってきたので、佐一郎は素直に窓を閉めた。振り返ると、妻は宿のどてらにくるまって、火鉢にかじりついている。恨みがましいような目をして佐一郎を睨《にら》むと、またため息をついた。

「この分じゃ、まだ足止めね」

「そう不機嫌な顔をするもんじゃないよ」

彼は優しく言い聞かせた。

「急ぐ旅でもあるまいし、いいじゃないか。お天道様が顔を出してくれたなら、その日のうちに帰れるよ」

「せっかく湯治してきたっていうのに、また身体が冷えちまう」

「そんなら箱根に引っ返そうか」

「あんな山道、もうたくさん」

「じゃあ鎌倉へ回るとか、大山詣《もう》でに江ノ島の弁天様もいいね」

「お足《あし》がかかるわ。足りなくなるわよ」

「文で路銀の無心もすればいいさ。金が着くまでは、のんびりとここにいよう」

どこまでも明るい佐一郎の口調に、お志津は口を尖らせて黙った。ちょうどそのとき、大きな声で何かしゃべりながら、男客が数人廊下を通りかかった。途端に、お志津はこめかみに指をあてて顔をしかめた。

「ああ、うるさい。頭が痛くなる」

佐一郎は微笑んだ。お志津のわがままとは、昨日今日始まった付き合いではない。

佐一郎とお志津は、江戸は湯島《ゆしま》天神下で小間物商を営む「伊勢屋《いせや》」の若夫婦である。連れ添って三年。佐一郎が二十五、お志津は二十一になる。

商いの種類を問わず、江戸市中に「伊勢屋」の屋号を持つお店《たな》は数多《あまた》ある。無論そのすべてが縁続きというわけではないが、若夫婦の伊勢屋は大人数の一族だ。そのお店はこれまた商いの種類を問わず、すべて伊勢屋の看板を掲げている。

天神下の伊勢屋は本家であり、既に六代を数える。代替わりや暖簾《のれん》分けでそこから分家が増え、それがまた相互に嫁をもらったり婿をとったりして血筋の繋《つな》がりを強め、姻戚《いんせき》の数を増やしてきた。佐一郎とお志津も、父方の又従兄妹《またいとこ》同士にあたる。

佐一郎の実家の伊勢屋は本所《ほんじょ》にあり、やはり小間物商だが、格下の分家であって、お店も小さい。だが、その次男坊の佐一郎は、どこをどう見込まれたのか、十歳になると、本家の一人娘であるお志津の許婚《いいなずけ》者に定められ、天神下に養子に入って、そのまま婿になった。佐一郎という名前も、本家の跡取りが代々その名を名乗るので、養子に入ったとき改名したのである。いずれ主人《あるじ》になればまた、本家の主人が代々名乗ってきた佐兵衛《さへえ》と改めることになる。

もっとも、それは当分先の話だろう。佐一郎にとっては養父母であり舅姑《きゅうこ》である今の主人夫婦は、揃って健勝だ。商いも順調、お店は安泰。だからこそ若夫婦を、箱根の湯治になど送り出してくれたのである。

水入らずの二人旅ではない。嘉吉《かきち》という、古参の下男が供についてきた。彼にとってはのんびりした旅ではなく、逗留する先々で若夫婦の世話を焼きつつ、宿でも半端仕事を見つけて宿賃を浮かせる。あるいは駄賃を稼いで路銀の足しにする。今もたぶん、釜焚《かまた》きや薪《まき》割りに励んでいることだろう。お志津が相部屋を嫌うので、どこでも座敷をひとつ占めてゆったり泊まってきた若夫婦と違い、嘉吉は入れ込みの座敷で雑魚寝《ざこね》の旅だが、気が張っているから疲れもしまい。

それというのも、嘉吉は若夫婦のお目付役なのである。というより佐一郎の見張り役だ。お志津を労《いたわ》り、優しくしているか。お志津の機嫌を損ねるようなことはないか。お志津の目を盗んで道楽をしないか。

肩揚げがとれる前から本家に奉公している忠義一途《いちず》な老人で、佐一郎の実家のことは末端の分家だと見下げているから、嘉吉の目は冷たい。そしてその冷たさは、実は舅姑の目の冷たさにも通じている。

彼らは揃って佐一郎を、本家を守り、跡取りをつくるため、選《え》りに選って見定めて、ここまで育てた種馬ぐらいに思っている。種馬があんまりならば、使い込んで鍛えた道具といえばよかろうか。養子に入った後であっても、佐一郎に彼らの意に沿わぬ気質や素質が現れたならば、すぐにも実家に返されたろう。そんな羽目にならなくって幸いだった。

それでは若夫婦が不仲かといえば、そんなことはなかった。兄妹のようにひとつ屋根の下に置かれた二人は、互いに親しみ、懐いて育った。お志津はいつまでも幼心が抜けず、夫婦になってからも、佐一郎のことを、子供のころのままに「さいっちゃん」と呼ぶ。何かで不機嫌になっていないときは、甘えん坊の可愛い女だ。

それに何より、天神下でいちばんの小町娘とうたわれたほどの美人であり、その美しさは、若妻となっていや増した。佐一郎は今もときどき、お志津のふとした立ち居振る舞いに見惚《みと》れてしまうことがある。器量よしの女房殿を、心底自慢に思ってもいる。この旅の道中でも、逗留先で、足を休めた茶屋で、お志津の美貌《びぼう》に目を惹《ひ》かれる男たちの白地《あからさま》に羨《うらや》ましそうな顔つきに、幾度も小鼻をふくらませたものだった。

ただこの若夫婦にも、ひとつだけ悩みがあった。仲睦《なかむつ》まじくしているのに、未《いま》だに子宝を授からないのだ。跡継ぎが生まれないというのは、お店にとっても大きな懸念である。

お志津は本家の母と二人で、これまで様々な手だてをこうじてきた。子授けの霊験高いという神仏にはあらかた参拝してきたし、効き目があるという噂を聞けば、高価な生薬や珍しい食べ物なども、片っ端から手に入れて試してみた。占いや拝み屋にもずいぶんと金を費やした。

今般の箱根への湯治旅も、実はそのためのものである。お志津は子供のころから寒がりだったし、今も手足が冷えやすい体質《たち》だ。それが良くないのだと誰かに吹き込まれ、ならば湯治がよかろうという話になったのだ。

子授けの効能があるという温泉はいくつかあるが、評判高いところはどこも江戸から遠い。自然と、行き先は箱根に落ち着いた。箱根の湯治なら、本家の先代の主人夫婦、つまりお志津の祖父母が出かけたこともあり、馴染《なじ》みもあれば手配の勝手もわかっているということもあった。

お志津は当初、両親を差し置いての箱根行きを嫌がった。「お祖父《じい》ちゃんお祖母《ばあ》ちゃんだって、おとっつぁんとおっかさんに無事にお店を譲って、隠居してから出かけたんでしょう？ おとっつぁんとおっかさんも、いつかは箱根で湯巡りするのを楽しみにしていたんじゃないの。それをあたしが先なんて、気が重いわ」

それでも行けというのなら、親子四人で行こうと言い張った。だが、それではお店が空《から》になる。本家には、嘉吉と同じくらい忠義の大番頭がいるけれど、商いの舵《かじ》取りを奉公人に任せて、お店の頭《かしら》が揃って温泉三昧《ざんまい》では、得意先への聞こえもよろしくない。内実はどうあれ、名目だけでもはっきりした湯治の目的がなければ通行手形もいただけない――と両親に説きつけられ、早く孫の顔を見せてくれとねだられて、やっと折れたお志津なのだった。

それでも、寒いうちは嫌だと日延べしようとするのを、今度は佐一郎が説きつけた。寒いうちだからこそ、身体の冷えをとる温泉がよく効くんだよ。おまえが風邪をひかないように、足に肉刺《まめ》ができないように、道中もゆっくりゆっくり、私がよくよく気をつけるから出かけようよ、と。

そして本当に、彼はまめまめしくお志津にかまってきた。それは嘉吉も認めてくれるだろう。道中の折々に機嫌をとり、お志津が疲れたといえば休み、寒いといえば着せかけ、歩きにくいと拗《す》ねればおぶってやり、道中の景色や風俗のきれいなもの、珍しいものを教えては気を引き立ててやる。嘉吉はお志津の身の回りの世話ならできるが、お志津を楽しませ、笑わせることは、佐一郎にしかできない。彼はこのために、旅の以前に案内書や紀行書を読みふけって、いろいろと備えておくことも忘れなかった。

季節や天気の具合にもよるが、江戸から箱根への往復には、普通は四、五日で足りる。それを佐一郎とお志津は、往路だけで六日をかけた。それだけお志津がわがままを言ったのだし、佐一郎も（もちろん嘉吉も）それを叱らなかった。ようよう着いた箱根では湯本《ゆもと》に宿をとり、湯治の一巡り目の七日をそこで過ごしてから、二巡り目は塔《とう》ノ沢《さわ》へ移り、三巡り目も留まった。

佐一郎は、せっかく来たのだし、箱根七湯をすべて巡りたいと思っていたのだが、お志津は面倒がった。とりわけ七湯のなかでも便の悪い蘆《あし》ノ湯《ゆ》や木賀《きが》には洟《はな》もひっかけないというふうだった。そして二巡り目に入るともう飽きてしまった。塔ノ沢に移ってからは、宿の賄いが不味《まず》いというので、地元の料理人を雇って膳《ぜん》をこしらえさせたら少しは機嫌を直し、だがそれにも間もなく不満が出てきた。田舎料理は味が濃いとか、宿の女中が小うるさいとか、まあ言うことはいろいろである。

湯治の基本は三巡り（二十一日間）がひと区切りだ。実病《じつびょう》ではないお志津には、効能が目に見えるわけはなく、だから逗留を延ばすのも勝手なのだが、佐一郎にとっては残念なことに、お志津はひと区切りがつくと、まるで何かの修業が終わったかのようにせいせいした顔で帰りたがった。考えてみればお志津の暮らしは、家にいようと湯治宿にいようと、上げ膳据え膳で飯を食い、身の回りのことはすべて人任せで、何の変わりもないのである。だったら、

「田舎は嫌いよ。性に合わないわ」

と、言い出すのも不思議はない。じきに春を迎えようとする山の眺めも、鳥たちの鳴き声も、地元の川魚や山菜の料理も、そして何より、釜を焚かずとも渾々《こんこん》と湧き出す熱い温泉の有り難

みも、お志津には通じなかった。

こうして、若夫婦は帰路についた。帰心矢の如しとまでは言わずとも、早く水道の水を飲みたいというお志津の足は往路よりは達者で（あるいは湯治が効いたのかもしれない）、この分なら三日とかからず朱引《しゅびき》の内に帰れる——と見込んでいたのに、こうして戸塚宿で足踏みをすることになった。

戸塚は東海道を下る者が、最初に泊まる宿場だ。現にこの宿のこの座敷は、往路でも若夫婦が泊まったところだった。

日本橋まで十里半、「もう目と鼻の先だ」「ここまで戻れば江戸に着いたも同然だ」と、旅慣れた者なら言うだろう。この雨降りにしても、よく降るし足元が悪いというだけだ。どこかで道が崩れているわけでも、川が溢《あふ》れているわけでもない。今朝もこの宿から、笠《かさ》をかぶり蓑《みの》を着込んで出立していった人びとがいた。江戸でお客が待っているという行商人や、路銀をやりくりしながら一生に一度のお伊勢参りに行こうという講の衆。みんな、ただ雨だからといって旅をやめにはしない。

——まだ足止めね。

というお志津の言葉は、あくまでも「雨のなかを歩きたくない」という勝手な言い分なのである。その言い分を通せるのは、法外に恵まれていることなのだ。

そして佐一郎は、それに付き合っている。

本音では、それを喜んでいる。

箱根に戻ろうかとか、鎌倉に回ろうとか、けっして口先だけで言ったことではない。本当にそうできたらいいと思っている。江戸に帰る日を先延ばしにできるなら、お志津の不機嫌が募ろうと、雨が降り続いてくれたらいいと思っている。

この旅で、佐一郎は久しぶりに心がほどけた。気楽というのはこういうものだと思い出した。本家に入って以来、こんな気分は忘れていた。

旅に出るとき、そんなつもりがあったわけではない。なにしろ嘉吉がついてくるのだ。家にいるときと同じと思っていた。それは大きな見込み違いだった。

本家の佐一郎は、舅姑の前で、婿というより実は奉公人に近い。十歳のときからその立場に馴らされて、当たり前のように思っていたけれど、旅の空の下、伸び伸びと手足を伸ばして眠り、深々と息をすることを思い出すと、これまでの天神下での暮らしは、牛馬のそれのようだったと気がついた。首に縄をつけられ、口にははみが嚙《か》まされ、歩みが鈍《のろ》ければすぐ尻《しり》を打たれる。

背に乗せているお志津という荷は重くない。お志津はわがまま気ままだが、佐一郎を好いている。佐一郎もこの小娘のまんまのような妻を、嫌ったことは一度もなかった。

後ろに引っ張っている本家の身代という荷車も重くはない。それを引っ張れる者として選ばれたことに、佐一郎なりの誇りもある。

辛《つら》いのは、どれほど上手に乗せどれほど滑らかに引いても、ただの道具としてしか見られないことの方だ。この旅で、佐一郎はそれを悟った。

江戸に戻れば、道具に戻る。一日でも、先に延ばせるものなら延ばしたい。ならば雨だろうと雪だろうと、それでいくらお志津がふくれようと、彼には嬉《うれ》しい。

「あ〜あ」

火箸《ひばし》を火鉢の灰に突き立てて、お志津はほっぺたをふくらませる。

「何から何までうんざりよ。この宿にもあきあきしたわ」

どうあやしてやろうかと佐一郎が思案するうちに、唐紙の向こうから女の声がかかった。

「ごめんくださいまし、お客さん」

宿のおかみの声である。佐一郎はふと眉根《まゆね》を寄せた。おや、と見当がついたからだ。

案の定、顔を出したおかみは初手から平身低頭で、いっぱいの愛想笑いを浮かべていた。

「この雨で、お泊まりの方が増えておりまして……」

相部屋を頼みたいというのであった。

お志津は大いに怒り、大人げなくむくれてみせた。佐一郎は穏やかに取りなし、おかみはお志津が怒れば怒るだけさらにぺったんこになって、そこを何とかお願いいたしますと繰り返した。はいそうですかと、引き下がりはしなかった。

宿には宿の矜持《きょうじ》というか、お客に対する誠《まこと》があるのだ。商いは違っても、同じ商人《あきんど》の佐一郎にはそれがよくわかる。

「急にそんなことを言い出して、割り増しの宿賃が欲しいんでしょう」

憎々しい口つきでお志津は言い放ったが、おかみはへこたれず、にこやかな笑みも消さない。だから佐一郎も加勢に励んだ。

「おまえ、この雪隠《せっちん》詰めに飽きちまったと言ってたじゃないか。相部屋のお方から、何ぞ面白い土産話でも聞かせてもらえるかもしれないよ」

「どこの馬の骨とも知れない人と枕を並べるなんて、気持ち悪いじゃないの」

「それは若奥さん、わたしどももよくよく心得ておりますから」

おかみはお志津を持ち上げる。

「若奥さんのお話し相手としてつり合うような、筋の良いお客さんだからこそお願いしているんでございます。年配の女の方でございますし、お品柄もよろしくって、きっと若奥さんとお気が合うと存じますよ」

「嫌なもんは嫌なの」

お志津がそっぽを向いたので、おかみは佐一郎に向き直った。

「このお客さんも、箱根の七湯巡りからのお帰りなんでございます。湯治講の皆さんとご一緒だったんですけれども、ここに来てお疲れが出たんでございましょうね。雨歩きは難儀だと、講の皆さんとはこちらでお別れになって、お泊まりに」

ついでに江戸に使いを遣《や》って、迎えの者を寄越してもらうという。おかみはそちらの手配も頼まれていて、

「建具商のご隠居様で、本当に素性の怪しい方ではございません。手前どもでも、とうてい入

れ込みの座敷にお通しすることなどできるお客さんではない、それでも空きはないし、どうしたものかと困《こう》じ果てまして……」

「ねえ、お志津。いいだろう？」

佐一郎はお志津にすり寄って、その肩を抱いた。

「困っているときは相身互いだ。袖摺《そです》り合うも多生《たしょう》の縁と言うじゃないか」

お志津は身を固くして黙り込んだ。目尻が吊り上がっている。だが、もう言い返さないならこっちのものだ。

「よろしいですよ。どうぞその方をお通しください」

佐一郎の笑顔に、おかみは何度も礼を述べて引き下がった。そしてすぐに、相部屋の客を案内して戻ってきた。

見れば、若夫婦の祖母といってもいいような老女である。小腰をかがめて入ってきたが、そうでなくても腰が曲がっているようだ。縮緬皺《ちりめんじわ》がいっぱいに浮いた顔はなるほど品よく整っていて、旅装束も一見して上等なものだと知れた。

まだむくれているお志津を尻目に、佐一郎は進んで挨拶《あいさつ》した。老女はお志津のけんけんした横顔と、佐一郎のやわらかな物腰を引き比べて、すぐと事情を察したのだろう。

「わたしのような年寄りがお若い方のお邪魔をいたしまして、本当にあいすみません」

丁重な言葉を受けても、お志津は目を向けようともしない。火鉢を抱え込んで火箸で灰をつっついている。

「いえいえ、雨に降り籠《こ》められて、手前どもも退屈していたところでございます。どうぞご遠慮なさいますな」

ありがとうございますと、老女は深々と頭を下げた。

「わたしは新材木町《しんざいもくちょう》にございます増井屋《ますいや》の隠居で、松《まつ》と申します。ご厄介をおかけいたします」

お志津はさらに意固地になって、まるっきり後ろを向いてしまった。

おかみが女中を連れて、お松の夜具や衝立《ついたて》、火鉢を運んできた。老女はほんの隅を貸していただければ結構なのだと言って、座敷の押入れの側に縮こまっている。年配とはいえ見ず知らずの女との相部屋だから、佐一郎の方も憚《はばか》るところがあり、口は出さずにおかみの仕切りに任せておいた。

お松が落ち着いたころを見計らって、女中が今度は茶菓を持ってきた。

「心ばかりでございますが、おかみからの御礼でございます」

「これは有り難い。旨《うま》そうな菓子だよ、お志津。こっちへおいでよ」

甘いものには目がないはずなのに、お志津は振り向かず、返事もしない。その様子に、お松はますます小さくなる。佐一郎もさすがにちょっと腹立たしく、面目ない感じがした。いいさ、しばらく放っておこう。

「さあ、いただきましょう」と、お松に茶菓を勧めて、自分も手を伸ばした。紅白の梅をかたどった落雁《らくがん》と、大福餅《だいふくもち》だ。香ばしく熱い番茶も嬉しい。

「ご隠居さんも、箱根湯治のお帰りだそうでございますね」

佐一郎は滑らかに話しかけた。

「はい、建具屋の寄合いで湯治講を組みまして、十人ばかりで出かけて参ったのですが」

お松の一行も箱根では三巡りの逗留で、七湯をすっかり巡ったという。

「それは羨ましい」

話の接《つ》ぎ穂ではなく、佐一郎は本気でそう返した。彼の行かれなかった温泉場の様子を知りたくて、いろいろと問いかけた。お松は丁寧に教えてくれた。湯の質の違い、宿の様子、賄いのあれこれ。話し合ううちにどんどんうち解けて、気持ちがほぐれる。

「講のなかではわたしがいちばんの年寄りでございまして、皆さんのお世話になりながら巡って参りました」

お松は若いころから癪《しゃく》に悩んでいたのだが、この湯治でだいぶ楽になったという。音に聞く箱根の湯、評判どおりの薬効だったと語る声音は明るく、物腰にも厭味《いやみ》がない。痩《や》せて小さな老女だが、表情は豊かだ。

「箱根の湯巡りは、いつか一緒に行きたいものだと主人と楽しみにしていたのですが」

「ご主人は」

「一昨年のちょうど今ごろ卒中で倒れまして、そのまま寝付いておりましたが、昨年秋に、とうとう儚《はかな》くなりました」

「残念なことだ……」

「それで倅《せがれ》が、おとっつぁんの分までゆっくりしておいでと、わたしを送り出してくれたんでございます」

「親孝行な息子さんですねえ」

佐一郎の素直な褒め言葉に、お松は相好を崩した。

「おかげさまで嫁にも恵まれまして、実の娘のようにこまごまと気を遣ってくれます」

この季節の温泉行には梅見の楽しみもあるけれど、それより何より、

「来月末に、初孫が生まれます。いっぺん孫の顔を見たら、家を空けて他所《よそ》に出かけるなんて、おっかさんにはとうてい無理だろう、だから行くなら今のうちだよと」

倅に焚きつけられ、嫁にも温泉で元気をつけてきてほしいと勧められて、老女は一人、講に加わったのだそうだ。こんな長旅はもちろん初めてで、見るもの聞くもの味わうもの、すべてが楽しく珍しかったと、目を輝かせて語るのだった。

「ご隠居さんは、七湯のうちではどこがいちばんお好きですか」

「お宿の造りが贅沢《ぜいたく》で、居心地がよろしいのはやっぱり湯本でございました。でも、底倉《そこくら》のお湯もようございましたよ」

それぞれ持ち寄る土産話に、二人の話はますますはずんで、時を忘れた。佐一郎は目の隅で、お志津が横目でこちらを気にしているのを見てとっていたが、わざと気づかぬふりをした。お松も佐一郎に合わせてくれているのか、いちいちお志津に気遣わしそうな目を投げるのはよしにして、くつろいでいる。

すると出し抜けに、お志津が掌で火鉢の縁を叩《たた》いた。ぺしりと、鋭い音がたった。依然、背を向けたままだが、その背中が洗い張りの板を押し込んだみたいに突っ張っている。

湯飲みを手に、笑顔で佐一郎にうなずきかけていたお松の頰が強張《こわば》った。

佐一郎はうんざりした。お志津が本当に煩わしくなって、それが真っ直ぐ顔に出てしまった。こんなことは彼にしても初めてで、あわててつくろった笑顔がぎこちないのが、自分でもわかった。

お松はそんな彼の顔を見た。そしてしおしおと笑いかけてきた。

「まあ、年寄りはおしゃべりでいけません。お菓子もすっかりいただいてしまって」

少し休ませていただきますと、引き下がる。衝立の後ろに入るとき、またそっと佐一郎に微笑みかけた眼差《まなざ》しには、謝り、労るような色合いがあった。

それはけっして佐一郎の思い過ごしではあるまい。話しぶりからして老女は世慣れた人のようだし、お志津の他人目《ひとめ》を憚らぬわがままぶりと、それを抑えられぬ佐一郎との間柄には、大人なら、しかも同じ商家の者同士なら、察するところがあるはずだ。

佐一郎はひどく恥ずかしかった。お志津のわがままを、一人でこらえるのは何の苦もない。だが、彼がこらえていることを他人様の目にさらされるのは、こんなにも惨めなものなのか。

すぐにもお志津の機嫌を取る気にはなれず、そばに寄るのも億劫《おっくう》で、佐一郎は立ち上がると、もういっぺん窓を開けてみた。霙は降り続いていた。その冷たさが、彼の魂にまで染み入るようだった。

その晩の宿の賄い飯は、膳の品数が増えていた。これもおかみの心遣いだろう。不機嫌のままのお志津は、やたらと酒を飲んだ。もともと飲める口だが、今夜はさらに勢いがある。佐一郎も付き合ったが、嫌な酔い方をしてしまいそうで、途中でよした。

お志津は手酌でぐいぐい飲んだ。女中を呼んでは徳利を替える。そのたびに何かしら意地悪な注文をつけた。やれ燗《かん》がぬるい、今度は熱すぎる、そんなにどたどた運んできては埃《ほこり》が立つ、よく見ると皿の縁が欠けている、これだから田舎の宿は気がきかない——

お志津はまともに彼の目を見ず、酒を飲み箸を使いながら、彼がお志津から目をそらすと、きつい眼差しで睨みつけた。そして佐一郎に対しても、何だかんだと文句を並べた。

この道中のことばかりか、江戸での暮らしのなかの些細《ささい》なやりとりや、挙げ句には子供のころの出来事まで持ち出し始めた。女というのは物覚えのいいもので、あのときはああだった、このときもこうだったと、重箱の隅をつつくようにして佐一郎の行いの良くないことを並べ立てるのだから、まったくかなわない。まともに相手にすれば謝るばかりだし、謝ったって効き目はないのだから、口をつぐんでいるしかない。するとそれがまた横着だ、薄情だと責められる。

お松は二人に気を遣い、おかみに頼んで、夕餉《ゆうげ》は別のところでとったらしい。台所の隅でも借りたのだろう。わざわざそう断られたわけではないが、様子を見ていればわかる。そして早々に夜具をかぶり、まだお志津が飲んでいるうちから、衝立の向こうでひっそりとしてしまった。

佐一郎はますます恥じ入った。顔から火が出て、その火で身体まで焼けるようだった。

「もう、そのへんでおつもりになさい」

飲みすぎだよ、と言った。

「そろそろ寝た方がいい」

お志津は酔いが回っていた。据わったような目で赤い顔をして、つんと鼻先を天井に向けると、大仰に息を吐いた。

「何よ」

酒臭いしゃっくりが飛び出した。

「あんな婆《ばば》あにでれでれしちゃってさ。さいっちゃんは、女ならどんなんでもいいんでしょう」

嘉吉に言いつけてやるんだから、と言った。

本人としては止《とど》めのひと刺しのつもりだろうが、言いつけなくても、当の下男はとっくに知っているはずだ。夕餉の前にいっぺん顔を出しに来て、そのときのお志津の怖い目と、佐一郎の後ろめたそうな素振りに、亡者をひっとらえた地獄の獄卒のような顔をした。今ごろは閻魔《えんま》帳を取り出して、筆の先を舐《な》め舐め、このつまらない夫婦喧嘩《げんか》を——しかも非はどう考えたってお志津の方にあるのに——佐一郎の悪行として、黒々と書き留めていることだろう。

それでも佐一郎は黙っていた。今度はこらえていたのではない。とっさに頭に血がのぼったようになって、言い返すべき言葉が見つからなかったのだ。

誰がでれでれしていたものか。何という言い様《よう》だ。思わぬ相部屋となった老女と、互いに居心地をよくしようという佐一郎の気配りをわかろうともしない。佐一郎に非道《ひど》いばかりではなく、お松にも非礼きわまりない。

「おやめよ、そんな言い方は」

声を殺してやっとそう言うと、何とか笑いかけようとしてみたが、巧《うま》くいかない。お志津は佐一郎の怒りなど知ったふうもなく、口汚い言葉も、言ったそばからお忘れのようだ。酔っぱらいらしい緩んだ薄笑いを浮かべ、空っぽになった徳利を意地汚く持ち上げて、またしゃっくりをした。

「ねえ、お酒」

「私は先に寝《やす》むよ」

もうそれだけ言うのが精一杯で、佐一郎は夜具をかぶって背中を向けた。お志津はまだぐずぐず言っていて、そのうち徳利を倒したのか皿でもひっくり返したのか、がちゃんという音がした。そして声を張り上げた。

「何よう、狸寝入りなんかしちゃって」

何かが飛んできて、佐一郎の夜具に包まれた肩にあたって転がり落ちた。猪口《ちょこ》だろう。お志津が投げたのだ。

「だいたい生意気だよ、あたしに意見するなんて」

すっかり呂律《ろれつ》が怪しい。

「いったい誰のおかげさまで、こんないい思いができると思ってんのよ。さいっちゃんなんか、あたしがひと言、もう縁切りだって言ったなら、おしまいなんだよ」

そうなりたいの？　ならおしまいにしてあげようかと、ごねごねと言い募る。

「天神下を追い出されたら、さいっちゃん、どこ行くの？　実家になんか、もう居場所はないよ。本所のお店はあんなちっちゃい、かつかつの商いなんだからね。あのでくの坊の兄さんの甲斐性《かいしょう》じゃ、それだってよくやってる方だけど」

おとっつぁんが笑ってたもんと、お志津は鬼の首をとったような勢いで言った。

「聞いてるの、さいっちゃん。そういう身のほどを、ちっとは弁《わきま》えなさいって言ってるんだよ」

さいっちゃんと親しく呼びながらも、お志津の本音はこれなのか。

言われなくても己の立場は、佐一郎自身が誰よりもよく弁えている。だが心の片隅で、どこかほのかに恃《たの》むように、お志津と自分との繋がりには、二人だけで大切にすることのできる温かいものもあると思っていたのに。

お志津はそんな想いを嘲笑《あざわら》い、かてて加えて佐一郎の実家を莫迦《ばか》にした。本所の店は兄に代替わりをして、派手な稼ぎはしていないが、手堅く商いを続けている。それを、でくの坊と言ってのけた。

佐一郎は固く目をつぶった。お志津の人を舐めきった甲高い笑い声が、耳をふさいだ指の隙間をするりと通り抜けて、心の奥に突き刺さった。

——誰かが泣いている。

佐一郎は目をしばたたき、枕から頭を上げた。座敷のなかがうっすらと見える。夜が明けたのだろうか。

身を起こしてまわりを見ると、お志津は隣の蒲団《ふとん》で眠っている。蒲団の脇には食い散らかし飲み散らかした膳がそのまんまになっており、行灯《あんどん》の明かりは消えていた。

ぶるりと寒い。それでようやく気がついた。雨戸が少しだけ開いているのだ。衝立の向こう、お松が寝ている側である。

そしてか細いすすり泣きも、そちらから聞こえているのだった。

佐一郎はお志津に顔を近づけてみた。饐《す》えた酔っぱらいの臭いがする。お志津は口を半開きに、軽いいびきをかいていた。寝ているというより、つぶれている。

衝立の陰から、また泣き声がした。衣擦《きぬず》れの音もする。

「もし、ご隠居さん」

佐一郎は、ほとんど呼気に近いほどの小さな声で呼びかけた。

「お加減でも悪くなりましたか」

老女が身じろぐ気配がたった。白い手が伸びて、雨戸を閉じようとする。

「女中を呼んできましょうか」

佐一郎は衝立の方に首を伸ばし、さらに声をひそめた。雨戸に触れたお松の手は、そのままそこで止まっている。

「——あいすみません」

確かにあの老女の声であるけれど、泣いているせいで鼻にかかっている。

「ご親切にありがとうございます。具合が悪いわけではございません。すぐ寝みますので、どうぞお気遣いなく」

起こしてしまってすみませんと、老女は頭を下げたようである。

「いえいえ、かまいません。それより、雨が止《や》んだんでしょうか」

「ええ、雲が切れました」

そのとき、佐一郎の寝起きの耳にも、軒下を吹き抜ける風の音が聞こえた。雨戸がかたかたと鳴る。

「風が出てきたんですね」

ようやく、風が雨雲を追い払ってくれたのだろう。

「飛ぶように流れてゆく雲の狭間《はざま》に、星がたくさん光っておりますよ。冷えるのも忘れて見惚れてしまいました」

座敷のなかがうっすらと見えるのは、星明かりのせいだったのか。

「明日はお天気になりますわねえ」

鼻声で言って、お松は雨戸を閉じた。軽い音がして、闇が戻った。老女が寝床に入るのだろう、また衣擦れが聞こえる。

「ご隠居さん」

佐一郎はさらに声をひそめて呼びかけた。

「昨夜は、さぞ不愉快なお気持ちでしたでしょう。私どもと相部屋になったばっかりに、居心地の悪い思いをさせてしまって、お詫《わ》びのしようもございません」

こんな夜中にお松が一人、堪えきれずに泣いているのは、お志津のふるまいのせいではないかと、にわかに案じられたのである。親しい講の人びとと別れ、独りぼっちの宿で心細いところに、お松から見れば孫のようなお志津に因縁をつけられて、腹も立ったろう。情けなくもなったろう。

お松はしばらく答えなかった。やがて衝立の陰でこそりと身動きをして、言った。

「旦那《だんな》さんは、お若いのによく気がついて、お優しい方でございますね」

こちらの心を撫《な》でるような、優しい声音であった。

「佐一郎で結構でございます」

佐一郎は闇のなかでそう応じた。目が慣れてきて、衝立の形がぼんやり見える。

「では佐一郎さん」

お松の鼻声に、かすかな親しみが混じった。

「わたしが年甲斐もなく小娘のように夜泣きなんぞをしておりましたのは、佐一郎さんのせいでも、若奥さんのせいでもございません。どうぞご安心くださいませ」

佐一郎は蒲団の上で座り直した。お志津は寝返りさえ打たずに熟睡している。夜具の外に投げ出した片腕がだらしない。

「ありがとうございます。しかし、本当にお恥ずかしいところをお見せしました」

手前は入り婿なのですと、佐一郎は進んで言ってしまった。

「一人娘の家内の後ろには、両親《ふたおや》とお店の身代がついております。手前は万事に頭が上がりません。それはお耳に入ったやりとりだけでも、充分お察しのことと思いますが」

少し間を置いてから、老女の声が返ってきた。「ご苦労をなさいますね」

「それでも、こんな若輩者が温泉遊びなどさせてもらっているのですから、文句を言っては罰があたります」

「佐一郎さんは、遊んでいるのではないでしょう。若奥さんのお守りをなすっているんですから」

やっぱりご苦労ですよと、お松は言った。

暗い座敷で、二人は黙った。雨戸を揺さぶる風の音が淋《さび》しく聞こえる。

「——この風で目が覚めてしまいましてね」

ふと口調を変え、独り言のようにお松は言い出した。

「遠い昔、こういう風の音を聞きながら、ひと晩、震えて過ごしたことがございます。それを思い出しまして」

つい泣けてしまったんですよ——という。

「よほどお辛い出来事だったんでしょうね」

問い返して、佐一郎はすぐ後悔した。詮索《せんさく》がましく聞こえるじゃないか。

「ああ、手前こそおしゃべりでいけません。余計なことを申しました」

お松は軽く洟をすすり、そして意外なことに、小声で笑った。

「いいんですよ。こんなこと、まさか他人様に打ち明ける折があるとは思いもしませんでしたが……」

これもご縁なのでしょう、という。

「年寄りの昔話を、少し聞いていただけましょうか」

佐一郎はうなずき、それから声に出して答えた。「手前なんぞがお相手で、ご隠居さんさえよろしければ、いくらでもお伺いいたしましょう。それにお話の途中でも、やっぱり嫌だと思ったら、すぐおやめになってかまいません」

「本当にお優しいんですねえ」

お松は膝《ひざ》でにじるようにして動き、衝立の陰から顔を覗《のぞ》かせた。ほの白い顔色は見て取れても、表情まではわからない。

佐一郎は照れくさくて、子供のように拳《こぶし》で鼻の下をごしごしこすった。

振り返ってみれば、本家に養子に入って以来、佐一郎は誰かに褒められたり、労ってもらうことなどいっぺんもなかった。ただ行きずりの、たまたま相部屋になっただけのお松が、こうして思いやってくれるまで。

その優しさが身にしみる。夜中の宿でたまさか生じたこのうち解けたひとときを、佐一郎は大切にしたかった。老女が話したいというのなら、朝まで付き合ったっていい。

「家内は酔いつぶれておりますから、手前どもがここでかんかんのうを踊っても目が覚めないでしょう」

ふざけて言ってみせると、お松はゆっくりと一礼し、衝立の陰に引っ込んだ。夜具を引っ張ってくるまっているようだ。

「もう五十年も昔の話なんですよ。わたしが十六のときの出来事でございます」

あらためて切り出すと、佐一郎にも息づかいが聞こえるほど深くため息をついて、語り出した。

「わたしは江戸の生まれではございません。水道ではなく、田圃《たんぼ》の灌漑《かんがい》の水で産湯をつかったような田舎者でございます」

故郷《くに》は――と言いかけて、ためらった。

「ここからそう遠くない村でして」

「そうか、お近くへ来たので、古里のことを思い出されたんですね」

「左様でございますが……」

お松の声音にかかるためらいが、さらに強くなった。

「村の名前は申し上げずにおきましょう。実は、あまり世間様に聞こえのいいお話ではないものですから」

ごめんなさいねと、小さく詫びた。

「わたしはその村の、庄屋《しょうや》の家で育ちました。と申しましても、娘ではございません。六つのときに両親と死に別れましてね。庄屋さんのもとに引き取られたんでございます」

お松の父親と庄屋の家は親戚筋で、

「もともと父も母も、何かと庄屋さんのお世話になっておりました。親戚ですからさすがに小作人とは違いますが、まあ、よろず庄屋さんに頭が上がらないという点では似たり寄ったりで。ですからわたしも、養女になったというよりは奉公にあがったようなところもあって、なかなか半端な、肩身の狭い立場でございました」

何だか己の身の上とかぶるようで、佐一郎は神妙な心地で聞いている。

「庄屋さんには、娘さんが一人おりました。男の子に恵まれなくて、その分、蝶《ちょう》よ花よと大切に育てられた娘さんです。歳はわたしと同じで、名前は八重《やえ》さんといって」

固かった口調が、そこでふっとほぐれた。

「それはもうきれいで気だてもよくって、まわりにいる人たちを、みんな幸せにするようなお人でした」

わたしと、大の仲良しででした——という。

「孤児《みなしご》のもらいっ子で、半端な立場のわたしが、それでもちっとも辛いと思わず、伸び伸びと育つことができたのは、みんな八重さんのおかげです。あの人がわたしを姉妹のように親しくかまってくれたから、わたしもひねくれたり、ねじけたりせずに済みました」

それでも、物心ついて自分の立場がわかってくると、お松は進んで女中のように働き始めた。ねじけずに育ったからこそ、聡《さと》く察してそのようにふるまったのだ。周囲もまた、それを当然のものとして受け止めた。

だが八重はそれを訝《いぶか》しみ、ひどく腹を立てて、ついには父親に直談判《じかだんぱん》をした。

「どうしてもお松ちゃんをうちで働かせるっていうのなら、あたし付きの女中にしてちょうだい、そんならいつでもどこでも一緒に行けるし、何でも一緒にできるから、と」

庄屋とその妻は、愛娘《まなむすめ》の強い願いを聞き入れないわけにはいかず、

「わたしは八重さん付きの女中というか、住み込みのお相手役のようになりましてね。八重さんの身の回りのお世話をしつつ、お稽古事《けいこごと》なども一緒に習いました」

まわりからは、御神酒《おみき》徳利と言われたそうだ。本当にいつでも二人一緒に、仲良く並んでいるからである。

「そのおかげで、花嫁修業も一緒にさせてもらいましたから、わたしは幸せ者でございました」

「どうりでご隠居さんのお品柄がよろしいわけです」

佐一郎がつと合いの手を挟むと、お松ははにかんだように「いえいえ」と笑った。

「やや、お世辞をつかっているわけではありませんよ。ここのおかみもそう言っておりました」

「有り難いことです。それもみんな、八重さんのおかげでした」

懐かしむような温かな声音は、しかし、かすかに震えているようにも聞こえる。

「八重さんは跡取り娘ですから、年頃になる前から、縁談は降るようにございました。でも庄屋さんは、大事な娘の婿でございますからね、素性の知れない者はいけない、一族のなかから婿をとりたいと、早いうちからいろいろ思案しておられました」

庄屋の一族もかなりの大勢で、八重の婿のなり手は幾人もいたそうだ。

「わたしどもの生まれ育った村は、昔から木地《きじ》細工が盛んでございましてね。だんだんと建具も作るようになりました。化粧柱や鴨居の彫刻など、そりゃ見事なものをこしらえるんですよ。そうして領内でお城やお屋敷の御用を承るうちに、江戸へも伝手《つて》がつきまして、建具商を興して成功した家もございました。そこは——」

また実名を伏せたいのだろう。お松が迷っているようなので、佐一郎は助け船を出した。

「伊勢屋にいたしませんか。手前どもの屋号でございますが、江戸にはいくらもございます」

「ああ、では伊勢屋さん」

ほっとしたように、お松はひと息ついた。

「その伊勢屋さんの三男坊に、富治郎《とみじろう》さんという方がおりました。その人が八重さんの許婚者に決まったのが、八重さんもわたしも十六のときでございました」

富治郎は江戸生まれの江戸育ちである。それでも庄屋が彼に白羽の矢を立てたのは、

「庄屋さんの方にも、江戸への色気がおありだったんでしょう。伊勢屋さんのご主人は庄屋さんの従兄《いとこ》にあたり、先《せん》から親しく行き来もあって、商いのいろいろも聞いておられたようでご

ざいました」

庄屋の身代は大きく、村のなかでの権威も強いものだが、

「やっぱり江戸には憧《あこが》れがあるんでございますよ。それはわたしども小娘でなくたって、いえ、大人の男だからこそ、江戸で立派に身代を立てているお従兄さんに、いつかは並び立ちたいという気負いがあったんでございましょうね」

「お孫さんの代には、一人に庄屋の跡を継がせ、一人は江戸へ打って出させる。そのためにも、八重さんの婿には江戸の水をよく知っている人がいいということでございますね」

「おっしゃるとおりです」と応じて、お松は小さく笑った。「わたしなんぞには、庄屋さんの家だって御天下様のように見えておりましたけどね。もっともっとと望む、人の欲にはきりがありません。あら、欲なんぞと言ってはいけませんか」

佐一郎も小声で笑い、そのときお志津が何か呻《うめ》いて身動きしたので、二人でひやりと息をひそめた。

お志津は眠ったまま手で首筋を掻《か》くと、肩先が冷えるのか、夜具をひっかぶって、すぐ静かになった。

「まあ、そんな運びで許婚者は決まりましたが」と、お松はひそめた声で続けた。「江戸者の富治郎さんが、果たしてこっちに馴染むものか、最初のうちはみんな心配しておりました。伊勢屋さんの方でも、おかみさん——富治郎さんの母親はこの縁談にいい顔をしていなかったのを、庄屋さんが曲げて聞き入れてもらったんだそうですし、何より当の本人が、肥臭い田舎娘

などまっぴら御免だと、逃げ出してしまうんじゃないかって」

しかし、それは杞憂《きゆう》に過ぎなかった。庄屋のもとに挨拶に訪れた富治郎は、ひと目見るなり八重を気に入った。二人はどっぷりと恋に落ちた。

「富治郎さんも美男子でしたから、好一対のお二人でした。まるでお雛《ひな》様のようでございましたよ」

お松の語りも若やいでいる。

「富治郎さんは十八で、朱引の外へ出るのはそのときが初めてだったそうでございます。試しに半月でもひと月でもと逗留させて、こっちの暮らしを見てもらおうということで呼び寄せたんですけどもね」

恋する二人は離れがたく、富治郎はそのまま庄屋の家に居続けた。

「ならばぐずぐずすることはない、とっとと祝言を挙げてしまおうということになりまして、わたしもにわかに慌ただしくお手伝いすることになりました」

こうして、すべては滑らかに運ぶはずだったのだが――

「祝言の三日前に、とんでもない事が起こってしまいました」

庄屋の権威を背負う一人娘の八重ではあるが、気取らずへだてのない人柄もあって、村の子供たちとよく親しんでいた。お相手役のお松のほかにも、仲良しがいたのである。

そのなかに、財力だけなら庄屋と肩を並べるほどの豪農の、戸井《とい》という家の娘がいた。名字を許されるだけの旧家で、母方は、そのころはもう衰えてしまっていたが、かつては戸塚宿で本陣を営むこともあった家柄だ。

「その戸井家に、お由《よし》という娘がいました」

若々しく明るくなっていたお松の口調が、急に翳《かげ》った。

「歳はわたしどもよりひとつ上です。戸井家は兄弟姉妹が多《おお》ございまして、長男次男のほかに、娘も三人おりました。お由さんは三女で末っ子でございますし、少し歳も離れていましたから、両親ばかりではなく兄さん姉さんたちからも、舐めるように可愛がられて育った人でした」

このお由が、ひそかに富治郎に恋着した。

「後で聞き出してみると、こっちもこっちでひと目惚《ぼ》れだったようでございますよ」

とはいえ、富治郎は八重の許婚者なのだし、八重にぞっこんである。

「ですから、お由さんの岡惚れでございます。片恋ですわ」

しかしお由もまた、願ってかなわぬことはないという、恵まれた暮らしをしてきた娘である。おまけに八重とは違い、生まれながらに恵まれてきたことで、わがまま気まま、何事であれ言い出したら聞かない我の強い娘でもあった。

「庄屋さんの家と戸井家とも、昔から勢力争いをしてきた因縁のある間柄です。そのことが、なおさら事を難しくいたしました」

お由は己の強い恋着を、早いうちに両親や兄たちに打ち明けていた。普通なら、分別ある大人どもが、そこで叱って宥《なだ》めて諦《あきら》めさせるのが筋である。だが、庄屋の家に張り合う気持ちもあれば、これまで風下に立ってきた悔しさもあり、

「戸井家の方たち——わけても旦那さんがお由さんに、そういうことならいいようにしてやると、安請け合いをしていたらしいのでございます」

——富治郎にしたって、何かと肩身の狭い入り婿よりも、おまえを嫁にもらった方がいいはずだ。金ならいくらでも出してやるから、おまえたちは江戸で好きなように商いでもすればいい。

娘の方は父の言葉を鵜呑《うの》みに、片恋のかなうときを待ち受けていた。とはいえ他家の縁談に、しかも立場が上の庄屋の娘の婿取りに、いくら豪農であろうとも、戸井家が横槍《よこやり》を入れられるわけがない。安請け合いは所詮安請け合いで、どうすることもできぬまま、八重と富治郎の祝言はどんどん近づいてきた。

「あと三日と迫って、気の強いお由さんは、一重にも二重にも我慢がきかなくなったのでしょう」

手ずから祝いの品を届けたいというのを口実に庄屋の家を訪ね、八重に向き合うと、

「懐に呑んでいた刃物を取り出して、八重さんの胸をひと突き、突き殺してしまったんでございます」

悲鳴を聞いて駆けつけた人びとの前で、お由は猛《たけ》り狂ったようになり、これで祝言はとりやめだ、ざまあみろと叫んでいたという。

「血まみれになって倒れている八重さんに、富治郎さんが駆け寄りますと——」

取り押さえる人びとの腕を振り切って、お由は富治郎に飛びついた。そして怪鳥《けちょう》と化したか

のような甲高い声で、これでやっとあたしたちが一緒になれる、もう邪魔者はいない、あたしがやっつけてやったと、喜色満面ですがりついたという。

「富治郎さんは、さながら獣に襲われたようなお顔でございました」

彼の方は無論、お由に気があったわけではない。何から何まで降って湧いたような災難だ。振りほどこうとすると爪を立ててしがみついてくるお由を、最後には平手打ちではり倒して逃げ出した。そして八重の亡骸《なきがら》をかき抱いて号泣した。

「お由さんは、魂を抜かれたように座り込んで、それを見つめておりました」

お由も色白の器量よしだったけれど、

「その顔にも胸にも八重さんの血をいっぱいに浴びて、幽鬼のようにさえ見えたことが、わたしは今も忘れられないのでございます」

佐一郎は、いつの間にかぐっと詰めていた息を吐いた。身体が強張っているのは、座敷がしんしんと冷えるせいばかりではない。暗闇のせいでもない。

「怖ろしい出来事でしたね」

衝立の陰から、はい——と、かぼそい老女の声がした。

「お由さんはその後、どうなったのでしょうか」

すぐには答えずに、お松は息を整えるように間を置いた。

「本来でしたら代官所に届け出て、お裁きを受けなければいけませんのですけれど」

戸井家は土地の豪農である。こういう家から縄付きを出すことは、その土地の不始末にもなる。

「戸井家ばかりではなく、差配不行届《ふゆきとどき》のお咎《とが》めで、庄屋さんの家さえ無事では済まなくなるかもしれません。それをきっかけに、村にかかる年貢や役務が増えることも、大いに案じられたのです。ですから、けっして表向きにすることはできませんでした」

なんと理不尽な。江戸者の佐一郎には、まったく呆《あき》れ返るような話である。

「しかし、それでは殺された八重さんがあまりに哀れです。庄屋さんのお気持ちもおさまりませんでしょう」

はいと応じて、お松は苦しそうに息をした。

「それに……富治郎さんには本当にお気の毒だったのですけれども」

これは本当にお由の岡惚れだったのかと、怪しむ声もあったのである。

「小娘のこととはいえ、一人で思い込んでいるだけで、いきなり刃傷沙汰《にんじょうざた》にまで及ぶとは考えにくい。富治郎とお由のあいだには、ある程度のことがあったのではないか、と」

「でも富治郎さんには、まるで身に覚えがなかったのでしょう？」

五十年も前の、顔も知らぬ若い男のことではあるけれど、佐一郎は親身に哀れになって、思わず声を振り絞った。

「なかったのでしょうね」と、お松も沈んだ声で応じた。「けれどもお由さんの方は、あたしは富治郎さんと惚れ合っていた、二人で駆け落ちしようと相談していたなどと言い張って」

戸井家の人びとともに慌てて口裏を合わせたらしく、

「騒ぎが落ち着くと、いつの間にかそういう申し状ができあがっておりました」

「非道い話だ」

まったく非道い。佐一郎は拳を握っていきまいた。

「じゃあ、お由さんはお咎めなしになったんですか。それじゃああんまりでしょうに」

いいえと、老女はかすれた声を出した。

「お咎めなし――というわけではございません」

そして、佐一郎にはにわかに意味のわからぬことを言った。

「お由さんは、八重さんになりました」

ちょっと間を置いて、佐一郎は、

「は？」と問い返した。間抜けな声だが、一人で息巻いているせいで、老女の言葉を聞き違えたのかと思ったのだ。

「今、何とおっしゃいました」

「お由さんは、八重さんになったのです」

お松の声に力が戻り、その言葉は、今度は真っ直ぐ佐一郎の耳に届いた。聞き違えではなかったのだ。

「それはいったいどういう仕儀です」

不躾《ぶしつけ》な言い様と知りながら、佐一郎は強く問うた。「まさか皆さんで申し合わせて、死んだのはお由さんだということにして、お由さんを八重さんにすり替えて、富治郎さんと添わせたというわけではありますまいに」

老女はしばらく答えなかった。ただ息の音だけが聞こえてくる。先ほどまでより呼気が荒く、さらに苦しげに聞こえるのは、佐一郎の気が立っているせいであろうか。

「わたしどもの村には——いえ、あの土地にはと申しましょうか」

やっと語り出した老女の声は、これまでと少し響きが違っていた。いくらか高く、鼻にかかっている。お松はとっくに泣きやんでいたはずだが、また涙を流しているのだろうか。

「こういうとき、格別の手だてがございますんですよ」

どんな手だてですと、佐一郎は問い返した。ぞわりと、背中を悪寒が駆け抜けた。なぜかそのとき、おぞましいものに撫でられたような気がしたのである。

「人に殺《あや》められた者の亡骸が傷み始める前、そう、こんな寒い折でも、三日ぐらいしか余裕はございませんが」

それくらいのあいだなら、死者の魂はまだ亡骸のなかに留まっている。

「ですからそれを呼び出して、その人を殺めた者の身体に下ろして、宿らせるんでございます」

今度こそ、佐一郎はぶるりと震えた。

「い、いったいそんな業《わざ》は」

「土地の言葉で、〈ばんば憑《つ》き〉と申します」と、老女は淡々と言った。「〈ばんば〉というのは、強い恨みの念を抱いた亡者のことでございます」

なるほど人に殺められた者なら、自分を殺めた下手人に、強い恨みを持っているだろう。

「数日で腐れてしまう己の身体を離れ、下手人の身体に宿った〈ばんば〉は、恨みの一念でもって下手人の魂を喰《く》らいつくして、やがてすっかり成り代わってしまいます」

そうして、下手人の身体に宿ったまま生き続けるのだという。

「もちろん、よほど切羽詰まった事情がなくっては、こんなことはできません」

それはそうだろう。殺された者の身内からすれば、憎い下手人の身体のなかに、愛《いと》おしい亡き者の魂が閉じこめられているのだ。良かった良かったと笑い合えるわけもない。喜んで迎えられるはずがない。

「でもこのときは、そういう事情がございました」と、老女は続ける。「八重さんは一人娘でしたから」

婿を迎えずに死んでしまえば、庄屋の家は絶えてしまう。

「是が非でも、富治郎さんの妻となり、子を生《な》す身体が要ったんでございます」

「何と！」

思わずあげた佐一郎の叫びに、お志津が寝返りを打って夜具を蹴《け》った。佐一郎は身を縮めて両手で口を押さえた。

「〈ばんば〉が憑けば、外見はお由でも、中身は優しい八重さんなんでございますよ」

老女は、まるで佐一郎をあやすように、優しい声を出す。

「殿方はよく申しますでしょう。どんな美女でも三日で飽きる。女房は気だてが優しいのがいちばんだ、と」

要は人柄でございますよと、うっすりと笑うのだった。

「しかし、お由は人殺しです！」

「人殺しのお由の魂は、八重さんの魂に喰われて消えてなくなりました」

だから富治郎が妻に迎えたのは、あくまでもお由の身体を借りただけの、八重だというのである。

「それに――これが〈ばんば憑き〉の不思議なところなのでございますが」

老女の声が床を這《は》うように低くなり、佐一郎も身を低くして耳をそばだてた。

「魂を移されると、外見の方も、少しずつ似てくるものなんでございます」

そんな莫迦なと、佐一郎は呻いた。

「もちろん、顔形や背恰好《かっこう》が変わるわけではございません。でもちょっとした仕草や、ものを見る目つき、座り方や歩き方、日々の暮らしのなかのふるまいが似てくると、姿形も似て見えるようになるものなのですよ。親子や兄弟姉妹でも、そういうことはございましょう？　顔は似ていないけれど癖が似ているとか、笑い方が似ているとか」

そんなものなのかもしれないと思う一方で、佐一郎はただおぞましく、暗闇のなかで一人かぶりを振った。

「〈ばんば憑き〉を行うには、秘伝の丸薬が要りましてねえ」

衝立の向こうから、囁《ささや》き声が続く。

「その調剤法は、庄屋さんの家にだけ伝わっておりました。いえ、むしろ順番が逆さまで、その調剤法を隠し持っていたからこそ、あの家は庄屋になれたのです。こういう災いを収める業を持っていたから」

そういう土地でございました――という。

「八重さんが突き殺された、その翌日の真夜中のこと」

〈ばんば憑き〉は行われた。老女は、若き日のお松は、その場に居合わせることは許されなかった。

「自分の座敷で、身を縮めてただただ耳を澄ませていたのでございます」

あの夜も風が強かった。夜通し、風が泣き叫んでいた――

「それでも、その風の音の底に、呻き泣く声が混じっているのが聞こえました」

お由の声だった。

「わたしに限らず、おなごは〈ばんば憑き〉に関われません。やがて赤子を産む身で、目にしてはならん秘事だと言われています」

そのただならぬやり方を、だから老女は詳しくは知らない。その一端を漏れ聞いただけだという。

「丸薬を飲まされた人殺しは、自分が手にかけた死者の亡骸に、後ろ前になってまたがって、両腕を後ろにくくられ、頭には米袋をすっぽりとかぶされて」

その上から水をかけられる。水を吸った米袋が人殺しの顔に張りつき、

「その場に居ながらにして、水に溺《おぼ》れたようになるのです。そうやって半死半生にすることで、死者の魂が宿りやすくなるのでございますよ、佐一郎さん」

さらに下手人は、己が手にかけた死者が、生前に身近に使っていた持ち物で、背中を打たれる。

「心の臓の真裏にあたるところを打つのです。下手人の魂が、痛みに耐えかねてうんと縮まって、胸の奥の大切な場所を空けるように」

その者の魂が宿る場所を、死者の魂に明け渡すように。

佐一郎は耳をふさぎたくなった。だが動けない。ただ縮み上がっている。

「あの夜、庄屋さんは、八重さんが裁縫のときに使っていたくけ台で、お由の背中を打ち据えました」

だから〈ばんば憑き〉が終わって、首尾良く八重の魂の器となったお由の背中には、その後も永いこと、左右に細長い痣《あざ》が残っていたという。

「――富治郎さんはどうしたのです？」

佐一郎はやっと問いかけた。

「はい左様ですかと、お由を嫁にもらう気になれたものでしょうか。ご実家だって、そんな縁組みを承知なすったんですか」

「よくよくかき口説いて、わかっていただいたんでございます。それしか術《すべ》がございませんでしたしね」

それに富治郎は、納得したという。

「〈ばんば憑き〉を経て魂が入れ替わったお由に会ったとき、ほかの誰よりも、富治郎さんがいちばんよくわかったはずでございますからね。ああ、これは八重だと」

女の手を取り、目を覗き込んだときに。その立ち居振る舞いを、彼に寄り添う女の幸せそうな笑みを見るうちに――

ああ、死人《しびと》が戻ってきた。

「ただ、支度していた立派な祝言は、見送りになりました。八重さんが病にかかったという口実で、ひっそりと内祝言を済ませまして、お二人は夫婦になりました」

戸井家のお由は、出奔して行方知れずになったということで収めたという。

「その後も、お由の顔をした八重さんは人前には出られませんし、富治郎さんもいろいろと気詰まりで、苦労なすったことでございましょうが」

それでも、二人のあいだには次々と子が生まれた。男の子が二人と、女の子が一人。

「そこで精がつきたんでしょうかねえ。ある日病みついたかと思うと、まだ二十五歳の若さで、蠟燭《ろうそく》が消えるように亡くなってしまいました」

しかし、思い通りに跡継ぎを得て、庄屋の家は安泰だ。夫を失い、お由の顔をした八重は、老いた戸井家の両親に請われて一度はそちらにこっそりと身を寄せたが、中身が八重である以上、そこに留まれるわけもない。やがて村から姿を消した。

「庄屋さんが、いいように計らったんでございましょうけれど」

その後の消息を、お松は知らないという。

「三人目の赤子が生まれるまで、わたしはご夫婦のそばに留まって、お世話を続けておりました」

見かけはお由でも、中身は八重だった。確かにあの優しい魂は八重だった、という。

「一緒に過ごした子供のころのことを、くまなく覚えておいででした。何をいつどのように問いかけても、ちゃんと思い出すことができました。日々の暮らしのなかですることも、言うことも、ちょっとした仕草だって、懐かしい八重さんらしかった」

だからあれは、八重さんでした——

「でもねえ、佐一郎さん」

老女の声が急に近くに聞こえて、佐一郎はびくりと尻込みをした。

衝立の場所は変わらない。何も動いていない。佐一郎の気のせいだ。

「この歳になると、お迎えが近いせいでしょうか。ときどき考えてしまうのでございますよ」

人は死んだら、どうなるのか。魂と身体は、本当に分かれるものなのか。

「亡者の魂が、生きた人に憑くことなどできるのでしょうか。そもそも、魂を移すことなどできるのでございましょうかね」

八重に身体を盗《と》られたお由の魂も、本当に、八重の魂に喰われて消えてしまったのだろうか。

そんなことが起こり得るのか。

「だって、できるんでしょうが。現に巧くいったのでしょう」

佐一郎も思わずぞんざいな言い様になった。

「ええ、巧く――いったんでございますけれど」

老女の口調があやふやに、語尾が頼りなく闇に溶けた。

「それは真実、巧くいったものだったのか」

わからなくなってきたのだと、老女は呟《つぶや》く。

「〈ばんば憑き〉は、わたしどもがこぞって見ていた夢――そうあって欲しいという夢のなせる業に過ぎなかったのかもしれません。お由はどこまでいってもお由で、ただ〈ばんば憑き〉という手だてに乗せられて、本人もその気になって、八重さんになりきっていただけなのかもしれません」

佐一郎は身動きできない。なのに、かたかたと歯が鳴りだした。

この声は。先ほどから聞こえているこの声音は。

お松という老女のそれではない。ほんの半日ほどではあっても、親しく語らってきた人の声だ。聞き違えはしない。

これは別人だ。佐一郎の知らぬ女の声に変わっている。

「だとすれば」と、その女の声は続けた。「いつかお由は、己がずうっとお由であったことを思い出し、両手が血に染まっていることを、己が憎々しい人殺しであったことを思い出すのではないでしょうか」

佐一郎は答えられなかった。あまりの恐ろしさに冷や汗が浮いてきて、その汗が目に染みるので、きつく瞼《まぶた》を閉じた。

「まあ、すっかり話し込んでしまって」

するりと、老女が立ち上がる気配がした。間違っても衝立の向こうを見ないように、佐一郎は深く頭を下げた。

「厠《かわや》へ行って参ります」

ほとほとと足音がして、廊下へ出る唐紙が開け閉《た》てされた。

佐一郎は動かなかった。横にもならず、そのまま座って固まっていた。目を開けることもできなかった。

老女は戻らなかった。ただ風だけが吹きすさぶばかりだった。


夜明け前、宿で騒ぎが起こった。

一睡もしなかった佐一郎は、立ち上がるとふらついた。手すりにつかまるようにして階段を下りてゆくと、宿の女中たちが泣き騒ぎ、男たちが血相を変えて出入りしていた。

事情はほどなく知れた。宿の裏庭の薪小屋のそばで、女客が木の枝にしごきをかけ、首を括《くく》って死んでいたのだという。

詳しく聞く前に、佐一郎にはわかった。

お松だ。お松が死んだのだ。

それと同時に、どやしつけられたように、腹の底から胴震いしながら思いついた。

いや、それがあの老女の本当の名前なのだろうか。実は八重ではないのか。実はお由ではなかろうか。

昨夜の話を、お松は他人事として語った。それは嘘だ。あれは真実、あの女の身の上語りであったのだ。語りにくいことに限って、人はしばしばそんなふうにするものだ。そうでなかったなら、おなごは関わることができぬという〈ばんば憑き〉の詳細を、どうしてあんなふうに語れるものか。

〈ばんば憑き〉の夜、泣き叫んでいたという風の音は、仕置きを受けるお由の耳が聞いたものだったのだ。だからこそ、昨夜の風が、あの女に昔のことを思い出させたのだ。

八重のお相手役だったというお松という女も、本当にいたのだろう。あるいは富治郎が亡き後、お由の顔をした八重を村から外に出すとき、庄屋がその女の名前と生まれを借りて、与えてやったのかもしれない。それぐらいの裁量は、庄屋なら持っているはずだ。

そして〈お松〉は江戸へ出て、新材木町の増井屋に嫁いだ。この縁組みにも、娘を思う庄屋の計らいがあったに違いない。増井屋は建具商だというのだから、きっと繋がりがあるはずだ。ただそこでは、誰も〈お松〉の正体を知らない。女は心静かに人生をやり直し、幸せになることができた――

だが昨夜、思いがけず留まった古里に近いこの宿で、一人孤独に夜の闇に向き合い、遠い昔〈ばんば憑き〉の仕置きを受けた夜と同じように吹きすさぶ風の音を聞いているうちに、あの女は己の正体を思い出したのだ。

だから縊《くび》れて死んだのだ。

「お客さん、まことに申し訳ないんでございますが、亡くなったのは、相部屋のあのご隠居さんじゃないかと思うんです」

青ざめたおかみに頼まれて、佐一郎は死者の顔を検《あらた》めた。

確かに、お松と名乗った老女であった。

「おかみさん、私にもひとつお願いがあるんですが」

亡骸の背中を見せてほしいと、佐一郎は言った。

「湯治をしても、背中の古傷の痛みが癒《い》えないのは辛いと、昨夜おっしゃっていたもんですから」

おかみは救われたような顔をした。「それを苦にして、急に死ぬ気になったんでしょうかねえ」

老女の背中には、左右に真っ直ぐ伸びた、青黒い痣があった。たいそう古い痣ではあるが、まだくっきりとしていて、何か棒のような、板のようなもので叩かれた痕《あと》のように見えた。

「変わった痣だわねえ。なんでこんな痕がついたんでしょう」

気味悪そうに目をそらすおかみの脇で、佐一郎は亡骸に合掌した。ぬかるんだ裏庭の、戸板の上に横たわる青白い老女の顔は、ようよう昇ってきた朝日の下で、のどかに安らいでいるように見えた。

相部屋の老女が不穏な死に方をしたことで、佐一郎はさらに叱られる羽目になった。

「だから相部屋なんか嫌だって言ったのよ！」

お志津は目を吊り上げ、半べそをかいて彼を責めたてた。嘉吉もお志津に味方して、だいたい若旦那は気が弱いと、意地悪な口つきで言い募った。

この失態は、佐一郎の今後に大きな影を落とすことになるだろう。何かというと、お志津も嘉吉もこの件を蒸し返すことだろう。お志津大事の舅姑が、それに加勢することは目に見えている。

佐一郎はこらえるしかない。お志津の言うとおり、今さら実家には帰れず、彼には行く場所がないのだから。ほかには生きる道がないのだから。

覚悟を固め、諦めて、ただ黙々と暮らしてゆくしかない。お志津だって、やがてけろりと機嫌を直すに決まっている。自分の口から飛び出した言葉の重みを、まるでわかっていないのだから。そういう女なのだから。

今度の旅で、ひとつ意外なことも見つけた。お志津がけっこうな悋気《りんき》持ちだということだ。

——何よ、あんな婆あにでれでれしちゃって。

あれはただ自分の言うとおりにならない佐一郎に文句をつけたのではなく、彼がお松と親しげに語らっていたことが面白くなかったのだ。お松は佐一郎の祖母のような歳だったのに——現に彼には、物静かでおとなしい実家の母の面影を、ふとお松に重ねてみるような想いもあったのだ——それでもお志津は嫉妬《しっと》して、あんな言い方をしたのである。

これまで佐一郎は、与えられた己の人生に、かけらの疑いも抱かずにきた。お志津のほかに女を知らず、人を想うこともなかった。お志津を可愛いと思っていたから、他へ目が移ることがなかったのだ。

だが、この先はわからない。お志津の愛らしさも、これでだいぶ化けの皮が剝《は》げた。箱入り娘の世間知らずの身勝手の隙間から、底意地の悪い性根が透けて見えてきた。

この先、もしも彼がふと誰かに、お志津ではない女に心を動かすようなことがあったら。浮気でも、本気でも、心の動きばかりは誰にも止められない。そんなことがけっしてないとは、佐一郎自身にも言い切れなくなってきた。むしろ進んで、そんな女を求める気持ちさえ湧いてきている。

だが、それが露見したなら、そのときお志津はどうするだろう。

嫉妬と怒りで、その女をこっぴどくやっつけるだろう。勢い余って殺してしまうかもしれない。お志津なら、充分にやりかねない。

彼が恋しいからではない。その意味では、これは悋気ではないのかもしれない。お気に入りの、自分のものだと思い込んでいる道具を取り上げられることが、ただ悔しく腹立たしいだけなのかもしれない。

どっちだってかまいやしない。

佐一郎は夢想するのだ。いっそ、いつかそんな椿事《ちんじ》が起きたらいいと。

そのときまでに、果たして調べ切れるだろうか。新材木町、建具商の増井屋。亡くなったときはお松で、その前は八重でありお由であったあの女。戸塚宿の近くのとある村。どの村で、庄屋は何という家だろう。昔から木地細工が盛んだというのも、いい手がかりになりそうだ。

そこには今も、〈ばんば憑き〉の秘事が伝えられているだろうか。丸薬の調剤法が残っているだろうか。

お志津の身体という器をそのままに、中身だけをそっくり、もっと愛しく、もっと優しい女の魂と取り替えることが、この佐一郎にもできるだろうか。

そんなことはやっぱり無理で、〈ばんば憑き〉はまやかしで、ただの呪《まじな》いに過ぎないのだとしても、それもまたどっちだってかまいやしない。

思い込みでも夢のようでも、〈お松〉の場合は、五十年もちゃんと保《も》ったのだから。

ならば、試してみる甲斐はあるというものだ。

ただ思うだけである。かなうはずもない夢だとわかっている。

でも佐一郎はそれを思う。その一縷《いちる》の想いにすがりつくようにして、亡者のように哀れで孤独な、己の魂を慰める。

野《の》槌《づち》の墓

一

子供というものは時に、親が返答に詰まるようなことを訊《たず》ねる。

その日の加奈《かな》がそうであった。柳井《やない》源五《げんご》郎《ろう》右衛《え》門《もん》の七つになるこの一人子《ひとりご》は、

「ねえ父さま」

丸い瞳《ひとみ》で父を見上げて、こう問うた。

「父さまは、よく化ける猫はお嫌いですか」

源五郎右衛門は、糊《のり》を付けた小さな刷毛《はけ》を手にしたまま、首だけゆっくりとよじって我が子を見おろした。傘張りをする彼の傍らで、つい先ほどまでは無心に紙人形で遊んでいた加奈は、今は両手を膝《ひざ》に、心なしあらたまったような面持ちである。

「化ける猫？」

とりあえず、彼はそう確かめた。

「はい」

「ただの猫ではなくて」

はいと、加奈はまたあどけない真顔でうなずいた。

源五郎右衛門は手を下ろし、刷毛を受け皿の上にそっと戻した。傘は半分方張り終えたところだった。土佐紙《とさがみ》を張る紺蛇の目である。番傘のような安物ではないから技が要る分だけ手間賃がいい。今日のうちにあと五本を張り終えて若松屋《わかまつや》に渡せれば、草市《くさいち》での買い物にも困らんだろうと励んでいるところだった。

そこへ、問われたのである。

――化け猫とは。

お化けだの物《もの》の怪《け》だのの話は、そもそも子供が好むものだ。加奈も手習所で、その類《たぐい》の話を耳に入れる機会があるのだろう。七つの子のことだから、赤本《あかほん》で読んだ昔話を真実《ほんとう》だと信じ込んでしまうこともあるのだろう。

だがしかし、「よく化ける猫は好きか嫌いか」という問いかけは、いきなりに過ぎるではないか。前段がいろいろとすっ飛ばされている。父さま猫は好きですかとか、猫が化けるというのは本当でしょうかとか、化け猫というのは怖いものですかとか。

そこで源五郎右衛門は、返答に窮した親がよく打つ手を打った。

「加奈はどうだね？」と、問い返したのだ。

子供はにっこりと笑った。

「タマさんは好きです」

タマという名の猫なら、源五郎右衛門にも心当たりがある。父子が住まうこの八兵衛店《はちべえだな》に住み着いている三毛猫だ。誰の飼い猫というわけでもないが、差配の八兵衛の家の庇《ひさし》でよく日向《ひなた》ぼっこをしている。タマという名も誰がつけたわけでもなさそうだが、長屋の子供らやかみさんたちは皆そう呼んでいる。

源五郎右衛門には訝《いぶか》しい。今のやりとりをそのまま受け取るならば、加奈は、「タマはよく化ける猫だ」と言っていることになる。それでいいのか。そこらの三毛猫はたいがいタマかミケかコマだろうから、タマはタマでもタマ違いということではなかろうか。

加奈は丸い目をそのままに、ますますぱっちりと見つめ返してくる。

源五郎右衛門は、七月《ふみづき》の雨が降る表の方へと目をやった。雨は裏長屋のこけら葺《ぶ》き屋根をさわさわと濡《ぬ》らし、眠気を誘うような雨だれの音がする。

七夕はよく晴れて、井戸替えが段取りよく済んだし、笹竹につけた子供らの短冊の願い事が滲《にじ》まなくてよかった。それから二度目の雨である。このごろは天気が移りやすい。盂蘭盆《うらぼん》の迎え火を焚《た》く十三日には、また晴れてくれるだろうか。

「そういえば、今日はタマを見かけていないね。どこで雨宿りをしているのだろう」

「タマさんはおうちにいるのです」と、加奈は答えた。

「八兵衛殿の家だね」

「差配さんのおうちは、タマさんのおうちではありません。タマさんにはタマさんのおうちがあるのですよ、父さま」

といふところをみると、やっぱり加奈の言うタマはあのタマなのである。言われてみればあのタマは、けっこうな年寄りの三毛猫だった。

「なあ、加奈」

膝をずらして、源五郎右衛門は幼い娘に向き直った。

「白黒ぶちの、尻尾《しっぽ》の長い、おまえが〈タマやタマや〉と呼ぶと八兵衛殿の家の庇の上でにゃあと鳴く、あの三毛猫が、おまえは好きなのだよね」

「はい」

「それではあのタマが、化ける猫だというのかい?」

「はい」

答える子はまったく動じておらず、問うた親の方が動じてしまった。

「何故《なぜ》わかる?」

「タマさんがそう言いました」

加奈は小さな指を二本立てて、父の顔の前に突き出してみせた。

「本当は尻尾の先が二つに分かれているのも見せてくれました。ふだんは隠しているんですよ、父さま」

父がしばしばとまばたきをすると、幼い娘も同じようにした。

「そうか」と、源五郎右衛門はうなずいた。まさしく猫又《ねこまた》というわけだ。

頭の隅では、どこの誰が我が子にこのような話を吹き込んだのかと呆《あき》れつつ、口調はおっとりと言った。

「しかし私は、あのタマが化けるところを見たことがないし、タマと話したこともないからなあ。加奈の言うことでも、鵜《う》呑《の》みにはしかねるぞ。もしもタマがその二つに分かれた尻尾を」

ここで大真面目に声をひそめ、加奈の耳元に口を寄せた。

「この父にも見せてくれるというのなら、話は違うが」

加奈も大真面目に身を寄せてきた。

「きっと見せてくれますけど、でも父さま、見たらお怒りになりませんか」

本気で案じている眼差《まなざ》しだった。

「もしも父さまが、化け猫などというめんようできっかいしごくなものを捨てておくわけにはいかんと、すぐにもタマさんをきってしまおうとされるならば、タマさんはおそろしくて父さまにお目にかかれないというのです。ですから先に、加奈から父さまにうかがってみてくださいと言ったのです」

源五郎右衛門はまた「そうか」と言った。しまりのない繰り返しが所在なく、手で鼻先を擦《こす》ってみた。糊の匂いがした。

「父さま、よく化ける猫はお好きですか、お嫌いですか」

源五郎右衛門は鼻の頭に手をあてたまま、思わず上目遣いになって我が子を見た。

「加奈が好きな化け猫ならば、おそらく、好きになれるだろう」

加奈の瞳と白い頬が、内側から灯をともしたように明るくなった。

「よかった！　タマさんは、父さまにお頼みしたいことがあるそうなのです」

深川三間町《さんげんちょう》は八兵衛長屋、〈何でも屋〉の柳井源五郎右衛門に。


柳井の家は、青山鉄砲百人組に属する御家人《ごけにん》である。祖父も父も無役で、今の当主である源五郎右衛門の兄も無役のままだ。代々、目覚ましい才人が出る家ではない。無論、源五郎右衛門もその血を受けており、己の凡々たるところは重々承知している。

俸給だけでは食ってゆくことができない多くの御家人衆は、内職に励む。青山の鉄砲組では、それは傘張りである。組屋敷を主体に、組頭《くみがしら》が采配《さいはい》してしっかりと分業を成立させ、永年営んできた。青山の傘張りといったら市中では有名で、子供でも知っている。

源五郎右衛門も幼いころから祖父や父の傘張りを見て育ってきたし、それを習ってきた。蛇の目も日傘の二重張りも張れる、腕に覚えありの傘張りなのだ。生家を出て長屋住まいを始め、堂々とそれを公言できるようになったときは、胸がすっとしたものだった。

「そう開き直っちゃいけません」

「表向きだけでも、いずれ道場か学問所を開くと言っておいた方がよろしいですよ」

八兵衛にも、若松屋の主人《あるじ》の久兵衛《きゅうべえ》にも諫《いさ》められ、最初はそのように吹聴《ふいちょう》していた源五郎右衛門だが、日々顔をつき合わせる長屋の人びとを騙《かた》り続けてまで保たねばならぬほどの面子《めんつ》を、彼は持ち合わせていなかった。彼には愛《いと》しい妻があり、共に暮らしてゆけるだけで充分満ち足りていたから、心にもない吹聴は間もなくやめた。

やめてみたら、長屋の誰も彼の言うことを信じていなかったとわかった。裏長屋の住人には、裏長屋の住人流の人物鑑定眼というものがあるのだ。

源五郎右衛門が妻のしのと八兵衛店に住み着いたのは、ざっと八年前のことである。彼は二十歳、しのは十七、上野の山や飛鳥山《あすかやま》の桜が満開を過ぎ、市中に花吹雪が舞うころのことだった。

その年の初め、永年仕えてくれていた、柳井兄弟から見れば祖母のような年齢の老女中が、ぽっくり死んだ。母は既に没しており、男所帯ではにわかに飯の支度もままならなくなった。その窮状を察した組頭が、傘の仲買問屋にいくつか声をかけ、すると若松屋が、とりあえずお手伝いにと、店で働く若い女中を一人寄越してくれた。

その女中がしのであった。

早くに親と死に別れ、子守奉公から若松屋にあがったという娘だった。若松屋は奉公人の躾《しつけ》に厳しい。しのもよく鍛えられており、働き者だった。気質はおとなしく、無駄口をきかず、立ち居振る舞いはてきぱきとしていて、万事に気が利いた。

このしのに、源五郎右衛門の兄が、手を出した。

兄は組の花見の席から帰ったところで、そうとうに酔っていた。柳井家には住み込まず、若松屋からの通いだったしのが、その日は生真面目に夜まで留《とど》まっていたのも、兄の帰りが遅かったからだ。

酷《むご》い出来事の後、源五郎右衛門はずいぶんと悔いた。あの夜、しのを若松屋へ帰しておけばよかった。兄が帰宅したとき、酔っている様子を察してすぐに、自分が出てゆけばよかった。兄がしのに、水をくれとか湯漬けをつくれと指図する声を聞きながら、春の夜の心地よさに、ついぼんやりとぬかっていた自分がいちばん悪い。

家を継ぐのは嫡子の兄である。冷や飯食いの源五郎右衛門は、柳井家が兄の代になれば、いよいよ肩身が狭くなる。この先どうしたものかと思い悩むこともそれなりにあった。一方で、妙にほどけたような気分もあった。父が隠居し兄が当主になってしまえば、もう誰にも何の気兼ねもなくなる。兄は父のように、どこかに良い養子話でもないかと気にかけてくれるようなこともあるまい。その分、こちらもさばさばと出てゆけるというものだ。

兄弟は、もともと反りが合わなかった。

兄にはこのとき、既に縁談が決まっていた。兄嫁は、女中も使い勝手のいい者を連れてくるだろう。どのみちしのは当座の手伝いに来ているだけなのだし、この家に居続けになるわけはない。若松屋に返されるだろう。そうなればかえって気楽に会える。

源五郎右衛門はしのに好意を抱いていたし、しのがそれに応《こた》えてくれるのも感じていた。部屋住みの身の自分のような者でも、いや冷や飯食いだからこそ、自力で食っていけるようにさえなれば、傘問屋の女中と添うことだってできる。では、どうやって自力で食うか。

気丈なしのが柳井家の吹けば飛ぶような体面を憚《はばか》り、無体をしかける兄に抗《あらが》いながらも、けっして大きな声をたてずに堪《こら》えていたとき、そしてとうとう抗いきれずに負けてしまったときに、源五郎右衛門はそんなことをふわふわと夢想しながら、半ばは居眠りをしていたのである。

異変を知ったのは、しのが廊下を走って台所へと逃げ出したときだった。ただならぬ乱れた足音に驚き、土間の片隅にうずくまるしのの蒼白《そうはく》の顔を見つけ、その乱れた着衣に、源五郎右衛門は張り手を喰《く》らったように事態を悟った。とっさに身を返して奥へ走ると、兄は座敷に寝転がり、高鼾《たかいびき》をかいていた。獲物を喰らって腹がふくれ、そのまま寝そべった獣のような浅ましい姿だった。

源五郎右衛門は吐き気を覚えて立ちすくんだ。目眩《めまい》がするようだった。

と、彼の脚にすがる者があった。しのだ。身繕いをして、這《は》うように戻ってきたのだ。

お許しくださいと、しのは詫《わ》びた。何故おまえが詫びるのだ。詫びるのはこの獣の方だと逆上する源五郎右衛門に、ますます強くすがりつき、ひたすらお許しくださいと繰り返した。その顔が腫《は》れていた。殴られたのだ。

しのはこのとき、彼が兄を斬ると思ったという。それだけはいけない、柳井家が潰《つぶ》れる。そう思ったという。

源五郎右衛門は兄の胸ぐらをつかんで引き起こし、さんざん打ち据えておいてから、しのを背負って若松屋に走った。家を出るとき、父の座敷に明かりが点《つ》いていることに、初めて気づいた。知って知らぬふりをしているのだと気がついた。

一夜明けて酔いが醒《さ》めても、兄は自分のしでかしたことを忘れてはいなかった。あろうことか、しのに執着する様子を見せた。あれは若松屋からの進物だなどと、呆れるようなことをほざいた。

「しのは物ではござらん！」

「そうだな、女だ。俺の女だ」

よろずに冷たく陰気な兄の、思いがけずねばっこい一面に、源五郎右衛門は驚いた。しのを守ろう。そのためにこそ、自分も家を出よう。彼は固く決心した。父は止めず、むしろ肩の荷が下りたような顔をした。青山鉄砲組にとって、内職の勧進元《かんじんもと》である傘問屋は、おろそかに扱うことのできぬ相手だ。若松屋はそのなかでも古株で、久兵衛は人望を集めている。この不始末が、兄が鼻先であしらおうとしているほど軽い出来事ではないことを、父はよく承知していた。

源五郎右衛門は若松屋に赴き、頭を下げて、しのを妻に迎えたいと頼んだ。これからひと月、いや半月の猶予をもらえるならば、生計《たつき》の道を見つけてしのを迎えに来る。それまでしのをどこへも遣《や》らず、待っていてほしい。

若松屋の久兵衛は青ぶくれた瓜《うり》のような顔で、商人《あきんど》には珍しくおよそ愛想というものに欠けていたが、このときは青ぶくれた瓜が熟れすぎて割れるように笑って、こう言った。

「当のしのが承知するかどうか、まずそれを確かめてみないことには何とも申せません」

「ならば、確かめてみてくれ」

「断られたらどうなさいます？」

源五郎右衛門は胴震いした。

「承知してくれるまで日参する」

久兵衛は鬱陶《うっとう》しそうに顔を歪《ゆが》め、ため息をついた。

「こういう折のこういうことは、当人同士で決めるより、手前のような者が横車を押した方がようございます」

そして、かしこまりました、しのを差し上げますと言った。

「主人の手前が決めたことですから、しのに逆らうことは許しません。それでも、どうしても嫌なら逃げるでしょう」

ところで——と、掬《すく》うような目つきをして、

「貴方《あなた》様に、半月やひと月で生計の道が見つかるとは思えません。しのを縁づけると決めた以上、手前にも主人としての責任がございますからな」

傘をお張りなさい、今までどおりに。

「手前が請け人になりますから、早く住まいをお探しくださいよ。青山から遠い方がよろしいでしょう。大川の向こうっ方《かた》に、知り合いの差配人がおりますが……」

結局、何から何まで若松屋の世話になって、源五郎右衛門としのは八兵衛店に落ち着いたのだった。

これを機に、源五郎右衛門は武士の身分を捨ててもいいと思った。それを止めたのは八兵衛であった。こちらは干し柿のような皺顔《しわがお》の爺《じい》さんで、塩辛声で話す。

「兄上が、しのさんへの執心を捨てたとは限りませんよ。兄上が追いかけてきたときに、柳井

さんが刀を捨てていたら、あんじょう追っ払えないんじゃありませんか」

その言には妙な説得力があった。差配の塩気のきいた声のせいかもしれない。

結局、兄が追ってくることはなかったが、源五郎右衛門は刀を捨て損ねた。柳井家は安泰で、源五郎右衛門としのが所帯を持ってまもなく、兄も妻を迎え、家督を継いだ。その後のことは知らない。

しのとの暮らしは楽しかった。生まれて初めて、源五郎右衛門は生き甲斐《がい》というものを感じた。しのは逃げなかった。二人の間にわだかまるものはなかった。

それが互いの愛情故だと、思い上がりはしなかった。若松屋の久兵衛が正しかったのだ。ぜんぶ手前が決めますから、それで片付けておしまいなさい、と。

二年ほどして、加奈を授かった。赤子のお七夜を揃って祝ってくれた久兵衛と八兵衛は、青ぶくれの瓜と水気のない干し柿の顔を並べて、そろそろ柳井さんも本気を出さないとと口々に言った。

「いつまでも、九の銭を八に払って差し引きの一でいたんじゃ、いけません」

久兵衛からもらう内職の手間賃で八兵衛に店賃を払うような暮らしでは、満足に加奈を育てられないという意味である。

それは源五郎右衛門もよくわかっていた。しのも洗い張りや繕い物の内職をしていたが、これからは加奈にも手がかかるし、子はまだ生まれるだろう。何人も欲しい。それにはしっかりとした職を持たねばならぬ。

剣術指南は柄ではないし、道場はやすやすと成り立つ商売ではない。手習所はまだ容易《たやす》いが、最初にまとまった金がかかるし、源五郎右衛門は、師匠になるには若くて貫禄《かんろく》が足りない。やはり、いっそ刀を捨てるべきかと思っているうちに、その気があるなら代書屋をしてみないかという話が来た。机ひとつで始められる商いで、もちろん客がつくまでは工夫と辛抱が要るが、要領を覚えて看板をあげたら、ほかの内職をしながらでも続けてゆくことができる。浪人でも武家である方が押し出しのいい商いでもある。

よし——と、さらに前途に明るいものを見つけたところで、皮肉なことにしのが寝込んだ。産後の肥立ちがよくなくて身弱《みじゃく》になっていたところに、流行《はやり》風邪を引き込んだことがいけなかった。

病状は見る見るうちに篤くなった。源五郎右衛門は懸命に介抱し、若松屋も八兵衛も案じてくれたが、空しかった。

加奈が二つにならないうちに、しのは逝《い》ってしまった。

最期のときまで微笑んでいた。源五郎右衛門の手を取り、何度も礼を言った。幸せだった、生まれてきてよかったと言った。

——加奈をお願いいたします。

それからは加奈を抱えて、彼はまた猛然と働いた。代書屋の看板は掲げたけれど、案の定すぐに客がつくわけもなかったから、加奈を背中にくくりつけて内職にも励んだ。できることは何でもやって稼いだ。そんななかで、八兵衛に頼まれていっぺん商家の用心棒まがいのことをしたら、刀を振るうような事態にはならなかったのに（ならなかったからこそかもしれないが）首尾がよく、その手の仕事も舞い込むようになった。

それがきっかけで、武張ったことであれちょっとした知恵が要ることであれ、何か困ったら柳井さんに頼むといい、という評判が立つようになった。安くて速くて親切だよ。これには、見えないところでの八兵衛の口利きもあったようだ。

こうして源五郎右衛門は、すっかり〈何でも屋〉になった。長屋の住人たちからは、何でも屋の先生と呼ばれている。代書屋の看板は健在だが、それも何でも屋の仕事のひとつになってしまった感がある。

だから、たいていの事には慌てないほどの経験を積んできたつもりであるのだけれど。

――化け猫とはなあ。

いったい、何を頼まれるのだろう？

二

どういう頼み事であれ、急ぎの用ではなさそうだった。

せっかく話が通ったのに、肝心のタマは八兵衛店から姿を消していた。加奈は案じて、タマやタマやと探したが見つからない。八兵衛もこの数日見かけていないという。

「あれは野良猫ですからな。気ままに寄りついたかと思うと、また気ままにいなくなるんですわい」

加奈は一人前の思案顔をして、こんなことを言った。「おうちで、お仲間のみんなと相談しているのかもしれません」

化け猫のお仲間というなら、それも妖《あや》しいものどもなのだろうが、けろりと言うくらいだから、怖いものではないのだろう。

父子は草市で盂蘭盆の買い物を済ませ、十三日を迎えた。母さまが帰っていらっしゃると、加奈は朝から嬉《うれ》しそうだった。源五郎右衛門は小さな霊棚《たまだな》をこしらえ、加奈はそこに手習所で書いた習字を飾り、教本の今習っているところを開いて並べた。運針の稽古《けいこ》をしている古手拭《ふるてぬぐ》いも並べた。

「母さまに見ていただくのです」

八兵衛店では、長屋の木戸のところに集い、皆で門火《かどび》を焚く。町中を往来する布施僧たちの念仏や鉦《かね》の音が、遠くなったり近くなったりしながら、方々から絶えることがない。しのの魂が帰ってくる。盆中のわずかな間だが、また共にいてくれる。思うというよりそれを感じて、源五郎右衛門の心もやわらかく騒ぐようだった。

——加奈はいい子だよ。

運針はまだ下手だが、字はだいぶ覚えた。

——それにどうやら、妖しいものと仲良しになってしまったらしい。

苧殻《おがら》の煙に目を細めて、源五郎右衛門はこっそり苦笑した。

——ともあれ私はその物の怪を、出会い頭に退治したりはせんと、約束させられてしまったよ。

あらまあ大変と、しのも微笑んでいるような気がした。

その夜もまだ浅いころ、加奈を寝かしつけて、源五郎右衛門が別口の内職、草鞋《わらじ》編みをしていると、

「ごめんくださいまし」

腰高障子をほとほとと叩《たた》いて、女の声が聞こえてきた。

はいと応じる前に、戸口の障子が音もなく開いて、一人の女がやはり音もなく土間へと足を踏み入れてきた。

源五郎右衛門は手を止め、つと息も止めて女を凝視した。あの障子戸は建て付けがよくない。こんなに静かに出入りできるはずがないのだった。

女はすらりと背が高く、顔は白く、島田くずしに紅玉のついた簪《かんざし》をひとつ挿していた。地味な灰色の小袖《こそで》に帯は大きな市松《いちまつ》柄で、ひと枡《ます》おきに異なる花の刺繡《ししゅう》がしてある。

行灯《あんどん》を点《つ》けて夜なべをするときも、源五郎右衛門は、菜種油《なたねあぶら》の減り具合と内職のあがりを厳しく比べることを忘れない。灯心を短くしているから、淡い黄色の光の輪はごく狭く、土間の方にはほとんど届かない。それなのに、これほどはっきりと女の姿が見てとれるのは、それだけで異様だった。

これは、人ではない。

「夜分に畏《おそ》れ入ります」

女はしんなりと頭を下げたが、まだ戸口から動かない。女の黒い瞳もひたと源五郎右衛門に据えられている。

「閉めてください。夜風が入る」と、彼はひそめた声で言った。

女は横着をせず、こちらにくるりと背中を向けて、両手で行儀良く障子を閉めた。今度はごとんと音がした。

源五郎右衛門はそのわずかな隙に、横目で加奈の寝顔を窺《うかが》った。行灯の明かりを遮るために、枕屛風《びょうぶ》を立ててある。その向こうで、幼い娘は軽く握った手を口元にあてがって、丸くなって眠っていた。

女は振り向くと、もう一度丁重に身を折ってみせた。顔を上げると、目元が笑っている。

「この姿で柳井様にお目にかかるのは初めてのことでございますが」

お馴染《なじ》みの者でございます――と言うと、今度は顔いっぱいに笑った。にいっと横に広がり、耳まで届きそうな口である。

源五郎右衛門は深く息をついた。すると女は白く細い指をくちびるにあて、堪えかねたようにくくくと声をたてた。

「加奈ちゃんにお頼みしておいたんですけど、先生、やっぱり吃驚《びっくり》なさいますのね」

あいすみませんと、笑いながら詫びた。

眉《まゆ》は抜いていないし、歯も白い。この猫又に亭主はいないと見える。歳は、若くはなさそうからない。

だというばかりで見当がつかない。そもそも化け猫に、人の歳があてはまるものかどうかもわからない。

「確かに、娘から話は聞いたが」

源五郎右衛門は、片手で行灯を少し近くに引き寄せた。

「それがあなたに伝わったかどうか、こちらでは知りようがなかった。このごろ姿を見かけなかったからな」

あなたと呼んでいいのか。おまえで上等ではなかろうかと、つまらんことが気になる。

「ちゃんと聞こえておりました。そこはそれ、猫耳でございますから」

悪びれた様子はない。

「そこへ掛けるといい」

源五郎右衛門が上がり框《がまち》を顎《あご》で指すと、近づいてきてするりと腰掛けた。どう見ても女の仕草であり、それでいて人の身にはできかねる、油が流れるような動きであった。

近づくと、女の顔はいっそう白い。切れ長の目に、瞳は黒々と大きい。髪油や香の薫りはしないが、獣臭さも感じなかった。

女が行灯の投げかける光の輪の端に入ると、さらに異様であった。光のあたる腰から上も、陰になっているはずの足元も、同じように鮮やかに見えるのだ。

「あなたのようなものは、光が嫌いではないのかね」

少し、脅すような口調に変えて、源五郎右衛門は言ってみた。

すると女の瞳の様が変わった。糸のように細くなり、次の瞬間にはまた大きく戻ったのだ。猫の目だ。

源五郎右衛門はうなじの毛が逆立つのを感じた。だが女は平然として微笑んでいる。

「あたしぐらいになりますと、たいていのことは怖くありません。先生が、どんな厄介な頼まれ事をしても動じないのと一緒でございますよ」

年季がものをいうんでございますと、しとやかにうなずきながら言うのだった。

「私はそれほどの手練《てだ》れではないよ」

言って、とうとう堪えきれなくなり、源五郎右衛門は身じろいでしまった。

「参ったな。あなたは本当に——」

「はい。あたしの正体は年寄りの三毛猫でございます。加奈ちゃんと仲良しのタマでございます」

「タマ、ねえ」

「この姿のときは、お玉と呼んでいただけると嬉しゅうございます」

「では、お玉さん」

源五郎右衛門は編みかけの草鞋を脇にどけ、女に正対した。

「この私に、どんな用があるのだね？」

お玉はその問いかけをそらすように、細く長めの首をよじって、加奈が眠っている方に目をやった。

「加奈ちゃんからお話に聞いていましたが」

その枕屏風、と言った。長屋仲間の手間大工が木枠と脚を作ってくれたので、反古紙《ほご》をいろいろ切り貼りして、加奈と二人でこしらえたものである。

「あたしは、勝手に他所《よそ》様のおうちに入り込んだりいたしませんから、近くで見る機会がありませんでした」

よく出来ていますねと、優しい声で呟《つぶや》いた。

「加奈ちゃんはお寝《やす》みでございますね」

源五郎右衛門の耳にも、かすかな寝息が聞こえてくる。

「起こしてしまわないように、小さな声でお話しいたします。この姿を加奈ちゃんに見られるのは、あたしも何だかきまりが悪うございますし」

「二つに割れた尻尾の先は見せたのに？」

源五郎右衛門の切り返しに、お玉の瞳が一瞬鋭く尖《とが》り、すぐ元に戻った。

「まあ、お恥ずかしい」

今のは恥ずかしがっていたのか。

「それじゃ真っ直ぐに申し上げましょう」

お玉はよく光る眼《まなこ》で源五郎右衛門を見た。

「先生にお頼みしたいことというのは、ほかでもございません。悪さをする物の怪を、一匹、退治していただきたいんです」

今度は源五郎右衛門の方が目を細める番だ。

「これは異なことを聞くな。物の怪なら、あなたの仲間だろう」

「人様に仇《あだ》をなすようでしたら、もう仲間ではございません」

きっぱりと、ほとんど厳粛に、お玉はそう言い切った。

「ほかの仲間たちもそう申しております。皆で話し合って、先生に退治していただくよりしょうがないと決めたんでございますの」

行灯の火がすきま風に揺れ、源五郎右衛門は気づいた。この女には影がない。

これがとどめだ。確かに彼は今、人ではなくこの世のものでもないかもしれないものと、相対しているのである。

我ながら情けないが、真っ先に口をついて出た反問は、

「なぜ私に頼む？」

お玉は人の瞳のまま、人の表情で驚いてみせた。「だって、先生は何でも屋さんでしょう」

「物の怪退治などしたことがない」

「何でも初めてということはございますわ」

説くように言ってから、くいと眉を持ち上げた。「まあ先生、そんなお顔をなすらないでくださいな。とぐろを巻いたら小山のようになる大蛇《うわばみ》を斬ってくださいとお願いしているわけではございません」

私はそんなに臆《おく》して見えるか？

「小さなものですの。ほんのこれくらい」と、お玉は両手で一尺ばかりの幅をつくってみせた。「元は木槌《きづち》でございますからね」

「木槌?」

「はい。先生、古い道具の類が化けることがあるというのはご存じですか?」

それなら付喪神《つくもがみ》というものだろう。人に使い捨てられた道具や什器《じゅうき》が物の怪に変じるという、古来から伝わる話だ。

「そのような類のものが、集《つど》って練り歩くのだろう?」

「百鬼夜行でございますか」お玉はまた微笑むと、かぶりを振った。「みんな、そんな派手なことはいたしません。いつもひっそり隠れ住んでおります。物の怪になってからも人の世に混じることができるのは、あたしら猫又ぐらいのものでございます。それだって、いろいろ工夫が要るんですのよ」

はにかむように面を伏せた。

「今夜も、しわくちゃの婆さんの姿で伺っては、いくら何でも艶消《つや》しだろうと思ったんですけれど、いけませんでしたかしら」

何とも調子がくるう。夢を見ているのではないかと、源五郎右衛門は指で自分の顎をつねってみた。ちゃんと痛い。

じじっと、行灯の灯心が音をたてた。

「あたしは百年ばかり生きております」と、お玉は言った。「ですから、そこそこ人を見る目はあるつもりでございます。先生にお頼みしようと決めたのは、先生ならきっとあたしらに力を貸してくださると見込んだからでございます」

どうぞお願いいたしますと、姿勢を正して手をついた。

「あたしらでは、あれを退治できないんでございます」

「物の怪同士、術を使って戦ったりしないのかね」

「先生は作り話の読み過ぎでございますわねえ。どうりで加奈ちゃんが、あたしを怖がらなかったわけですわ」

源五郎右衛門は抗弁に詰まった。貸本屋の内職で、絵双紙や黄表紙の写本作りをすることもあり、そのせいで彼がそれらの話に馴染んでいることは確かなのである。だが、彼の口から加奈に語って聞かせたことはないはずだ。ないと思う。たぶん、おそらく。

「もしかしたら、退治するという言葉ではいけないのかもしれません」

ええ、きっとそうだわと、お玉は熱を込めて呟いた。

「先生に、あれを成仏させてやっていただきたいのです。物の怪同士ではできません」

「僧侶《そうりょ》に頼んではどうだ」

「もうお念仏じゃ効きません。あれは人の血を吸ってしまいましたからね」

源五郎右衛門も真顔になった。「人に仇をなすというのは、そういう意味かね」

「はい。この二月《ふたつき》ばかりのあいだに、四人も襲いました。一人は亡くなりました。それが、いちばん近くのことで」

つい十日ほど前だという。

「人の命をとるところまでいって、いよいよあれは猛《たけ》ってしまって、もう、あたしらの手には負えません。閉じこめておくことさえ難しくなってきました」

「閉じこめるとは、どこに？」

「あたしらの住み処《か》でございます。先生さえ承知してくださるならば、これからすぐにもご案内いたします」

源五郎右衛門は圧《お》されている。

「退治――いや成仏させるには、どうしたらいいんだね？」

「斬ってくださいまし。そして焼いてくださいまし。火種をお持ちくださいませね。あたしらは火を使えませんので」

源五郎右衛門はまじまじとお玉の顔を見た。お玉も真っ直ぐ見つめ返してきた。

「木槌と言ったね」

「はい」

「槌の類のものが化けると、野槌《のづち》という物の怪になるのではなかったかな」

こう、胴の詰まった――と、源五郎右衛門も手で形を示してみせた。

「短い蛇のような物の怪だ。化け物草紙で見た覚えがある」

「先生、やっぱりよくご存じね」

ほっと息をついて、お玉はうなずいた。

「でもあたしらの仲間だったあれは、まだ木槌の形を残しております。もう何人か襲って命をとったら、まるっきり化生《けしょう》してしまうでしょうけれど、今でしたらまだ槌のままでございます。ただ頭の上に落ちかかってくるだけでございますから、先生なら斬り伏せるのは易しいことでございましょう?」

源五郎右衛門は及び腰で問うた。「化生しきると手強《てごわ》くなるのかね?」

「蛇になりきり、牙《きば》が生えて毒を持つようになりますの」

お玉は言って、畳に手をついて乗り出してきた。「ですから、今のうちと申し上げているんですのよ、先生」

覗《のぞ》き込めば、お玉の瞳が猫のそれに変わっている。しかも金色に底光りしている。

「今でしたらまだ、落ちかかってきたところを、頭を割られないようにかわして斬り捨てることができますわ」

「野槌は人の足元に転がってきて、転ばせるのではなかったかな」

「転ばせておいて、頭を割ろうと飛びかかってくるんですのよ。細かいことをおっしゃいますのね、先生」

かわせばいいんですよかわせばと、あっさり言ってくれる。

「先生、用心棒もなさいますでしょう?」

「いつも用心に雇われるだけで、切った張ったの沙汰《さた》になったことは一度もないんだよ」

「人を斬れとお頼みしているんじゃございません。相手は木槌でございます」

いつの間にか、お玉の顔がすぐそばに迫っていた。源五郎右衛門は身を引いた。お玉もはっと気づいたようになって、髷《まげ》に手をあてながら身を起こした。

「私には——この依頼を断ることはできないのだろうか」

枕屛風の向こうで、加奈はぐっすり眠っている。いつ寝返りを打ったのか、こちらを向いている。小さな足が霊棚に触ったのか、茄子《なす》に木《こ》っ端《ぱ》を刺して作った馬が、転げて枕元に落ちていた。

「加奈を質《しち》にとられているのかな」

源五郎右衛門は加奈の寝顔を見やっていた。待っていても、お玉は返事をしない。

振り返ると、その泣き顔が見えた。

「どうしてあたしが、そんなことをするもんですか」

くちびるを嚙《か》んで言い捨てて、つうっと涙を流した。

「あたしは加奈ちゃんと仲良しです。まさか加奈ちゃんを質にとるなんて」

源五郎右衛門は黙っていた。お玉は手の甲で涙を拭った。

「御礼はきちんといたします。それはあの、あたしらにはお足《あし》は持ち合わせがありませんけれど、必ず先生に満足していただけるお手間賃を払います。固くお約束いたします」

猫又の約束を、さて信じていいものなのか。しかし、かの鍋島《なべしま》の化け猫とて、主人には忠義を尽くしたのではなかったか。

「わかった。私にできるかどうかわからんが、ともかく試してみよう」

お玉の目が輝き、大きな口がまさに耳まで裂けそうになった。猫又だけに、猫の目のように機嫌が変わるのは筋が通っていると、源五郎右衛門はまたつまらぬことを考えた。

「ありがとうございます！　では、ご案内いたします」

本当にすぐなんだな。

「この時刻に加奈を一人で置いて出るのは」

「それならご案じなさいますな」

お玉は口の片端を器用に持ち上げると、にゃあと鳴いた。

それに応えて、源五郎右衛門の頭の上で、何かぞろりと気配が動いた。お玉の目が向いた先を見て、彼は息を呑んだ。

煙出しから、ぐりぐり回る一つ目がこちらを見おろしている。

「あれが留守番を務めます」

頼んだよとお玉は一つ目に声をかけ、しなやかに腰をあげた。

「それに先生、今は奥様が加奈ちゃんのそばに戻っておられますわ」

源五郎右衛門はたじろいだ。お玉はあでやかに微笑んでいる。

「あなたには見えるのか？」

「はい」

答えてお玉は立ち上がり、いっそう丁重に、霊棚のある方へ頭を下げた。

「奥様、しばらく先生をお借りいたします。そう長くはかかりません」

源五郎右衛門は立ち上がった。履物に足を入れる前に、転げ落ちた茄子の馬を霊棚の上に戻した。その手が震えている。

――まったく、参ったな。

念入りに両刀を手挟《たばさ》むと、行灯を消した。格子窓から月の光が差し込んできた。

三

満月へとふくらみかけた月が、足元を照らしている。雲が流れているのは、また天気が変わる兆しかもしれない。

「長屋の木戸をくぐったら、先生はただあたしの後をついてきてくださればけっこうです。物の怪の道を使いますから」

獣道《けものみち》のようなものだろうか。どこまで行くのだ――と、訝る暇はほとんどなかった。どぶ板を踏み、まだ灯籠《とうろう》の灯《とも》る八兵衛の住まいの庭を横目に、夕べ、皆で門火を焚いた路地木戸をくぐると、目の先が暗くなった。闇のなかに、数歩先を歩くお玉の白いうなじだけが、ぽっかりと浮かんで見える。ひたひたと足音も聞こえてくる。

そこは三間町ではなかった。表店《おもてだな》に並んでいるはずの八百屋も魚屋も小間物屋も見えない。雨戸は閉じていても、月明かりに軒や看板が浮かんで見えるはずなのに、何ひとつ見あたらない。

ただ暗い。月は芝居の書き割りのように、ただぽっかりと浮かんでいる。明るいばかりで、闇を照らしてはくれないのだ。

何だか宙を踏んでいるような心地がする。ふわふわと浮いているようだ。

いつの間にか橋を渡っている。この川幅は大川だ。だがおかしい。まわりに人が見えず、橋番小屋もなく、そもそも足の裏が橋に触れていない。妙に半端な高さを、泳ぐように滑るように渡ってゆく。

お玉の足取りはひょいひょいとして速く、ときどき何かを跨《また》ぎ越えたり、何かの上に跳び乗ったり、またひょいと降りたりしている。源五郎右衛門はその後を追う。自分もまた何かに乗ったり何かを跳び越えたりしているような気がするのだが、すべての動きに手応えがなかった。

やがて前方に、無数の星明かりが見えてきた。高さがおかしい。夜空はあんなところにあるものだろうか。

そう思う間に、その星明かりがひとつまたひとつと消え始めた。目を細め、足を止めて見守っていると、星々は端から消えて、やがてすっかり見えなくなった。

「青山の星灯籠でございます」

お玉が振り返って、そう言った。

「今夜はもう、灯を消す時刻なんでございますわね。あれを通り越せば、間もなくでございますよ」

源五郎右衛門は呆然《ぼうぜん》として、問い返すこともできなかった。深川の八兵衛店を出て、確かに大川を渡った。だがそれからいくらも歩いていないのに、もう青山だと？

青山の星灯籠というのは、青山百人町《ひゃくにんまち》の家々が、六月晦日《みなづきみそか》から七月晦日まで軒先に吊《つる》す灯籠や提灯《ちょうちん》が、遠目には星のように見えるところからそう呼ばれている。この季節の江戸の風物詩だ。無論、源五郎右衛門が知らぬわけがない。ないからなおさら面妖《めんよう》なのだ。こんなに近いわけがない。

「物の怪の道は、便利なものでございましょう？」

お玉がぴょこんと、少し高いところに跳び乗ってから笑った。

「でも、先生は足元に気をつけてくださいましね」

言われたそばから、何かに蹴躓《けつまず》いて、源五郎右衛門はよろけた。彼の爪先《つまさき》にあたった硬いものは、瓦《かわら》のような音をたてた。

――まさか、ここは屋根の上なのか。

猫は上手に高所を歩くものだ。

あたりはまた暗くなり、ただ月だけが輝いている。猫又と、それに従う源五郎右衛門の後をついてくる。

源五郎右衛門の着物の袖に、ざわりと触れるものがあった。跳び退くほど驚いたが、とっさに払った手に触れたのは、藪《やぶ》だった。草木と夜露の匂いもした。

「人の歩く道に戻りましたわ」

お玉の声と同時に、土を踏みしめる感触が戻ってきた。緩やかに登っている。坂だ。右手側は緩やかに傾斜した藪で、左手側には土塀がうねうねと続いている。ところどころに修復の跡が見える古い土塀だ。

坂を登り切ったのか、お玉が小高いところで立ち止まった。源五郎右衛門は、一歩ずつ足元を確かめながら、ゆっくりと追いついた。

坂の上で土塀は緩やかに左へと逸《そ》れて、右手の藪が手前にぐうっとせり出してきている。こうして見やると、道幅は人が一人通れるほどしかない。

生い茂る藪と立ち木の奥に、うっすらと青白い灯が揺れていた。

「あれが、あたしらの住み処でございます」

指さすお玉の白い顔にも猫の瞳にも、遠く揺らめくその灯が映っていた。

ひと目でそれとわかる荒れ屋敷であった。

人気《ひとけ》はない。ここに住む主人を失って、どれほどの歳月が経っているのだろう。この屋敷には板塀も土塀もなく、かつては生け垣だったらしいものが、今や藪にと変じている。

その藪の切れ目から、お玉はするりと敷地の内に滑り込んだ。倒れたのか立ち腐れたのか、門柱も木戸もない。

屋敷そのものも、その後を追おうとするように、ぜんたいに大きく左に傾ぎ、屋根はところどころで大きくくぼんだりへこんだりしていた。分厚い藁葺《わらぶ》き屋根である。かつては農家だったか、武家の屋敷であっても抱《かかえ》屋敷だろう。

屋敷の玄関口の脇には、外した戸板が何枚も立てかけてあった。車輪が片方しかない荷車も寄せてある。荷車の上には、板きれや藁づと、ぼろ布などが山のように積んであった。

屋敷の側面は長い縁側になっていて、雨戸がずらりと閉《た》ててある。ただ、建物が傾いでいるせいだろう、一枚一枚の雨戸が微妙にずれていて、その細い隙間から屋内の闇が覗いていた。戸外のこの前庭よりも、座敷のなかの方により濃い闇が満ちている。それでいて、あの青白い灯火もどこかで輝いている。

軒下に何か銀色に光るものが幾重にも下がってひらひらしていると思ったら、蜘蛛《くも》の巣であった。灯火を照り返しているのだ。

「みんな、先生をお連れしましたよ」

玄関口の庇の下に立ち、お玉が軽く口元に手を添えて、よく通る声で呼びかけた。

途端に、間近でかたりと音がした。何かが荷車の荷台から落ちて、お玉と源五郎右衛門のあいだを走って転がり、右手の藪のなかへと消えた。まばたきのうちに見失ってしまったが、桶《おけ》のようだった。あんな速さで転がれるものだろうか。

「姐《あね》さん、お帰り」

今度は縁側の方から声がした。源五郎右衛門はあわてて身を翻した。

閉じていた縁側のいちばん手前の雨戸が、いつの間にか一枚だけ開いている。そこから、若い女と老人が半身を乗り出すようにしてこちらを見ている。銀髪の老人は遠目にも骸骨《がいこつ》のように痩《や》せており、女の首は異様に長い。

「先生に引き受けていただきましたからね。もう心配しなくっていいよ」

お玉がまさしく猫なで声でそう言うと、首の長い女はうっすらと微笑んだ。いつどこから現れたのだこの二人は——と思う間に、その姿がかき消えた。

まばたきでは足りなくなって、源五郎右衛門は手で目をこすった。雨戸のすぐ奥の壁際に、弦の切れた古い琴と艶の失せた琵琶《びわ》が、折り重なって立てかけられている。

楽器の妖物か。

「あたしの仲間です」と、お玉がそっと寄り添ってきて囁《ささや》いた。「おとなしい連中ですから、先生、そんなお顔をなさらずに」

お玉姐さん——と、今度は頭上から重々しい声が呼びかけてきた。源五郎右衛門はいっぺん強く両目をつぶってから、藁葺き屋根を仰いだ。

「あら大将、ただいま」

藁葺き屋根のてっぺん越しに、巨大な金色の目玉がこちらを見おろしていた。有り難いことに今度は一つ目ではないが、その大きさといったら米俵ほどありそうだ。

「あれも仲間かね？」

いささか声が上ずるのを、抑えて問うた。

「ええ。ですからご安心を」

お玉はすっと前に出ると、地べたをひとっ蹴りして屋根の端へ跳び乗った。そこから屋根のてっぺんまで、しゃなりしゃなりと猫の足どりで登ると、大目玉の脇にしゃがみこむ。

「姐さん、面目ねえ」

屋根の上の巨大な目玉は、ぶるぶると喉声《のどごえ》でお玉に語りかけた。

「逃げられてもうた。彼奴《きゃつ》め、戸板をぶち破りよって」

「ああ、それじゃあしょうがないよ大将」

あれは力をつけてきてるんだねと、お玉は低く呟いた。お玉と並ぶと、大目玉はいよいよ巨大だ。二人――いや二匹というべきか。ともかくひと組の物の怪は、小声で何かを話し合う。もっとも、大目玉の声は小声でも充分にどすが利いていて、それがぶるぶる語ると、源五郎右衛門のところまで夜気の震えるのが伝わってきた。

啞然《あぜん》として仰ぐうちに、彼の目も闇に慣れて、大目玉の本体の方の輪郭が、うっすらと見えてきた。坊主頭と猪首《いくび》と、肉の盛り上がった肩の形。

と、大目玉が源五郎右衛門を見おろした。

「先生」と、ぶるぶる唸《うな》る。「そんなふうにわっしを仰いでなさると、わっしはどんどん大きくなりますんで」

お玉も彼を見おろし、明るく言った。「先生、ゆっくり目を下げて、足元をご覧くださいな」

言われたとおりに従うと、お玉は身軽に屋根から飛び降りてきた。

「もういいかね？」

「はい」

仰ぐと、藁葺き屋根の上の大目玉は消えていた。

「あの大将が張り番をして、あれを納戸に閉じこめておいてくれたんですけどね」

「逃げられたらしいな」

「大将は影ばっかりですから、捕り物は苦手なんですよ」

でも大丈夫と、何故か悲しそうに言った。

「あれの潜んでいるところはわかっております。参りましょう」

お玉が先に立ち、二人は屋敷の裏手へと回った。荒れ果てた裏庭にはいっそう間近に藪が迫り、竹が夜風に鳴っていた。

古井戸と薪《まき》小屋が見えた。お玉は薪小屋の方にほっそりとした顎の先をしゃくった。

「あそこが、あれのお気に入りのねぐらだったんですけどね」

木槌は薪小屋に住んでいたのか。

「なあ、お玉」

「はい先生」

「屋敷に灯っている青白い灯火は――」

「お気に召しませんか」

「いや、不案内な場所だから、明かりがあるのは助かるが、あなたたちは火を使えないのではなかったかね」

ちょっと黙ってから、お玉は言った。

「あれはふらり火と申しますの」

「ふらり火か」と、源五郎右衛門は繰り返した。「つまり鬼火だね」

「最初からそう申し上げると、先生、またそんなお顔をなさると思いましたので」

「気遣い、かたじけない」

「どういたしまして」

お玉が笑い、源五郎右衛門もぎこちなく笑おうとしたところで、二人は古井戸のそばまで来た。

水道井戸ではなく、掘抜井戸だ。これもだいぶ傷んで傾いてはいるが、雨除《あまよ》けの屋根があり、横木に車が設置され、縄がかけてある。その縄の先に手桶がひとつぶら下がっていたが、二人が近づくと、井戸のなかから真っ白なひょろ長い手がひゅうっと伸びてきて、桶の端をひっつかんだかと思うと、またひゅうっと引っ込んだ。ひと呼吸してばしゃんと水音がたち、飛沫《しぶき》が井戸端に跳ねかかった。

源五郎右衛門は息が止まりかけた。

「ンもう、騒がしいね」

お玉は井戸の縁に手をついて、ひょろ長い手が消えていった方へと呼びかけた。

「そんなに慌てなくたって、三間町の何でも屋の先生をお連れしたんだよ！」

井戸底の暗がりから、妙に甲高い声が聞こえてきた。「かんべんかんべん、ご勘弁」

これもお玉の仲間なのだ。

「人気《じんき》臭いの、おいらは嫌だよ」

甲高い声が井戸に反響し、わんわんと聞こえてくる。

「だって先生にご挨拶《あいさつ》ぐらい――」

源五郎右衛門はさっと両手をあげた。

「いや、かまわん。挨拶は無用だ。そのまま、そのまま」

お玉は彼を見返ると、さすがに鼻白んだ顔をした。「先生って、存外」

「肝っ玉が小さいのだ。いちいち仲間を紹介してくれんでもいい」

お玉はふんと息を吐き、わざとではなくついそうなってしまったのだろう、猫目になって、すぐ戻った。人ならば、呆れて目をくるりと回したというところだろうか。

「お玉よう」と、井戸底から呼びかけてくる。「あいつは坂の上の方へ逃げたよゥ。あの橡《とち》の木のところサ」

「あんた、見たの？」

「見たよ。ころっころ転がってったよ」

「まだ木槌の形をしてたんだね？」

「そうサ。でなきゃ納戸の戸は壊せねえ」

「じゃあ、さっそく行ってみるよ」

源五郎右衛門は腰の刀に手をかけると、せいぜい重々しく咳払《せきばら》いをした。

「この近くかね？」

うなずいて、お玉は吹きだした。「先生ったら、そんなに力まないでくださいな」

古井戸の先に、藪のなかを抜ける小道があった。ここに住まう人ではないものどもが通るうちに、自然に踏みしめてできた道であるように見える。

「ここを抜けると、裏道に出るんです。そっちは人も通りますけど」

月がなきゃ真っ暗けの抜け道ですと、藪を手でよけながらお玉は言った。

「よっぽどの用があるお人でないと、通ろうって道じゃございません」

「その〈よっぽどの用〉とは、どんな用件なんだろう」

「このあたりの、ちゃんと人が住んでるお屋敷じゃ、ご開帳が盛んですの」

神仏を拝もうというのではない。賭場《とば》だ。武家屋敷の中間部屋《ちゅうげんべや》は、往々にして博打《ばくち》うちどもの巣窟《そうくつ》となる。

「なるほどな。すると、件《くだん》の木槌に襲われた四人というのも」

「ええ、賭場通いの人たちですよ。でも、三番目に襲われた人は女で、何て言うんですかね。提《さ》げ重《じゅう》かしら」

提げ重というのは、主に湯屋に茶菓や酒肴《しゅこう》を入れたお重を提げて行き、寛《くつろ》ぐ客たちにそれを売り、ついでに春も売る女たちのことだ。お玉は、行き先が賭場であってもその呼び方でいいのかどうか問うているのである。源五郎右衛門が存外臆病であるように、この猫又は存外几帳《きちょう》面《めん》である。

「あいにく、私も知らん。だが、その女の素性はよくわかった」

凄《すご》い悲鳴でしたと、お玉は言った。

「あの女《ひと》、足を折られて、腰もしたたか打ったみたいでしたよ。もう起きられるようになったかしら」

「あなたが助けたのだね」

「あたしらじゃどうしようもございませんから、いちばん近い辻番《つじばん》へ、鬼火が報《しら》せに参りましたの。道案内なら得手ですから」

報された方はさぞ魂消《たまげ》たろう。せめて武士の面目が立つ驚き方をしたなら重畳《ちょうじょう》だが。

藪を抜ける小道は急だった。ときどき、地べたに手をつかねば登れないところもある。軽く息が切れるのはそのせいであって、ほかの理由からではないと、源五郎右衛門は己に言い聞かせながら、お玉の後についてゆく。

「あの屋敷に、お玉の仲間は何人くらい住み着いているんだい」

何人という数え方でいいのかどうかは、いざ知らず。

「たいしておりませんよ。二十四ぐらいでしょうかしら」

百鬼夜行にはとうてい足りませんと、猫又は笑って応じた。一匹、二匹と数えていいらしい。

「皆、物の怪どもなんだね」

「器物のお化けとは限りませんけどね」

「皆、あなたのように、好き勝手に屋敷から離れることはできないのかな」

「出歩くものもおりますわ。でも、たいがいはあそこでおとなしくしています」

面倒は困りますからねと、まるで八兵衛が店子に説教するような言い方をした。

「あの古井戸の――」

「あれは〈きょうの字〉と申しまして」

もともと剽軽《ひょうきん》ものなんですよと、お玉はかばうような言い方をした。「さっきも、ふざけていたんです」

「あれなんかは、井戸から離れられんのだろうね」

「さあね」お玉はまた、堪えかねたように吹きだした。「たまに悪ふざけをしますけど、先生にはご無礼いたしませんってば」

前後も定かでない藪のなかで、源五郎右衛門は、さっきのあの白くてひょろ長い手が後ろからくっついてくるような気がして仕方がなかった。お玉には見抜かれていたらしい。

「あたしら、あの屋敷を住み処にして、本当に幸せなんですよ」

お玉の声音には、しっとりと実《じつ》があった。懐かしく聞き覚えのある声音に聞こえた。それは不用意に源五郎右衛門の耳の底に蘇《よみがえ》り、彼の心を震わせた。

――わたしは幸せでした。

しのの、あの笑顔。

「化け物なんざ、所詮《しょせん》ははぐれものです。いい隠れ場所が見つかってよかったって、みんな喜んでおりますの」

源五郎右衛門は、しのの面影をそっと目の奥に押し戻した。

「それなのに、件の木槌はそこから迷い出たというわけか」

お玉は答えず、もうしばらく登って、身をかがめたまま動きを止めた。

「ちょっとお待ちくださいね」

ぬうっと胴を伸ばして、藪から頭を出した。その動作は猫そのものだった。

「誰もおりません。どうぞ先生、出ていらしてくださいまし」

源五郎右衛門は袖にひっかかる小枝をはらいながら藪を抜け出した。

月明かりの小道である。右から左に緩やかに下っている。だらだらと長い坂である。

見上げれば、坂のてっぺんにひときわ高い木立の影が見える。

「あの橡の木が、今じゃあれのお気に入りの隠れ処《が》なんです」

月を背中に、夜空に聳《そび》え立つ古木である。

源五郎右衛門は目を転じ、坂の下の方を見やってみた。夜の底にぽつりぽつりと明かりが見える。かなり鄙《ひな》な場所らしい。明かりは武家屋敷の門番小屋や辻番の提灯だろう。

「橡の木の枝から落ちかかり、この坂を転げていって、下を歩く者の足をすくうというわけだな」

「はい」

お玉の返答が、押し殺したように低い。

「あなたにもあなたの仲間たちにも、名前があるようだ。なのに、件の木槌のことばかりは、あれとか彼奴とか呼んでいるね」

お玉は黙ったままうつむいた。

「それに、私には解《げ》せないことがある」と、源五郎右衛門は続けた。「何分初めてのことだから、ずいぶん驚かされたよ。だがしかし、あなたの言うとおり、あの屋敷に住まう物の怪のものどもは、けっして乱暴ものではなさそうだ。なのに、なぜ木槌だけが暴れ出て、人に悪さをするようになったのだろう」

そこには、何か理由があるはずだ。

夜風に藪がさざめいている。物音といえばそれだけだ。月の光がきらめく音が聞こえてきそうなほどである。

うつむいたまま、お玉は言った。「あたしらの屋敷は、あまり人目につかないように、先生がおっしゃる〈術〉というほどの大げさなもんじゃございませんけれど、まあ、目隠しをほどこしてございますの」

だが近辺には人が通るし、藪の小道に迷い込んでくることもある。

「あれがおかしくなったのは、そういう人が近くへ寄ってきたせいなんです」

「寄ってきて、騒ぎでも起こしたのか」

「いいえ。ただ、捨てていったんです」

子供の亡骸《なきがら》を——と、お玉は言った。

源五郎右衛門は、ひたと女の横顔を見つめた。お玉はそれが辛《つら》いというように、音をたてずに足を踏み換えて彼に背を向けた。

「捨て子じゃございません。子供の亡骸を捨てたんです。ずいぶんと折檻《せっかん》されて死んだらしくって、身体じゅう痣《あざ》だらけでした。骨と皮みたいに痩《や》せてましたしね」

源五郎右衛門は、お玉のほっそりとした背中に訊《き》いた。「捨てていった者は、どんな風体だった？」

「わかりません。こそこそ逃げていっちまいましたから。ほっかむりしてました」

親だろうか。親方だろうか。さらった子供が言うことをきかないので持て余した拐《かどわ》かしだろうか。

いずれにしろ、人でなしには違いない。

「藪のなかに捨てておけば、土に戻っちまうと思ったんでしょうね」

野ざらしならぬ藪ざらしだわよと、お玉は低く言った。

「それじゃあんまり酷いから、あたしらで葬ってやりました」

「どうやって？」

「井戸に入れたんです。真っ直ぐあの世に通じてますからね。〈きょうの字〉が」

――おいらが真っ白に洗ってやるよ。

「今も、守ってくれてます」

源五郎右衛門はうなずいた。ひとつ、ふたつとうなずいた。

「子供の魂は、感謝していることだろう」

お玉は振り返らなかった。

「あれは、あの子の亡骸を見ちまって」

箍《たが》がはずれてしまいました——と言った。

「思い出したんですよ。自分の素性を」

そして、思い切ったように源五郎右衛門を振り返った。「先生、あたしらだって、ただ歳を経たから化けるわけじゃありません。化けるには、化けるなりの理由《わけ》があります」

良い理由も、悪い理由も。

「あれはね、昔、まっとうな道具の木槌だったころ、子供を殺すのに使われたことがあるんですよ」

驚く源五郎右衛門を、お玉は恨むように目を潤ませてきっと見据えた。

「人の手で、子供の血を吸わされたんです。だからあれは化けちまったんだけど、ただの道具から化け物になることで、いったんは救われたんです。この世のものじゃなくなることで、救われたんですよ」

そうして、静かに暮らしてきたのだ。

「あたしらと一緒に、永い永い時をかけて、道具だったころのことは、後ろへ置いてきぼりにしてきたんです。忘れて、片付けてきたんです。だのにそこへ、あの可哀相な子の亡骸を見たもんだから」

ぜんぶ、思い出しちまった——

「だから人を襲うようになったというのか」

怒りのあまり、悲しみのあまりに？

「そうですよ。自分が子供殺しだったってことを思い出して、それがあんまり忌まわしいもんだから、おかしくなっちまったんです」

一気に吐き出すように、お玉はぶちまけた。

「ええ、そうですよ。可哀相に、心が破けっちまったんです」

だからあれは、もう元のあれじゃないんですと訴える声が震えを帯びて、長く尾を引いた。

猫が唸っているように。

「心、か」

猫目が鋭く光った。「物の怪に心があったらいけませんか?」

また、夜風に藪が騒いだ。

「いいや、ちっともおかしくはない。心も、魂も宿るだろうよ」

源五郎右衛門が答えると、お玉はにわかに狼狽《ろうばい》したように、また彼から顔をそむけた。

源五郎右衛門は、高く聳える橡の木の影を仰いだ。

「私があの下を通りかかれば、心の破けた木槌の化け物が襲いかかってくるのだな?」

お玉は大きくうなずいた。

「それを斬って、成仏させてやってくれと、私は頼まれているのだな」

お願いいたしますと、泣くような声が聞こえた。

「件の木槌に限って、どうして名前を教えてくれんのだ。名があるはずだろうに」

「いいえ、ございません」お玉は頑《かたく》なにかぶりを振った。「もう、名前はなくなりました。あたしらの仲間じゃなくなったんですから」

ただの野槌でございます、と言った。

「その野槌は、かつて己が命を奪った——いや、強いて奪わされた子供の名も、思い出しはしなかったろうか」

お玉は答えず、しきりとまばたきをした。まばたくたびに、めまぐるしく猫目になったり戻ったりした。

「——わかりません」

そうかと、源五郎右衛門は言った。

「怒りのあまり正気を失った野槌は、今ではその子供の名を名乗っているのじゃないかと、私は思うのだがね」

違っているかと、お玉の顔をのぞきこんだ。お玉は猫目で問い返してきた。

「もしもそうならば、先生、何かいけないことがございますか」

二人でしばらく、黙り込んだ。

「なあ、お玉。これは難しい仕事だ」

ここはお玉に言い聞かせねばならない。雇われの何でも屋としてではなく、人の身として、猫の化身に。

「おまえが斬れと頼んでいるのは、ただの野槌ではない。それは殺された子供の魂でもある。違うか？」

幽霊ではない。怨霊《おんりょう》でもない。化け物でもないし物の怪でもない。殺しに使われた道具が、それに殺された命を宿して、悲哀を糧に、永い永い時をかけてひとつになったもの。この世のものでなくなりながらもこの世から離れられず、しかし住み処を見出《みいだ》し、仲間に出会い、時を忘れて安らかに過ごしていたのに、不幸にも目覚めてしまったもの——

お玉は人の眼《まなこ》に戻り、すがるように源五郎右衛門を見つめている。

「おまえだって、それはわかっているのだろう?」

「いいえ、わかりません。先生は間違っておられます」

「間違ってはいない。子供を右から左に斬り捨てることはできないよ」

「できなくったって、先生」

「何か、ほかに手だてがあるかもしれん」

「ありません。あたしらが言うんですから」

あれは野槌なんですと、彼の袖を捕らえて訴えた。

「人を害する化け物でございます。もう元には戻れません。退治するよりないんです。お願いです」

源五郎右衛門はお玉の手を遠ざけた。

「せめて少し考えさせてくれんか」

お玉は顔をくしゃくしゃにした。それは本当に人の表情で、切なく美しかった。

「ぐずぐずしていたら、あれは本当に化生しきってしまいます。そうなったら手遅れなんですよ、先生」

「長くは待たせないよ。ただ、今は無理だと言っているのだ」

それこそ、ご勘弁をと頼んでいるのだ。

そのとき、周囲の藪は静まりかえっているのに、ただ前方の橡の木だけが、身震いするかのように枝を震わせ、葉という葉をこするようにして騒ぎ始めた。

まるでこのやりとりを聞きつけて、笑っているかのようにも思えた。

お玉はそれを、遠く仰いで呟いた。

「明日は雨になりますわ」

あたしは三日先の天気まで読めるんです。三毛猫の猫又ですからね。

「雨が降ると、あれはどこかに隠れてしまいます。だから明日は大丈夫でしょう」

「心得た」

「こないだの人死にがけっこうな騒ぎになりましたから、ここを通る人たちも、まだ当分はいないでしょう。でも、ほとぼりが冷めたら、どうかわかりません。盂蘭盆があけたら藪入りですし」

「ならば、盆中に何とかしよう」

源五郎右衛門の約定を、しかしお玉は横目で見て、つんと顎の先を持ち上げた。

「この道をくだって行けば、町へ出ます」

「またここへ戻りたいときは、どうすればいい？」

「先生に、お戻りになる気があるならば」

月明かりに、猫目が針のように尖った。

「戸口に、茄子の馬を出しておいてくださいな。またあたしがお迎えに参ります」

源五郎右衛門は一人で小道を下った。歩いてゆくうちに、霧が晴れるかのように、あるいは手妻の仕掛けが解けるかのように、周囲がはっきり見えてきた。

森や畑のあいだに武家屋敷が建つ、坂の多い町である。深川からはよほど遠い。辻番に寄ることも考えた。近ごろこのあたりで起こった出来事を問うには、うってつけだろう。だがすぐ考え直したのは、今の自分がどんな顔をしているか、どんな様子に見えるか、わかったものではないと気づいたからだ。怪しまれては厄介なことになる。

夜道をゆくうちに町家もぽつぽつと現れたが、人には行き合わない。そのうちに、二八蕎麦《そば》屋《や》の屋台に出会った。親父が一人、湯気の向こうで背中を丸めている。源五郎右衛門は思わず早足になった。

「いらっしゃいまし」

眠そうな親父が頭を持ちあげ、源五郎右衛門を見た。一杯くれと声をかけると、へいと立ち上がる。

それから、ひと息ついて座り込んでいる彼の方を、ちらちらと気にしている。

「私の顔に何かついているか？」

いえいえと、親父は畏れ入った。

「親父」

「へい」

「つかぬ事を訊ねるが、ここはどこだ」

親父は呆れず、笑いもしなかった。

「千駄《せんだ》ヶ谷《がや》でございますよ」

源五郎右衛門はゆっくりとうなずいた。今さらのように寒気を覚えた。物の怪の道か。

親父と目が合うと、こちらが探ろうとしていることを、相手も探り返してくるようだ。それに手応えを覚えて、

「近ごろ、この先の坂を登ったあたりで」

大ざっぱに自分が下りてきた方角へ手を振って、彼は親父に問いかけた。

「何かおかしな出来事が起きているらしいが、聞きかじっていないかな」

蕎麦屋の親父は、肩の荷をおろしたような顔をした。本当に肩が動いて、丸まった背中から力が抜けたようだった。

「旦那《だんな》はもしかして、化け物退治にいらっしゃったんで？」

「いいや、私は運試しに来ただけだ」

壺《つぼ》を振る手つきをしてみせると、親父は落胆したようだった。

「さいですか……」

「何だ、化け物が出るのか」

「ご存じじゃなかったんで？　何も知らずに、あちらへいらっしたんですか。それで、何にも出遭いませんでしたか」

親父は屋台の端につかまるような恰好《かっこう》になっている。

「何に出遭うというんだね？」

尖った喉仏をごくりと上下させて、親父は小声で打ち明けた。「坂のてっぺんの大きな椽の木の下を通りかかると、木槌が落ちかかってくるんだそうですよ」

「木槌だと？」

源五郎右衛門は作り笑いをした。

「そんなものは化け物のうちに入らんだろう。どこが怖いんだ」

「皆さん、最初は旦那と同じように笑っていらしたんですよ」

親父は屋台の陰に隠れて、恐る恐る首を伸ばし、坂の上の方へ目を投げた。

「それでも、怪我人が出ましてね。先月には、女中さんが足腰立たないほどの大怪我を負いました。さすがに捨てておかれんと、十日ばかり前になりますか、出羽守《でわのかみ》様のお屋敷の方が——」

「ああ、こりゃ」

「気にするな。どこの誰でも私には関わりないことだ」

親父はびくびくとうなずいた。「化け物退治にお出かけになって、とうとう命を落とされたとかいう噂です」

「木槌に襲われたのか？」

「頭を割られてしまったそうですよ」

親父は身を震わせている。

「お出かけになる前に、御神酒《おみき》だ、景気づけだとおっしゃって、ここにお立ち寄りくだすったんです。あたしのお得意様でした。まだお若い方でしたのに、無惨なことです」

それきり、あの坂道を通る者はおりません、という。

「遠回りしてでも、皆さん、あの橡の木を避けておられますよ。運試しに行って、化け物に頭を割られちゃかないません。あたしも、もっと坂の上の方で商いをしていたんですが、怖ろしいので下ってきました。ここじゃお客が来ないんですが、命にはかえられませんからね」

くわばらくわばら——と、怯《おび》える親父が出した蕎麦はのびていた。どんな旨《うま》い蕎麦を出されても、そのときの源五郎右衛門には、味などわからなかったろうけれど。

四

お玉が〈きょうの字〉と呼んでいた古井戸の住人は、正しくは「狂骨《きょうこつ》」という骸骨《がいこつ》のお化けで、確かに陽気な剽軽ものであるらしい。

翌日、心当たりの化け物草紙をひっくり返して、源五郎右衛門が新たに得た知識はそれくらいである。

野槌のことも、先から知っていた以上のことはわからない。書物からは、洒落《しゃれ》のきいた物の怪話の面白さを得ることはできても、それを退治する方法は得られない。ましてや、心が破けて正気を失ってしまった物の怪を、どうしたら治してやれるかなど、記してあろうはずがなかった。

――何が、ほかに手だてがあるかもしれん、だ。安請け合いもいいところだ。

お玉にも見限られたかもしれない。言い訳はどうあれ、昨夜の彼は尻尾を巻いて逃げ帰ってしまったのだから。

十四日は本当に雨になった。降ったりやんだりの小雨で、空の奥は明るく、長居をする雨雲ではなさそうだ。ならば事を急がねばならない。空が晴れれば、野槌は椽の木の上に現れる。噂を知らぬ者が通りかかるか、知っていても強がったり、軽んじたりする者が現れるかもしれない。

加奈は窓から空を眺め、早く雨がやまないかと待っている。八兵衛が、皆で井戸替えをよく手伝ったご褒美だと、長屋の子供たちにひとつずつ水出しを買い与えてくれたのだ。男の子のは蛙の形、女の子のは金魚の形の水出しだ。

「もうお盆ですからね、うっかりこれで遊んじゃいけませんよ。ぽんぽんが冷えますからね」

加奈には優しく言って、自分の腹を叩いてみせた八兵衛は、夏でも秋でも雨でも風でもおかまいなしに駆けずり回って遊ぶ男の子たちには、おまえたちこの水出しで人様に水を引っかけたら厠《かわや》に叩き込んでやるからなと凄んでいた。ガキめらはてんで聞いておらず、凄まれるそばから八兵衛に水を引っかけて、逃げて怒鳴られて騒々しい。

こんなにも元気で明るく、たくましく、うるさいけれど面白い、子供という生きもの。

それを、手にかける大人がいる。

手にかけられる子供もいる。

その罪に、加担させられる道具がある。

その道具が化けてしまうことがある。

化けて、さらにその心が破けることがある。

「あ、タマさん」

格子窓に手をかけて、加奈が背伸びをした。源五郎右衛門は急いでそばへ寄った。

「どこにいる？」

「あの屋根の上です」

小さな指のさす先に、猫の尻尾がちらりと見えて、すぐに板葺き屋根の向こうへ消えてしまった。

「今の尻尾は虎猫だったぞ。タマではないだろう」

そうか……と、加奈はがっかりした。

「タマさん、ずっとおるすです」

源五郎右衛門は幼い娘を見おろし、その髪をくるりと撫《な》でつけた。

「心配しなくても、父のところにはちゃんと来たよ」

「本当？　どんな頼みごとでしたか？」

ぱっと飛びつくように問うてから、加奈はあわてて手で耳を覆った。

「いけません。ないしょなんです」

「タマさんは、加奈には内緒の頼み事だと言ったのかい」

「はい。父さまにしかお頼みすることができない、大事なむつかしい頼みごとだから、加奈にもないしょにしないといけないんだと言っていました」

「加奈はその約束を守るのだね」

「タマさんは仲良しですから」

娘の華奢《きゃしゃ》な手をつかみ、耳から外してやりながら、源五郎右衛門は微笑んだ。

「では父も、加奈には言わないよ」

「父さまもタマさんとお約束したのですね」

加奈は嬉しそうに、自慢そうに、笑顔になった。

「父さまはうでききの何でも屋さんだから、お任せすれば何でも安心だって、タマさんは言っていましたよ。そうですよね、父さま」

うん、とうなずいて、源五郎右衛門はまた娘の頭を撫でた。

――卑怯《ひきょう》だぞ、猫又よ。

加奈を質にとってはいないが、加奈の信頼を質にとっているじゃないか。

――腕利きの何でも屋の面目にかけて、引き受けぬわけにはいかんのか。

頑是《がんぜ》無い子供の魂が、怒りと恨みに引き裂かれ、人の命まで奪ったというのなら。

蕎麦屋の親父の、色の抜けた怯え顔が目に浮かぶ。

悲しい魂が、あれほど恐れられているというのなら。

——止めねばならん、か。

あの薄暗い裏道を抜け、賭場へ急ぐ男たちにも、そういう男たちを相手に春をひさぐ女たちにも、養う子供がいるかもしれない。そういう男や女が命を落とせば、その子供は路頭に迷うかもしれない。

小雨は夕暮れ前にすっかりやんだ。空には星がまたたき始めた。盆中の風物で、今日も行き交う布施僧たちの読経《どきよう》の声が、ようやく遠くなってゆく。

——しの。私に子供が斬れるかなあ。

「先生」

ぼんやりと木戸の柱に背を凭《もた》せ、貧しい長屋の軒に下がる白張《しらはり》提灯の明かりを眺めていて、不意に呼ばれて我に返った。庭先で八兵衛がこちらを見ている。

「どうなさいました？　まるで立ったまま寝ているようなお顔ですよ」

言ってから、これはしたりというように、ぺしりと手で額を打った。

「余計なことを申しました。奥様を思い出しておられたんですな」

源五郎右衛門は微笑して、ちょっとうなずいてみせた。

「八兵衛殿も、懐かしい人を思い出されますか」

「いやあ、うちの山の神は、生憎《あいにく》ぴんぴんしとりますからな。思い出すのは、せいぜいおふくろの顔ぐらいですが」

塩辛声で言って、干し柿のような顔の差配人は、ちょっとあたりを憚った。

「盆や彼岸には、おふくろはわたしじゃなく、嬶《かかあ》のところへ戻ってくるんですよ。夢枕に立たれてかなわない、執念深いったらありゃしない鬼婆めがと、わたしまで剣突《けんつく》をくらいます」

さらに塩気の利いた声でひと笑いすると、

「それでも本物の鬼になって戻らんだけ幸いです。女房もおふくろの悪口は言いますが、本気で憎んでるわけじゃない。これはこれで年中行事ですわい」

灯籠に火を入れて八兵衛が去った後も、源五郎右衛門はそこにいた。盆の明かりを眺めていた。

それから家に戻ると、霊棚の茄子の馬を取り上げ、戸口に置いて、障子を閉めた。


月は、昨夜よりわずかにふくらんでいる。

あの橡の木を照らし出している。

「諦《あきら》めかけておりました」

お玉は源五郎右衛門の後ろに立っている。

「先生、どうしてお気が変わられましたの」

「気が変わったんじゃない。腹が決まったんだ」

なにしろ蕎麦屋の親父が震え上がっていたからな――と言ってやると、お玉がすっと背中に寄り添うのを感じた。

「あいすみません。最初《はな》からそういう手配もしておくべきでした。あたしの話だけじゃ、先生、信用できませんものね」

化け猫の、物の怪の言うことです――

「おまえの言葉を信じられずに、裏付けをとったわけじゃない。蕎麦屋とは、たまたま行き合っただけだよ。気を回すな」

「だって先生」

「この先は、私一人で登った方がいいんだろう。ここで待っていてくれ」

源五郎右衛門が足を踏み出すと、

「先生、かわすんですよ」と、お玉は追いかけるように囁いた。「上手にかわしてくださいましね」

心の破けた物の怪の、知恵のほどはどのくらいだろう。何度か人をやっつけた場所に、味をしめて居座るくらいだから、通りかかる人に水出しで水を浴びせて喜ぶガキ大将ほどの知恵もないのか。

あるいは、野槌がここを離れないのは、破けた心でそれなりに、ここを己の縄張りと思うからだろうか。己の居場所と思うからだろうか。

仲間の物の怪どもと安らかに暮らした、荒れ屋敷に未練が残るからだろうか。

藪が騒ぎ、木立が揺れる。

それならば、ここをおまえの墓にしてやろう。一歩一歩踏みしめるように坂を登りながら、源五郎右衛門は刀の鯉口《こいぐち》を切った。

月が輝く。藪の騒ぐ音に混じり、明らかにそれとは異なる、獣が低く唸るような声を、彼は聞きつけた。

橡の木の枝が夜空を覆っている。枝葉が月の光を遮る。

しゅっと、何かがほどけるような音がした。生きものが喉を鳴らすような声がした。

出し抜けに、それは落ちかかってきた。木の葉の間を抜けてくるというより、月から転げ落ちてきたかと思うほど唐突だった。源五郎右衛門は抜刀しながらそれをかわして走り抜け、片足を踏ん張ってくるりと身を返すと、硬い地面に跳ねて再び高く跳び上がろうとするそれを、上から叩いて斬り捨てた。それはすぱりと二つに分かれ、刹那《せつな》は空で止まったように見えた。

それを横様になぎ払うと、ぎゃっと叫んで石のように落ちてきた。

ひとつ、二つ、三つ。片膝をついてよく検《あらた》めれば、彼の剣は木槌をまず柄と頭に分かち、さらに頭を真っ二つに斬っていた。

お玉が駆け寄ってきた。女の姿でありながら、走る姿は猫に戻っている。

「先生、よくかわされましたわね！」

難しい相手ではなかった。これまで怪我人や死人が出たのは、いずれも出し抜けに襲われて用意がなかったからだろう。提げ重の女の後、化け物を退治すると出かけてきて命を落とした

〈出羽守様〉の若党は、野槌を侮り、酔っていたから不覚をとったのだ。

怖ろしい化け物ではない。本来、人を驚かすのがせいぜいなのだ。それがかえって哀れだった。

こんな最期にならず、荒れ屋敷に楽しく集って、仲間たちと暮らせるはずだったのに。

「どこで燃やそう」

「ここで」と、お玉はすぐ答えた。「ここが好きだったんですもの」

「屋敷には戻してやらんのか」

「それは、やっぱりいけません」

源五郎右衛門が火打ち石を取り出し、お玉がそのあたりの枯れ草や落ち葉を集めた。

古ぼけた木槌にしか見えない野槌は、呆気《あっけ》なく燃えて灰になった。かすかに髪の毛を焼くような匂いがした。

お玉が手で土を搔《か》き穴を掘って、それを丁寧に埋めてやった。

合掌し、ひとときじっと拝んでから、お玉はようやく面を上げた。

猫目になって、人の目に戻って、その場に座って手をついた。

「先生、ありがとうございました」

しいいえ、しょうたろうも成仏できました、と言った。「それが、この木槌が思い出した子供の名前でございます」

でも悲しいですね——と呟いた。

「これに、その名を思い出させた方の子供の名は、あたしら、誰も知りませんの」

亡骸でしたから、名乗れませんもの。

「それでも、おまえたちに葬ってもらっただけでもよかったはずだよ」

源五郎右衛門は、また一人で坂を下りた。今夜は、二八蕎麦の屋台には行き合わなかった。

親父がとうとう商いを休んでしまったのは、あるいは昨夜《ゆうべ》の源五郎右衛門のせいかもしれなかった。

まあ、そのうち元に戻るだろう。


十五日は一転して青空に、夏が戻ったような暑さになった。八兵衛店の子供たちは、買ってもらったばかりの水出しで遊んだ。源五郎右衛門もそこに混じって、八兵衛やかみさんたちに笑われるほど騒いで水遊びをした。

「先生、いい加減になさらないと身体が冷えますよ。もう秋なんですから」

「八兵衛殿が、子供たちに気前よく水出しなど買ってやるからです」

「夏が過ぎると、売れ残った水出しは安くなるもんですから」

「何だよ、差配さんのケチんぼ！」

男の子たちが寄ってたかって八兵衛に水を引っかけ、怒った八兵衛が心張り棒を持って追っかけ回して、今度は鬼ごっこが始まった。

「何でも屋の先生、差配さんをつかまえとくれよ！」

「無料《ただ》ではできんな」

「チェ、先生もケチだぜ」

一日遊んで、おかげで内職は山積みだ。夕飯を済ませ、遊び疲れた加奈が寝入ってしまうと、少しは夜なべをしようか、今日は休業を決め込もうかと、迷っているうちにも菜種油が減ってしまう。

ままよ、極楽太平に寝ることにしよう。浮き世の莫迦《ばか》は起きて働く――と、手を伸ばして行
灯を消した、そのときである。

行灯の陰に、ふっと二本の細い足が浮かび上がった。痩せて骨張り、あの鬼火に照らされて
いるかのように、透けるほど青白い肌の子供の裸足《はだし》だ。

源五郎右衛門は凍りついた。

明かりを消した暗闇に、目を凝らす。月の光が忍び込んでくる。

もう、何も見えない。

――しょうたろう。

あれは、木槌という依代《よりしろ》を失った子供の魂だ。解き放たれて行き迷っているのか。

――だから、私について来たのか。

息を止め、一心に見つめていても、もう何も現れなかった。

眠れなかった。横になっては頭を起こし、まわりを見回し、明かりを点けようかと迷っては
やめた。

この何でも屋には、まだやり残した仕事がある。やがて朝日が昇るころ、加奈の寝顔に寄り添いながら、源五郎右衛門はそう思った。


「お墓ですか」

「うむ。小さな生きものの墓なのだよ。加奈はどこがいいと思う?」

幼い娘は小首をかしげて考えてから、明るい目をして父の手を引っ張った。

「あっちの空き地。先《せん》に、たろ坊が雀の子のお墓をこしらえてあげたんです」

長屋の近くの木置場の片隅だった。小菊が寄り集まって咲いている。

落ちている木っ端を拾って、源五郎右衛門は土を掘った。ごく浅くていい。埋めるものは小さいのだから。

「父さま、お墓に入れるものは何ですか」

彼は両手で顔を覆って、少しのあいだ瞑目《めいもく》した。昨夜の闇のなかで目に焼き付いた、痩せた裸足を手のひらに移した。

そして、それをそっと穴のなかに横たえた。

「何ですか?」

不思議がる加奈に、笑いかけた。

「父の思い出だ。形はないが、これでいい」

土を戻して、盛り固めた。木っ端の形を整えて、そこに立てた。

「小菊が咲いているから、賑《にぎ》やかでいいな」

「春には菜の花も咲きますよ」

二人で手を合わせていると、加奈の友達のたろ坊がやって来た。

「あれ、こんなところにいたんだ。何してンのさ。母ちゃんたちが送り火を焚くってよ」

「よし、では行こうか、加奈」

盂蘭盆に戻ってきた亡き人びとが、苧殻の煙に乗って帰ってゆく。

――しの。

源五郎右衛門は心のなかで念じた。

――済まんが、あの子も共に連れていってやってくれ。名前はしょうたろうという。

はいと、応じる声が聞こえた。

弾《はじ》かれたように身を起こし、源五郎右衛門はぐるりと見た。流れる煙のその先に、吸い寄せられるように目がいった。

長屋の路地木戸のすぐ先に、天水桶の三角屋根の陰に、しのが佇《たたず》んでいた。微笑んで彼を見ていた。

二人がここで初めて共に過ごした夜、しのが着たのは染め付けの浴衣《ゆかた》だった。青紫色の撫子《なでしこ》の絵柄が、白い肌によく映えていた。

今そこに佇むしのも、その浴衣姿だった。

――かしこまりました。わたしが連れて参ります。

しのは笑顔で、彼にうなずきかけている。

——加奈は大きくなりましたね。ありがとうございます。

「先生、どうしたの?」

源五郎右衛門は我に返った。

しのの幻は消えていた。

いや、しのの魂だ。見えた。ちゃんと彼の目に映って見えた。人の目には見えないはずのものが見えた。

——そうか、お玉。

これが、此度の手間賃か。

三毛猫の姿は見あたらない。ただ頭上のどこかから、鳴き声だけが細く聞こえてきた。

「加奈、おいで」彼はしゃがんで娘を抱き寄せた。「母さまに手を振りなさい。ほら、そこにいらっしゃる」

指し示す天水桶の陰と、彼の顔とを見比べながら、加奈はおぼつかなげに手を振った。源五郎右衛門も一緒に手を振った。

門火の煙が流れてゆく。盂蘭盆が終わる。あの世の人びとは帰り、この世の者たちは残される。

別れるけれど、消え失せはしない。亡き人びとはこの世を離れて、だからこそ永遠のものとなるのだから。

初出

坊主の壺　「怪」vol. 0015　二〇〇三年八月
お文の影　「怪」vol. 0017　二〇〇四年十月
博打眼　『Anniversary 50』（カッパ・ノベルス）二〇〇九年十二月
討債鬼　「怪」vol. 0026　二〇〇九年四月
ばんば憑き　「怪」vol. 0029　二〇一〇年三月
野槌の墓　「オール讀物」　二〇一〇年五月号

宮部みゆき（みやべ　みゆき）

一九六〇年、東京生まれ。八七年「我らが隣人の犯罪」でオール讀物推理小説新人賞を受賞してデビュー。八九年『魔術はささやく』で日本推理サスペンス大賞、九二年『龍は眠る』で日本推理作家協会賞、『本所深川ふしぎ草紙』で吉川英治文学新人賞を受賞。九三年『火車』で山本周五郎賞、九七年『蒲生邸事件』で日本SF大賞、九九年には『理由』で直木賞を受賞し、二〇〇七年『名もなき毒』で吉川英治文学賞を受賞した。著書は他に『模倣犯』『楽園』『ブレイブ・ストーリー』『震える岩』『あやし』『ぼんくら』『孤宿の人』『日暮らし』『おそろし』『あんじゅう』『小暮写眞館』など多数。

ばんば憑《つ》き

平成二十三年二月二十八日　初版発行
平成二十三年三月　二十　日　再版発行

著　者　宮部《みやべ》みゆき
発行者　井上伸一郎
発行所　株式会社角川書店
〒一〇二-八〇七八　東京都千代田区富士見二-一三-三
〔電話／編集〕〇三-三二三八-八五五五
発売元　株式会社角川グループパブリッシング
〒一〇二-八一七七　東京都千代田区富士見二-一三-三
〔電話／営業〕〇三-三二三八-八五二一
印刷所　旭印刷株式会社
製本所　本間製本株式会社

落丁・乱丁本は角川グループ受注センター読者係宛にお送りください。
送料は小社負担でお取り替えいたします。

ISBN978-4-04-874175-0 C0093
http://www.kadokawa.co.jp/

角川書店　宮部みゆきの本

あやし　★☆◎

おそろし　三島屋変調百物語事始　★

今夜は眠れない　☆

夢にも思わない　☆

ブレイブ・ストーリー　★上・下巻　☆上・中・下巻

あんたには、鬼が見えないのかい？
本当に怖い江戸のふしぎ噺。

三島屋のおちかが抱える闇とは？
「百物語」、ここに始まる！

母親に突然遺贈された五億円で
僕の生活は一変した……。

大好きな彼女を守るため、僕は
親友と調査に乗り出す。

運命を変えるため、ワタルは幻界
（ヴィジョン）へと旅立つ。

★単行本　☆角川文庫　◎角川ホラー文庫